KB042819

회귀로

영웅둔전

회귀로 영웅독점 20 완결

초판 1쇄 인쇄일 2022년 06월 10일 | **초판 1쇄 발행일** 2022년 06월 16일

지은이 칼텍스 | **펴낸이** 곽동현 | **담당편집 팀장** 이범수
편집부 정요한 조혜진

펴낸곳 (주)조은세상 | **출판등록** 제2002-23호
주소 서울특별시 동작구 동작대로1길 27 5층
TEL 02)587-2966 | FAX 02)587-2922
E-mail bukdu@comics21c.co.kr

칼텍스ⓒ2022
ISBN 979-11-391-0783-8 | ISBN 979-11-6591-494-3(set)
값 8,000원

※잘못 만들어진 책은 구입처에서 바꿔드립니다.
※저자와의 협의에 의해 인지는 생략합니다.

칼텍스 퓨전 판타지 장편소설

회귀로
영웅특전

완결

20

북두
(주)좋은세상

칼텍스 퓨전판타지 장편소설

FUSION FANTASY STORY

CONTENTS

Chapter 138.

원정대는 미리 결정한 대로 광명대장들뿐이었다.

부대장인 아린이, 육도각과 육도궁, 그리고 지율이와 이준이까지.

다들 경공 수련을 극한까지 한 이들이라 그런지 행군 속도는 매우 빨랐다.

그렇게 도착한 만백산.

람다의 마을을 코앞에 둔 나는 대장들을 둘러보았다.

"적이 응한다면 일단은 대화부터 나눌 생각이다. 그러니 조심스럽게 다가가도록. 질문 있나?"

"네!"

유일하게 손을 든 사람.

정이준이었다.

"그래, 이준이."

"저는 왜 같이 온 겁니까?"

"너도 광명대장이니까."

"전투에 도움이 안 될 텐데요?"

"하지만 대화에는 도움이 되겠지. 협상 자리가 마련되면 너도 함께 들어간다."

"망할!"

이준이가 머리를 부여잡았다.

어떻게든 빠져나갈 궁리만 하는 녀석이었다.

한두 번도 아닌 일이라 굳이 관심을 두지 않았다.

"저런 쓸데없는 거 말고 다른 질문은?"

그러자 주지율이 대표로 나섰다.

"없습니다."

"좋아, 그럼 이동하자."

그렇게 마지막 점검을 마치고, 광명대는 천천히 람다의 마을을 향해 걸어갔다.

선두엔 백기를 든 내가 있었다.

백기는 싸움이 아닌 대화를 원한다는 신호.

만약 이에 응할 생각이라면 람다도 반응을 보이겠지.

아니나 다를까.

마을 입구에는 산양의 뿔을 가진 검은 기운의 나찰이 서 있다.

'저게 바로……'

람다.

이렇게 얼굴을 맞대는 것은 처음인 것만 같다.

"어머, 이게 누구야? 이서하 아니야?"

"나를 본 적이 있나?"

"요령에서 그 난리를 쳤는데 못 볼 수가 없지. 그런데……."

람다는 살기를 풍기며 말했다.

"내가 여기 있는 건 어떻게 알았지?"

솔직하게 암부가 줬다고 말할 수는 없었다.

다행인 것은 이럴 때마다 내가 애용하는 사람이 있다는 것
이었다.

"내 비밀 정보원이 알려 줬다."

"하아. 비밀 정보원?"

람다는 조소와 함께 말했다.

"너희한테 비밀이 있을 수가 없는데."

"뭐?"

"아무것도 아니야. 그래, 그렇다 치고."

람다는 이내 손가락으로 백기를 가리켰다.

"나와 대화를 하고 싶다고?"

일난은.

고민하듯 보이는 람다였으나 얼마 지나지 않아 고개를 까
닥였다.

"그럼 들어와."

"응해 주는 건가?"

"그 유명한 이서하 님이 몸소 찾아와 무슨 소리를 할지 너무 궁금해서 말이야. 안 들어올 거야?"

"허락해 줬으니 당연히 가야지. 앞장서라."

태연한 척하고는 있지만 솔직히 당황했다.

진짜로 대화에 응할 줄은 몰랐기 때문이다.

그렇기에 아직 안심해선 안 됐다.

이 모든 것이 함정일 가능성도 배제할 수는 없기 때문이다.

나는 람다의 뒤를 따르며 대원들에게 은밀히 읊조렸다.

"다들 긴장 늦추지 마. 언제 공격해 올지 모르니까."

설련화의 보고에 따르면 마을 안에는 수십의 나찰들이 있었다.

이들이 일제히 공격에 나선다면 나나 아린이, 그리고 다른 선인들이야 어떨지 몰라도 이준이는 확실히 위험해질 수 있다.

하는 짓은 얄미워도 내 품속에 들어온 사람.

절대로 죽게 내버려 둬선 안 됐다.

그렇게 만에 하나 벌어질지 모를 사태를 대비하며 마을 안으로 들어갔을 때.

얼마 지나지 않아 모든 걱정이 기우에 지나지 않았음을 깨달을 수 있었다.

"이게 무슨······."

설련화의 말대로 마을에는 나찰 수십이 모여 살고 있었다.

하지만 그들은 전부 기력이 쇠한 노인이거나, 아직 성장하지 못한 어린아이들뿐.

전투가 가능한 성체의 나찰은 단 한 명도 보이지 않았다.

'이자들 모두…….'

나이 들거나 아직 세상의 풍파를 겪지 않은 세대.

즉, 인위적으로 마수를 생성하기 위해 인간의 가축으로 사육되던 나찰들이라는 뜻이었다.

그렇게 멍하니 주변을 둘러보자 람다가 피식 웃으며 말했다.

"왜? 안심했어? 안에 있는 나찰들이 저 모양 저 꼴이라?"

"……조금은."

"솔직하네?"

"그럴 수밖에 없었으니까."

상황이 그렇지 않던가.

또다시 나찰과 인간의 전쟁이 벌어졌고.

천에 달하는 제국의 나찰이 넘어온다고도 했다.

제국과 인접한 이곳을 전초 기지라 생각하는 게 당연하지 않을까?

하지만 시야를 가득 메운 광경은 전초 기지라기보다는 난민촌이라 부르는 것이 더 어울리는 모습이었다.

"이 마을을 만든 이유가 뭐지?"

특별한 복석이 없이, 순수한 궁금증에 기인한 물음이었다.

"이유라……."

람다는 내 질문에 잠시 고민하는 듯싶니 예상 밖의 답변을 꺼내 들었다.

"그냥 취미?"

"취미?"

이게 단순히 취미로 벌인 일이라고?

그 말을 곧이곧대로 믿을 수 없었다.

다른 이라면 모를까, 나찰이 같은 혈족이 아닌 이들을 모아 마을을 형성하는 게 취미라니.

이준이가 성실하게 살겠다는 말이나 마찬가지였다.

그러나 굳이 말꼬리를 물고 늘어지지 않았다.

지금은 그보다 더 중요한 것을 논의해야 할 때이니 말이다.

이후 우리는 더 이상의 대화 없이 묵묵히 걸음을 내디뎠고.

이윽고 한 오두막 앞에 도착하고서야 람다가 문을 열며 침묵을 깼다.

"안으로 들어와. 아, 좁으니까 너무 많이는 들어오지 말고."

람다의 말에 나는 고개를 끄덕였다.

"아린이랑 이준이만 들어오고 나머지는 밖에서 대기해."

"알겠습니다. 대장."

그렇게 네 명만 자리하게 된 공간.

람다는 자리를 권하며 앉은 뒤 바로 본론으로 들어갔다.

"그래서, 나랑 무슨 이야기를 하고 싶어서 왔는지 좀 들어 볼까?"

"일단 이것부터 읽어 봐 줬으면 좋겠군."

나는 신유민 전하의 편지를 람다에게 건넸다.

"글은 읽을 줄 알겠지?"

"하, 어린 것이 나를 뭐로 보고."

람다는 사뭇 진지한 얼굴로 편지를 읽어 내려가기 시작했다.

그렇게 단 한순간의 미동도 없이 편지를 읽은 그녀는 나를 힐끗 보더니 말했다.

"이게 정말 너희의 왕이 쓴 친서라고?"

"나도 믿기는 힘들지만, 사실이다."

람다는 조소와 함께 웃었다.

"말도 안 되는 소리."

"하긴, 나라도 그렇게 생각하겠지. 하지만……."

확실히 말이 안 되긴 한다.

나 또한 국왕 전하의 서신에 적힌 내용을 읽어 알고 있었다.

딱히 봉인이 된 것은 아니었으니 말이다.

국왕 전하의 뜻을 간단하게 요약하자면 이렇게 된다.

첫째, 이번 전쟁이 끝나면 나찰 특별 지구를 만들어 오직 나찰들만을 위한 구역을 만든다.

둘째, 나찰들이 원한다면 인간들의 도시에서 거주할 수 있게 한다.

셋째, 나찰 차별 금지법을 만들어 나찰 또한 인간과 동등한 대우를 받을 수 있도록 한다.

그리고 대방의 마시막 소망은 이렇다.

"람다, 우리는 네가 새로운 세상에서 나찰들의 대표가 되어 줬으면 한다."

"대표라면?"

"그들의 왕이 되어 달라는 소리다."

람다는 미간을 찌푸리며 나를 노려보다가 고개를 절레절레 흔들었다.

"설마 내가 이걸 믿을 거라고 생각한 건가? 고작 이따위 종이 쪼가리를?"

"믿든 안 믿든 그건 네 자유다."

"그래, 그럼 안 믿어."

람다는 딱 잘라 거절했다.

'예상하긴 했지만……'

신유민 전하의 제안은 획기적이었다.

근본적으로 나찰들이 인간을 상대로 전쟁을 벌인 이유는 다시금 자신들의 삶을 되찾기 위함이었다.

그걸 전쟁을 벌이지 않고도 돌려주겠다는 것.

누구라도 두 손 들고 환영할 제안일 것이다.

한 가지 요소가 전제되었다면 말이다.

바로 서로를 향한 신뢰.

멸시와 고통 가운데 지내온 나찰이 과연 인간을 믿을 수 있을까?

같은 인간끼리도 이득을 차지하기 위해 치고받는데, 종이 다른 나찰에게 반드시 약속을 이행할 것이라 장담할 수 있을까?

"그래, 그럼 이야기는 여기서 끝이군."

나는 고민 없이 자리에서 일어났다.

결국 나찰과 인간은 서로 섞일 수 없는 운명인 것이다.

그렇게 아쉬움을 떨쳐 내며 오두막을 벗어나려는 찰나.

"잠깐!"

누군가 내 옷깃을 잡아끌었다.

"이렇게 끝낼 수는 없죠. 인간은 믿을 수 없어도 우리 대장
님이랑 국왕 전하는 믿을 수 있지 않습니까?"

"……넌 뭐냐?"

"대변인이라고나 할까요?"

간단하게 자기소개를 마친 정이준이 고개를 돌려 나를 바
라봤다.

그리곤 우악스런 손길로 잡아끌어 나를 다시금 자리에 앉
혔다.

같은 선상에서 마주하게 된 이준이의 눈에선 묘한 결의가
느껴졌다.

허튼짓 말고 제발 좀 앉으라는 눈빛.

이 자식 뭔가 생각이 있구나.

그렇다면 한번 믿어 봐도 좋겠지.

물에 빠져도 주둥이는 뜰 놈이니까.

'그래, 보여 줘 봐.'

어떻게 람다를 설득할지 나도 궁금하니 말이다.

그렇게 내가 저항하지 않자 이준이는 빠르게 말을 쏟아 내
기 시작했다.

"우리 국왕 전하께서 천민들을 해방하는 것은 보셨겠죠?"

"흐음, 그건 봤지. 나도 수도 근처에 있었거든."

"그럼 이 사건이 의미하는 바도 잘 아시겠네요. 단순히 기생 제도를 폐지했다는 것이 아니니까요. 대대로 이어져 왔던 왕국의 낡은 관례를 한순간에 뒤집은 것입니다."

"하지만 결국 인간이 인간을 해방한 거 아닌가?"

"그렇게 해석할 수도 있습니다. 하지만……."

정이준은 검지를 들어 보이며 람다가 간과하고 있을 명제를 강조했다.

"중요한 건 우리 국왕 전하가 뱉은 말을 꼭 지키는 사람이라는 걸 증명했다는 겁니다."

흐름은 거기서 끝나지 않았다.

이후에는 양손을 들어 떠받들 듯 나를 가리켰다.

"그리고 우리 대장님으로 말할 거 같으면 은월단에 속아 허송세월을 하던 백야차에게 동생을 되찾아 준 인물입니다. 적이었던 나찰에게도 자비를 베푸는 존재라는 뜻입니다."

그 순간, 나는 보았다.

람다의 눈동자가 잠시 흔들리는 것을.

'백야차의 상황을 알고 있나?'

그게 아니고서는 그녀의 동요를 설명할 길이 없었다.

어쩌면 불가능하다고 여겼던 일에 희망이 생길지도 모르겠다.

"지금의 제안은 이 두 사람이 있기에 가능한 일입니다. 만약 지금을 놓치면 두 번 다시는 이런 기회가 찾아오지 않을지도 모릅니다."

"굳이 제안을 받아들일 필요가 있나? 전쟁에서 이기면 끝인데?"

"확신하십니까? 전쟁에서 이길 수 있다고?"

순간 람다의 미간이 꿈틀거렸다.

그러나 이준이는 개의치 않고 할 말을 계속해서 이어 나갔다.

"그리고 전쟁에서 이긴다고 과연 끝일까요? 다시는 인간이 전쟁을 일으키지 않을 거라고 보장할 수 있냐는 말입니다. 왕국 외에도 제국과 동부 왕국, 서역까지 인간들은 차고 넘치니 말이죠."

대화는 거기까지였다.

더 이상 이준이도 람다도 의견을 꺼내지 않았다.

그저 침묵이 감도는 대치만 이루어질 뿐.

그로부터 얼마 지나지 않아, 이준이는 전과 달리 차분한 말투로 협상에 끝을 고했다.

"내일 다시 대답을 들으러 오겠습니다. 명심하세요. 이번이 마지막 기회입니다."

물론 최후의 수를 던지는 것도 잊지 않았다.

"아 참, 이 마을이 취미라고 하셨나요? 그 취미를 평생, 그것도 아주 크게 즐길 수 있는 기회라는 것도 잊지 마세요. 그럼."

정이준은 재빨리 자리에서 일어나 등을 돌렸다.

"빨리 나갑시다."

그 때문에 나와 아린이는 쫓기듯 정이준의 뒤를 따를 수밖에 없었다.

그렇게 서둘러 마을을 빠져나가자 정이준이 안도의 한숨을 내쉬었다.

"하아! 떨려 죽는 줄 알았네."

"이렇게 막 나가도 되는 거야?"

"그래야 합니다."

정이준은 확신을 담아 말했다.

"할 수 있는 건 다 했습니다. 마지막 기회라는 걸 강조하고 시간제한까지 걸었죠. 거기에 불안감까지 심었으니 십중팔구 승낙할 겁니다. 제가 이 방법으로 밀가루 탄 맹물을 약으로 속여 1,000병도 더 팔았거든요."

그거 범죄이지 않나?

뭐 어찌 됐든 그게 중요한 게 아니지.

"십중팔구라. 그 정도나 되나?"

"두고 보시죠."

정이준은 가슴을 치며 자랑스럽게 말했다.

그러거나 말거나.

나는 람다가 있는 마을 쪽으로 시선을 돌렸다.

"그래, 두고 보면 알겠지."

이제 운명의 추는 그녀의 손에 넘어갔다.

북대우림.

숲속으로 들어선 후암의 단장 유현성은 단원들과 함께 은월단의 본거지를 찾아다녔다.

곳곳에서 흔적을 발견할 수 있었기에 생각보다 수월할 것이라 여겼다.

한순간에 흔적이 사라지기 전까지는 말이다.

'들킨 것인가?'

후암이 뒤쫓는 것을 눈치채고 흔적을 남기지 않았을 가능성이 먼저 떠올랐다.

무신을 상대했다면 뛰어난 경공 실력을 자랑할 것이니 불가능한 일은 아니었다.

하지만…….

'선생은 다르다.'

정해우까지 한순간에 사라졌다는 것은 말이 되지 않았다.

만약 그가 무공을 익힌 무사였다면 언제든 기회를 봐 신유민 전하를 살해하고 도망쳤을 것이다.

그렇지 않았다는 것은 여타의 문관과 같이 백면서생이나 다름없다는 말이었다.

'그런데도 흔적이 끊어졌다는 건…….'

손쉽게 찾아볼 수 있던 종적이 어느 순간을 기점으로 자취를 감췄다.

이것이 의미하는 것은 하나뿐.

바로 진(陳)이었다.

'그렇다면 지금의 상황도 말이 되겠지.'

진(陳)이라는 것은 주술의 일종이다.

보이지 않는 막으로 공간을 구분함으로써 나찰과 자신들을 분리시켰다면 흔적을 찾지 못한 것도 쉬이 이해할 수 있었다.

그로 인해 은월단의 본거지를 찾아낼 방법은 없다고 뜻이기도 했다.

'일반적인 경우라면 그랬겠지.'

하지만 유현성의 표정에선 부정적인 기운을 찾아볼 수 없었다. 다른 이들이라면 당황하겠지만, 그에겐 별문제가 되지 않았기 때문이다.

'파훼법만 파악한다면 걱정할 필요는 없다.'

유현성은 왕국 최고의 정보단체, 후암의 수장.

고위 관료들이 숨기고 싶어 하는 비밀을 찾아 국왕에게 바치는 존재 중에서도 으뜸인 자였다.

웬만한 파훼법은 꿰고 있었기에, 진을 구성하는 형태만 알아낸다면 다시 뒤를 밟는 건 무리도 아니었다.

'서두르지 말자.'

다만, 섣불리 움직이는 것은 금물이었다.

아무리 시간이 걸린다고 해도, 하나하나 천천히 알아 가야만 했다.

혹여 진을 건드려 나찰에게 걸리기라도 하면 모든 게 끝이었으니 말이다.

유현성은 흔적이 사라진 곳에서부터 천천히 주변을 살피기 시작했다.

나무에 인위적으로 파인 홈이 있었으며 몇몇 나뭇가지는 특이한 방향으로 꺾여 있다.

눈에 띄지 않게 세워진 비석까지.

이것들이 진을 형성하고 있는 것이 분명했다.

"단원들은 있는가?"

그의 말에 일곱 명의 단원들이 모습을 드러냈다.

"단장님의 명을 기다립니다."

"지금부터 흔적이 끊어진 곳 주변을 수색한다. 인위적으로 만들어진 것들이 있다면 하나도 빠짐없이 보고하도록."

"진이 있는 것입니까?"

"그렇게 추정된다. 그러니 부자연스럽게 여겨지는 것은 돌멩이 하나라도 가볍게 보지 마라."

유현성은 아주 강한 어조로 말했다.

"그리고 무엇보다 진을 깨서는 안 된다는 점을 반드시 명심해라. 눈으로 확인만 하고 건드리지 말도록."

주술은 복잡하다. 그런 만큼 아주 미세한 변화로도 진 안에 있는 사람들이 변화를 눈치챌 가능성이 컸다.

유현성은 북대우림의 어둠으로 시선을 돌렸다.

"그럼 시작하자."

저 어둠에 집어삼켜지기 전에 빛을 밝혀야만 한다.

홀로 오두막에 자리한 람다는 조용히 천장을 바라보고 있었다.

이서하가 가지고 온 제안은 나쁘지 않았다.

그것이 현실로 이루어질 수만 있다면 말이다.

람다는 조용히 눈을 감았다.

'그때처럼 살아갈 수 있다면…….'

어두운 공간에 서서히 빛이 생기며 람다의 마음속 깊은 곳에 내재된 장면이 형상화되어 갔다.

람다의 마을.

그곳에 일단의 무리가 방문하는 것이 시작이었다.

"람다 님!"

"어머, 너 언제 이렇게 컸어?"

람다는 자신을 향해 반갑게 달려오는 어린아이를 안아 들었다. 뒤늦게 걸어온 아이의 부모는 람다에게 깍듯이 인사를 하며 말했다.

"진양의 혈족. 람다 님을 찾아뵙습니다."

"그래, 별일은 없었고?"

"네, 인간들의 반란도 잘 진압했습니다."

"다행이네."

"모두 람다 님께서 배려해 주신 덕분입니다."

람다는 미소를 지었다.

자신의 뜻이 변함없이 관철되고 있기 때문이었다.

다른 나찰들의 마을과는 확연하게 대비되는 요소.

바로 각기 다른 혈족들이 공동체를 형성하고 있다는 점이었다.

세간에 알려진 나찰의 성향과는 정반대되는 사회.

람다의 요술이 이름값을 톡톡히 했기에 가능한 일이었다.

스스로 싸우지 않는 람다의 입장에서는 힘을 받아 싸울 수 있는 나찰이 한 명이라도 더 많을수록 좋았고, 다른 혈족의 입장에서도 힘을 받아 강해져 나쁠 것은 없었기 때문이다.

나찰 세계에서 유일무이한 혈족 공동체.

이를 자신의 손으로 직접 일궜다는 사실에 미소 짓던 람다가 이내 품속의 아이를 내려놓았다.

"그럼 언니는 엄마, 아빠랑 할 얘기가 있으니까 우리 애기는 저기 가서 놀고 있을래?"

"네! 람댜 님!"

혀 짧은 소리를 내며 크게 고개를 끄덕인 아이는 다른 아이들이 몰려 있는 곳으로 달려갔다.

그런 아이들을 바라보며 람다는 다시 한번 활짝 웃었다.

같은 혈족이 아님에도 스스럼없이 어울리며 노는 아이들.

그들에게서 밝은 미래를 엿볼 수 있었다.

지금처럼 서로 아웅다웅하는 것이 아니라 상호 협력적 관계를 유지하는.

나아가 나찰이라는 종족이 거대한 공동체를 이루고 사는 그런 미래를 말이다.

"그럼 들어가 볼까?"

기대에 부풀었던 람다는 다시금 현실로 돌아왔다.

희망찬 미래를 꿈꾸는 것도 좋지만, 이를 실재로 만들기 위해선 오늘을 충실하게 보내야 했으니 말이다.

람다는 진양의 혈족장과 대동한 채 한 건물 안으로 들어갔다.

그곳에는 각기 다른 형태의 나찰들이 자리를 잡고 있었다.

그들을 지나쳐 상석으로 향한 람다가 자리에 앉으며 입을 열었다.

"그럼 혈족장 회의를 시작해 볼까?"

람다가 각기 다른 혈족들을 한데 묶을 수 있었던 방법이 바로 이 혈족장 회의였다.

주기적으로 한자리에 모여 대사를 논하는 한편 공동체 의식을 함양할 수 있었으니 말이다.

"다들 안건이 있으면 지금 말하도록."

람다의 말에 한 혈족장이 손을 들었다.

"남평 혈족장 두쿠르입니다. 최근 주변 인간들의 움직임이 심상치 않습니다. 주시할 필요가 있다고 생각합니다. 하여 다른 혈족들의 지원을 요청하는 바입니다."

"지원까지? 자주 있었던 일 아닌가?"

람다는 대수롭지 않게 넘어갔다.

다른 나찰들이 극한까지 인간들을 착취한 것에 비해 람다는 자유를 보장해 주었으니 말이다.

그들이 만들어 내는 곡물, 의류, 그리고 노동력들은 꽤 유용했다.

하등한 종족이지만 상부상조하며 살 수 있었기에 생존권과 함께 나름의 자치권마저도 인정해 주기도 했고.

덕분에 대체로 평화로운 나날이 이어지고 있었다.

간혹 몇몇 인간들이 주기적으로 반란을 일으켰지만, 어린애의 장난이나 다름없었다.

태생적으로 인간은 나찰의 상대가 되지 않았으니 말이다.

그로 인해 반란은 작은 소요에 그쳤을 뿐, 전란으로 번지지 않았다.

대체로 평화로운 나날이 이어지고 있는 것이다.

다른 혈족장 또한 람다와 같은 의견이었다.

"람다 님의 말씀이 맞다. 그쪽 혈족은 고작 인간들 하나 제어하지 못하는 건가? 한심하기는."

"뭐라?"

"그렇지 않은가? 람다 님의 힘까지 받아 놓고 고작 인간들의 반란이 걱정되어 지원을 요구하다니. 쯧쯧쯧. 그렇게 걱정되면 다른 혈족 밑으로 들어가 보호를 요청하는 게 어떤가?"

"지금 말 다 했나? 다른 혈족 밑으로 들어가라고?"

"그래, 우리 혈족 밑으로 들어오면 아주 잘 보호해 주지. 물론 세금은 내야겠지만 말이야."

"이 개자식이. 너 당장 일어나! 내가 오늘 네놈을……."

"아이고."

람다는 머리가 지끈거려 왔다.

이제는 일상이라 해도 무방할 상황이 또다시 반복되려 하고 있었기 때문이다.

계속 내버려 두면 어떤 사단이 벌어질지는 뻔했기에 람다는 즉시 중재에 나섰다.

"애들도 아니고, 그만들 하지?"

람다가 살기를 담아 말하자 두 혈족장이 입을 다물었다. 회장이 진정되자 람다가 표정을 풀었다.

"다들 서로서로 돕고 좀 살자고. 공동체를 만든 지 얼마나 되었는데 아직도 도발하고 그래? 이제는 혈족으로 구분하지 말고 다 같은 가족으로 생각하라니까. 쯧쯧."

람다가 혀를 차자 분란을 일으켰던 두 혈족장들이 급히 고개를 숙였다.

"죄송합니다."

"알면 고쳐. 어떻게 애들만도 못해?"

두 혈족장을 나무라며 상황을 일단락한 람다가 남평의 혈족장 두쿠르에게 시선을 돌렸다.

"일단은 계속해서 인간들을 주시해 봐. 문제가 생길 거 같으면 바로 조치를 취하고, 혹 어려움이 있으면 바로 지원 요청해."

"람다 님께서 그리 말씀하신다면 따르겠습니다."

"다른 혈족들은 남평의 요청이 들어오면 무시하지 말고 바로 지원 가고. 알았지?"

"알겠습니다."

혈족장들의 대답을 들은 람다는 만족스러운 얼굴로 손뼉

을 쳤다.

"자! 그럼 다음 안건으로 넘어가 볼까?"

그렇게 여느 때와 같이 평범한 나날이 지속될 것이라 생각
했다.

그로부터 며칠 후, 뜻밖의 소식을 접하기 전까지는 말이다.

"람다!"

자신을 찾는 다급한 목소리.

람다가 고개를 돌리자 같은 혈족 중 하나이자 사촌인 나찰
이 보였다.

"무슨 일이야?"

"큰일 났어!"

"뭔데 이리 호들갑이야?"

"남평 혈족이 인간들에게 당했대!"

"……뭐?"

"남평 혈족 말이야! 인간들에게 당했다고!"

이때의 람다는 알지 못했다.

남평의 멸족이 인간과의 전쟁을 알리는 신호탄이었다는
것을.

"그게 무슨 소리야? 말이 돼?"

"알아, 믿기 힘든 거. 그런데 진짜야. 내가 직접 확인했어."

"……당장 혈족장 회의 소집해."

다급히 마련된 혈족장 회의.

남평의 사태를 논하기 위해 회의장에 들어선 람다는 또다

시 당황할 수밖에 없었다.

"……다들 어디 갔어?"

회의에 참석한 이들이 지난 회의 때의 반의반도 되지 않았던 것이다.

뒤이어 진양 혈족장이 굳은 얼굴로 입을 열었다.

"남평이 습격당한 후 다른 혈족들도 차례대로 무너져 내렸습니다. 그래서……."

"전부 도망간 거야?"

"송구스럽지만…… 그렇습니다."

예상치 못한 상황에 람다는 멍하니 진양의 혈족장을 바라봤다.

이해가 가지 않았다.

그 어떤 문제도 다 같이 힘을 합쳐 해내 가자던 혈족장들은 다 어디에 있는가?

고작 인간들이 무서워 동료들을 버리고 도망쳤단 말인가?

그렇게 혼란스러워하는 것도 잠시.

진양의 혈족장이 말을 이어 갔다.

"많은 일들로 혼란스러우시겠지만, 그보다 중요한 일이 있습니다."

"……뭔데?"

"인간들이 지금 이곳으로 진군해 오고 있습니다."

"……."

람다는 자기도 모르게 마른침을 삼켰다.

"도착 예정일은?"

"적어도 일주일 정도입니다."

"그자들의 전투를 보았나?"

"직접 살피지는 못했으나 남평 혈족의 참상은 확인했습니다."

뒤늦게 지원을 간 진양 혈족장이었다.

좀체 표정을 풀지 못하는 것도 그에 기인한 반응이었다.

"그곳에 인간 시체는 없었습니다."

인간들이 빠르게 밀려들고 있다.

그럼에도 지나쳐 온 전장에서 시신을 살펴볼 수 없었다는 것.

전투와 동시에 시신의 회수를 진행했을 수도 있지만, 만약
그렇지 않다면…….

"인간들의 전력이 압도적인 것으로 보입니다."

"……."

어떻게 그럴 수가 있을까?

자신의 힘을 받은 수많은 나찰이 힘도 못 써 보고 당했다는
것일까?

그럴 리 없다고 부정하고 싶지만, 눈앞에 드리워진 상황은
이를 인정해야 한다고 강요하고 있었다.

"우리만으로 막을 수 있을까?"

"전부 모였다면 모르지만……."

진양의 혈족장은 고개를 숙였다.

"이대로는 힘들 것 같습니다."

스물이 넘는 혈족 중 람다를 돕기 위해 모인 것은 고작 세

혈족뿐.

만일 인간들의 전력이 생각 이상이라면, 결과는 불을 보듯 뻔했다.

"차라리 이곳을 버리고 도망가는 것이 어떻습니까?"

진양 혈족장의 말에 람다는 고개를 흔들었다.

"그럴 수는 없어."

아무리 그래도 인간들을 상대로 도망친다는 건 자존심이 허락하지 않았다.

"여왕에게 다녀올게."

북쪽의 여왕.

그녀에게 지원을 요청할 생각이었다.

마물을 마음대로 다루는 두 자매가 참전해 준다면 인간들을 말살할 수 있으리라.

"버티고 있어. 금방 다녀올 테니까."

람다는 그렇게 진양 혈족장의 대답도 듣지 않은 채 정신없이 북부의 여왕을 향해 달려갔다.

먹지도, 자지도 않고 그저 쉼 없이 달리기를 한참.

겨우 도착한 북부에서 두 자매 중 하나를 만날 수 있었다.

"어머나. 혈족 공동체 대장님 아니야? 그런 꼴로 무슨 일로 오셨을까?"

"뮤 혈족장님을 만나러 왔습니다. 어디 계십니까?"

"언니는 왜? 지금 없는데. 나한테 말해 봐."

훗날 위대한 일곱 혈족 중 하나로 일컫는 베타였다.

"지원을 요청합니다."

"지원? 무슨 일로?"

"인간들이 반란을 일으켰습니다. 속히 지원을 해 주시면 감사하겠습니다."

"인간들을 상대로 지원?"

다짜고짜 본론을 꺼내는 람다.

그에 대한 베타의 반응은 명백한 비웃음이었다.

"그럼 뭘 줄 수 있지?"

"뭐든 주겠습니다."

"뭐든? 좋네. 그런데 네가 뭘 주든 이득은 없을 거 같은데."

"……."

"거절하지."

람다는 입술을 깨물었다.

어째서 나찰들은 저리도 이기적인가? 어떻게 동족의 간곡한 부탁을 이리도 단칼에 거절할 수 있는가?

하지만 람다는 그런 생각을 꾹꾹 눌러 담았다.

어찌 됐든 아쉬운 건 자신이었으니까.

지금은 무슨 수를 써서라도 지원을 받아 내는 것이 최선이었으니까.

람다의 몸이 부들부들 떨리며 천천히 무릎을 꿇었다.

"곧 전쟁이 시작됩니다. 제발 지원을 보내 주시길 간청합니다."

"우와."

베타는 그런 람다의 행동에 감탄했다.

그래도 나름 위대한 일곱 혈족의 일원이 아니던가.

그런 그녀가 무릎까지 꿇으며 애원하는 모습이라니.

베타는 손뼉을 치며 놀란 감정을 그대로 드러냈다.

"인간들이 진짜 많이 강해졌나 봐? 그쪽이 그렇게까지 하고. 좋아! 그러면……."

좋다는 말에 람다가 눈을 동그랗게 뜨며 베타를 올려 보았다.

마침내 마을에 희망이 찾아왔다 생각했으니까.

하지만 그것의 정체는 희망을 가장한 짙은 절망이었다.

"너 혼자 한번 싸워 봐. 인간들이 얼마나 강한지 보게."

"……네?"

"인간들의 전력 좀 알아보자고. 자자, 얼른 가 봐. 가서 널 따르는 나찰들을 지켜야지. 그렇게 강한 인간들을 상대로 대장이 없으면 그냥 당해 버릴 거 아니야?"

순간 람다의 이성이 끊어졌다.

"이 개같은 년이……!"

동시에 베타가 정색하며 말했다.

"끌어내. 죽이진 말고."

이윽고 밖에서 촉수가 날아들더니 람다를 묶어 밖으로 끌고 나갔다.

"베타아아아아아!"

분노 섞인 외침이 울려 퍼졌으나 변하는 것은 없었다.

아무런 성과도 거두지 못한 채 마을로 돌아가는 것이 그녀가 할 수 있는 전부였다.

베타의 말대로, 자신이라도 빠르게 복귀해 전쟁을 대비해야 했으니 말이다.

그래도 완전히 끝난 것은 아니라 생각했다.

인간들이 당도하기까지 일주일은 걸린다고 했으니 빠르게 이동한다면 늦지 않게 도착할 것이니까.

그러나 이번에도 희망은 그녀를 낭떠러지 아래로 밀어붙였다.

6일.

지원을 요청하러 갔다가 돌아오는 데 걸린 시간이었다.

인간들이 도착하는 것보다 하루 빠른 시간이기도 했다.

분명 그랬어야 했다.

"일주일이라고 했잖아……."

마을로 돌아온 람다의 눈엔 참혹한 광경이 펼쳐져 있었다.

불타는 마을과 나뒹구는 시체들.

오빠, 동생, 부모, 사촌들까지 전부 눈을 부릅뜬 채로 나뒹굴고 있다.

넋이 나간 채 마을 안으로 터벅터벅 들어가던 람다는 무언가 발밑에 걸리는 감촉을 느끼며 천천히 시선을 내렸다.

이윽고 시야에 들어온 것은 한 나찰의 시체.

항상 혀 짧은 소리로 자신의 이름을 부르며 달려와 안기던.

진양 혈족장의 아이였다.

람다는 아이의 시체를 손으로 만지작거렸다.

여기저기 찢겨 나간 몸.

극한의 고통에 눈을 질끈 감은 얼굴.

죽음을 맞이한 이후에도 아이는 두려움을 떨쳐 내지 못하고 있었다.

"미안해······."

속절없이 눈물이 떨어져 내렸다.

모든 게 자신의 안일함 때문이었다.

제아무리 나찰이라도 혈족의 벽을 넘을 수 있을 거라는 자만심.

그로 인해 새싹이 꽃을 피워 보지도 못한 채 져 버린 것이다.

람다는 핏줄이 불거질 정도로 주먹을 말아 쥔 채 짐했다.

"이 복수는 내가 꼭 할게."

인간에게도.

그리고 자신을 배신한 나찰에게도 말이다.

그렇게 회상에서 빠져나온 람다는 작게 한숨을 내쉬었다.

"결정했다."

이서하의 제안에 뭐라고 답해야 최선일지 답이 나왔다.

◆ ◈ ◆

취침에 들려 누웠지만 좀체 잠에 들지 못했다.

하염없이 뜬눈으로 지새운 나는 더 이상 버티지 못하고 밖으로 나와 하늘을 바라보았다.

'뭐 저리 밝아?'

밤하늘의 별은 아름답게 반짝이고 있었다.

심중에 자리 잡은 걱정 탓에 머릿속이 번잡한 나와 다르게.

매도 빨리 맞는 게 낫다더니, 결과를 기다리는 게 이렇게 힘들 줄이야.

그것도 부정적인 결과일 확률이 매우 높았으니 말이다.

그럼에도 일말의 희망을 품게 되는 건 나로서도 어쩔 수 없다.

'이왕이면 받아 줬으면 좋겠는데.'

속절없이 흘러나온 한숨을 따라 추운 공기 사이로 입김이 퍼져 나간다.

부디 한편에 자리한 간절함을 하늘이 들어주길 바라는 마음과 함께.

그렇게 멍하니 달을 바라보고 있을 때, 누군가 옆자리에 앉았다.

"안 자고 뭐 해?"

누구냐고 물을 필요도 없다.

이 시간에 다가와 말을 거는 사람은.

그리고 특유의 향기로 심적 안정을 가져다주는 존재는 한 사람밖에 없었으니까.

"오늘 싸우겠지? 저 안에 있는 나찰도 다 죽이고, 람다를 따르는 인간들도 죽이고. 그래야겠지?"

"새삼스럽게?"

"응, 새삼스럽게 부담스러워서."

큰 힘을 가져서 그런가?

아니면 지금도 숨어 사는 나찰들이 회귀 전의 나처럼 보여서 그럴까?

"내가 너무 감상적인 건가?"

고개를 돌려 아린이를 바라보니, 그녀는 시선을 피하지 않고 나를 빤히 바라봤다.

그렇게 잠시간 서로의 눈동자를 응시하고 있을 때.

아린이의 얇은 입술이 열리며 추위와 어울리지 않는 온화한 음성이 흘러나왔다.

"내가 다 할 테니 걱정하지 마. 넌 람다를 이기는 것만 신경 쓰면 돼."

"그게 무슨 소리야?"

"네가 부담스러워하는 일은 내가 다 도맡을 거야."

음성만큼이나 화사한 미소가 시야를 가득 메운다.

살벌한 소리를 참으로 아름답게 해 주는 그녀였다.

나는 피식 웃었다.

"그럴 수는 없지."

잠시 혼란스러워 투정을 부린 것일 뿐.

누군가에게 떠넘길 생각은 추호도 없다.

이 짐은 내가 지고 가야만 하니까.

그게 무엇이 됐든.

그렇게 우리 사이엔 고요한 적막이 내려앉았다.

아린이는 나를, 나는 달이 떨어지는 고즈넉한 광경을 말없이 바라볼 뿐이었다.

곧이어 밝아 올 여명을 기다리며.

언제나 신경 쓰지 않던 일출이 새삼스레 가슴을 적셔 온다.

내일도 같은 감정을 품은 채 이 하늘을 바라볼 수 있을까?

그런 의문을 품으며 아침을 맞이했다.

이윽고 준비를 끝마친 대원들이 하나둘 곁으로 모여들었다.

"다들 준비됐나?"

"네, 대장님."

대표로 김채아 선인이 대답하자 나는 천광을 허리에 차며 몸을 돌렸다.

"그럼 가자."

과연 오늘 나는 그 어떤 피도 흘리지 않고 돌아갈 수 있을까?

그에 대한 답은 이제 곧 알 수 있겠지.

천막을 벗어나 묵묵히 걸음을 내디뎠다.

점차 가까워지는 마을의 풍경과 함께, 수많은 이들이 시야에 담겼다.

수십의 나찰은 물론, 그보다 몇 배에 달하는 인간들도 함께였다.

그러나 나의 시선은 오직 한가운데에 선 여인에게로 향했다.

'람다.'

팔짱을 낀 그녀는 굳은 얼굴로 내가 다가오기를 기다리고 있었다.

과연 그녀는 어떠한 대답을 꺼내 놓을까?

그런 의문을 품은 채 대화를 나누기 좋은 거리까지 다가가 발을 멈추었다.

"고민은 끝났나?"

"고민이라고 할 것도 없지."

그렇게 천천히 람다의 입술이 움직이고…….

"나는 인간을 믿을 수 없다."

"그런가……."

예상했던, 그러나 듣고 싶지 않았던 대답이 흘러나왔다.

기적은 일어나지 않은 것이다.

'그럴 것이라 예측은 했지만…….'

처음부터 말이 안 되는 소리였다.

나찰이 인간의 제안을, 그것도 전쟁의 승기를 확실히 잡은 상태에서 받아들일 리가 없지 않은가.

그러나 아쉬움은 어쩔 수 없다.

피를 안 볼 수 있다는 것.

람다의 합류로 전력이 한층 강해질 수 있다는 것.

이를 기대하기도 했다.

하지만 가장 큰 미련은 신유민 전하가 품었던 뜻은 현실이 될 수 없음을 마주했다는 것.

"그것이 네 결정이라면."

얽히고설킨 원한의 굴레는 한순간에 깰 수 없던 것이다.

람다의 결정엔 변함이 없었다.

온종일 고민해서 내린 결정인 만큼 뒤집는 것 또한 불가능할 것이다.

그렇기에 부질없는 행동일지 모르나, 나는 한 번 더 그녀를 설득해 보았다.

무언가를 바꾸겠다는 일념보다 오로지 후회를 남기지 않기 위해.

"뜻을 바꿀 생각은 없나? 전에도 말했듯이 백야차의 경우도……."

"그것조차 거짓일 수 있지."

역시나 람다의 대답은 냉정했다.

인간과 나찰의 관계는 결코 회복할 수 없다.

"백야차가 동생을 찾은 건 나도 확인했다. 하지만 네가 도와줬다는 걸 어떻게 믿지? 아니, 설령 도와줬다고 해도, 본인의 이득을 위한다는 목적이 기저에 깔려 있지 않았나?"

부정할 수 없는 사실이었다.

모든 것이 람다의 말대로였다.

백야차의 일을 들먹이면서도 답이 변할 리 없음은 스스로도 알고 있었다.

백야차의 동생을 찾은 것은 내가 아닌 전가은이었고, 그 행동 또한 선의에서 비롯된 것이 아닌 나를 구하겠다는 목적에 기인한 것이었으니 말이다.

"그래."

애써 부정해 왔던 생각이 고개를 치켜든다.

사실 누구보다 잘 알고 있지 않던가?

"너희랑은 같이 살 수 없겠구나."

나찰과 인간은 결코 공존할 수 없다는 것을.

나는 천광을 뽑아 들었다.

그와 동시에 람다의 입에서 누군가의 이름이 흘러나왔다.

"허남재."

허남재?

나는 즉시 람다의 옆에서 걸어 나오는 남자를 훑어보았다.

내가 아는 허남재라면 신태민의 책사이자 왕자의 난을 설계했던 남자.

"네가 허남재라고?"

그러나 사내의 외견을 살핀 나는 의아한 음성을 내뱉을 수밖에 없었다.

내가 아는 모습과는 완전히 달랐으니 말이다.

허남재가 저렇게 잘생길 리 없다.

"오늘만을 기다렸다. 이서하."

기다렸다고? 나는 당신을 처음 보는데?

"당신 누구야? 허남재는 분명 세상에서 가장 못생겼는데?"

"이 자식이 뚫린 입이라고! 내 어디가 못생겼다는 거냐!"

거참, 저리도 발끈할 일인가?

어쨌든 한 가지는 확실히 알았다.

반응을 보아하니 허남재가 맞긴 한가 보다.

그렇다면 기억과 차이를 보이는 이유는 아마도······.

"그런 거였나? 이야, 이거 대단하네. 람다의 힘을 받으면 생긴 것도 달라지는구나."

왜 사람들이 광신도가 되는지 알 것만 같다.

"……재수 없는 놈. 꼭 내 손으로 죽여 주마."

"너 따위가?"

"예전의 나와 같다고 생각하지 마라."

믿는 구석이 있어 보인다.

어쩌면 당연한 일인가? 람다의 힘을 받았으니 상당한 고수가 되었을 테니 말이다.

"그런데 말이야……."

하룻강아지 범 무서운 줄 모른다고.

"고작 그 정도로 이길 수 있을 거라 생각했어?"

나는 즉시 극양신공을 발동했다.

아린이와 비무를 할 때처럼 사정을 봐줄 필요도 없었다.

"어찌 됐든 잘됐어. 너만은 내 손으로 죽이고 싶었거든."

왕국을 분열시켜 수많은 목숨을 앗아 갔으며.

할아버지가 사랑하는 손자를 당신 손으로 처형하게 만든 주범.

선왕 전하와 할아버지의 가슴에 대못을 박은 죄, 절대로 용서할 수 없었다.

"살아 돌아갈 생각일랑 버려. 오늘부터 여기가 네 무덤이 될 테니까."

양기가 온몸의 기혈을 타고 흐른다.

거대한 황금빛 불꽃이 내 몸을 감싸 눈이 부시게 빛난다.

입신경(入神境).

극양신공을 발동한 나는 천천히 한 걸음을 내디뎠다.

만백산의 눈이 극한의 양기에 휩쓸려 녹아내린다.

그렇게 한 걸음 내디딜 때마다 허남재가 뒷걸음질을 치기 시작했다.

"조금 전 보였던 자신감은 어디 갔지?"

고작 그따위 실력으로 덤볐던 거냐?

근거 없는 자만심으로 이 나라를 망가뜨리려 했던 거냐?

"죗값을 받아라."

패악이 세상을 더럽히도록 놔두는 걸 더 이상 좌시할 수 없다.

그렇게 왕국의 오점에 단죄를 내리려는 찰나.

"태양신."

람다가 나지막이 중얼거리며 나를 향해 걸어왔다.

"역시 믿는 구석이 있었구나."

허남재와 달리 그녀는 다가서는 것에 망설임이 없었다.

아니, 오히려 무언가 신기해하는 기색마저 내비쳤다.

"그래, 내 애기들로는 상대가 안 되겠네."

직후 람다의 몸에서 검은 기운이 뿜어져 나오기 시작했다.

"허남재, 너는 저 여자를 맡아. 나한테 못 오게만 해."

"……하지만."

"네 상대가 아니라니까 그러네."

"알겠습니다. 현천의 뜻에 따르겠습니다."

허남재는 마지못한 얼굴로 고개를 숙이며 거리를 벌렸다.

그렇게 생각보다 빨리 람다를 마주하게 되었다.

"그럼 시작해 볼까?"

나는 눈높이에 한참이나 못 미치는 람다를 내려다보았다.

과연 싸울 수나 있을까 의심이 될 만큼 왜소한 체구.

하지만 연약한 몸에서 뻗어 나오는 기운은 어마어마했다.

'엡실론을 먹었다더니.'

기운만은 최소 로와 맞먹는, 아니 그 이상인 듯한 기분이었다.

하지만 상관없다.

적이 약하다고 전쟁을 시작한 것도, 강하다고 그만둘 것도
아니었으니까.

그렇게 나와 람다의 기운이 점점 맞닿아 가는 그 순간.

거대한 기운 두 개가 이쪽으로 향하는 것이 느껴졌다.

하나는 무척이나 익숙한.

다른 하나는 어렴풋하게 낯이 익은 기운.

얼마 지나지 않아 두 기운의 정체를 알 수 있었다.

"거기까지."

지면에 내려앉는 외팔이 나찰.

위대한 일곱 혈족 중 하나인 로였다.

그렇다면 다른 하나는…….

시선을 돌린 나는 이내 람다와 대치하고 있다는 것도 잊은
채 눈앞의 여성형 나찰에 시선을 빼앗길 수밖에 없었다.

"……아린이?"

우연이라고 하기에는 그녀의 모습이 아린이와 똑같았기 때문이었다.

'도대체 어떻게……'

그렇게 멍하니 있는 것도 잠시.

여성형 나찰이 입을 열었다.

"어머, 언니가 남긴 더러운 피도 함께 있었네?"

언니? 더러운 피?

영문을 알 수 없는 단어에 머릿속이 복잡해진다.

하지만 짧은 시간 만에 의미를 파악할 수 있었다.

아린이는 나찰의 피를 이어받았다.

그리고 그 원류는 먼 옛날 나찰을 배신하고 인간에게 붙었던 여왕.

그렇다는 건 과거의 여왕이 바로…….

"이번에는 꼭 죽여 줄게. 혈족의 수치."

베타의 언니였단 말인가?

그럼 아린이가 베타와 머나먼 친척이라고?

그렇게 당황하는 것도 잠시.

나는 급히 람다과 거리를 벌리며 동료들의 곁으로 돌아갔다.

고민은 사태를 해결한 이후에 해도 늦지 않았으니 말이다.

"이, 이, 이게 어떻게 된 겁니까? 정보가 샌 겁니까?"

"글쎄."

이준이의 말처럼 암부가 이중 첩자로 나를 함정에 빠뜨렸을 가능성도 배제할 수 없다.

하지만 이 또한 나중의 문제.

지금은 그걸 걱정할 때가 아니었다.

'대원들이 위험하다.'

람다와 더불어 위대한 일곱 혈족 둘이 추가로 합류했다.

저들이 작정하고 뒤쫓는다면 나야 어떻게든 빠져나갈 수 있겠지만 대원들은 아니다.

급기야 전멸까지 마주할지도 모를 일이었다.

'어떻게 해야 할까?'

이 난관을 타개할 방법이 뭐가 있을까?

반전을 꾀할 좋은 수가 무엇일까?

그 순간이었다.

"언니에 로 할아범까지? 뭐야?"

람다의 얼굴에 당황한 기색이 어렸다.

"마치 보고 있었다는 듯이 나타나네?"

반응을 보아하니 두 나찰의 합류는 예정에 없던 일인 듯했다.

이윽고 람다의 말에 로가 고개를 끄덕였다.

"보고 있었다."

"……뭐?"

람다의 표정이 썩어 들어간다.

뭔가 분위기가 묘해진다.

"그러니까 지금 나를 감시하고 있었다는 건가?"

"그렇다. 인간들이 너에게 접선하는 것을 전부 보고 있었지."

"하……."

당연하다는 듯한 로의 발언에 람다는 앞머리를 불며 어이 없다는 기색을 여실히 드러냈다.

그리고는 완전히 몸을 돌려 로에게 강렬한 시선을 보냈다.

"혹시나 내 예상과는 다른 대답이 나올지 몰라서 물어보는 건데. 도대체 왜?"

"그건……."

그러자 베타가 팔짱을 낀 채 말허리를 끊고 들어왔다.

"네가 배신할 수도 있다는 생각이 들어서."

그 순간, 나는 보았다.

람다의 눈빛에 살기가 깃드는 것을.

그리고 그 살기는 우리가 아닌 베타를 향하고 있었다.

'이건…….'

예상치 못한 호재.

충분히 이용할 수 있다.

그런 확신이 들었다.

Chapter 139.

배신.

그 두 글자에 람다의 가슴에서 천불이 났다.

같은 편이라고, 동료라고 하던 것들이 감시라니.

그 행동 자체를 이해할 수 없었다.

람다는 표정 관리를 하지 못하고 입술을 씰룩 거렸다.

"웃기네. 내가 배신? 어떤 근거로?"

"엡실론을 죽이는 것을 보았다."

"하, 무슨 관음증이야? 할아범은 그 와중에도 나를 보고 있었다고?"

"중요한 일이라면 상황을 따지지 않고 감시해야지."

람다는 표정을 굳혔다. 그걸 보고 있었을 줄이야. 당연히 전투에 집중해 등한시할 것이라 생각했는데 말이다.

하지만 당황한 감정을 드러낼 필요는 없었다.

"그래서? 다들 엡실론 짜증 나 했잖아. 안 그래? 게다가 가만 놔뒀어도 신유철한테 죽었을걸? 내가 그놈을 먹어서 더 강해지는 게 조직을 위해서도 좋지 않나?"

"맞는 말이야. 하지만 보통 큰 전쟁을 앞두고 강한 동료를 배제하진 않잖니?"

베타의 말이었다. 람다는 그런 그녀를 노려보았다.

적어도 베타의 입에서는 절대 듣고 싶지 않은 말이었다.

"동료를 죽이지 않는 것. 상식 아닌가?"

단 하나의 거리낌도 없다는 듯 어깨를 으쓱하며 조소하는 베타.

람다는 치솟는 분기를 참을 수 없었다.

"……그게 네가 할 말이냐?"

"왜? 나는 이런 말 하면 안 돼?"

"당연하지! 내 지원 요청을 조롱했던 네년이 어떻게……!"

무릎까지 꿇어 가며 도와 달라 빌었으나 돌아온 반응은 차디찬 멸시와 비웃음.

그랬던 당사자가 이제 와 동료를 운운하고 있다니.

강한 모멸감과 함께 고약한 역겨움이 가슴속 깊은 곳에서 치솟아 올랐다.

그런데……

"그래?"

베타는 영문을 알 수 없다는 듯 고개를 갸우뚱거릴 뿐이었다.

"네가 나한테 지원을 요청한 적이 있나? 우리가 말도 안 한 게 몇백 년인데?"

람다가 이를 악물었다.

가해자는 기억하지 못한다. 여전히 과거의 고통을 느끼는 건 오직 피해자뿐이었던 것이다.

"만약 내가 인간 측에 붙었으면? 그때는 어떻게 하려고 했어? 설득이라도 하려고 했어?"

베타가 어이가 없다는 듯 고개를 절레절레 흔들었다.

"미쳤니? 배신자를 왜 설득해?"

그리고는 표정을 굳혔다.

"당연히 죽여야지. 그래도 배신 안 해서 참 다행이야. 동료를 죽이고 싶지는 않거든. 누구처럼."

베타는 미소와 함께 람다를 향해 다가갔다.

"그러니 이서하는 네가 죽여라, 람다. 엡실론의 몫까지 일해야지?"

그때였다. 람다의 몸에서 밝은 하늘마저 뒤덮을 정도의 기운이 치솟기 시작했다.

이윽고 그녀가 베타를 향해 말했다.

"……죽여 봐."

"응?"

"내가 배신을 해 볼 테니 날 죽여 보라고."

이윽고 람다의 검은 기운이 일제히 베타를 덮쳤다.

늘 생각했다. 언젠가 저 베타 년을 찢어 죽일 거라고.

오늘이 바로 그날이었다.

나찰에게는 혈족뿐이다.

그들을 제외하면 다른 이들을 위해 스스로를 희생하는 일이 없다고 봐도 무방하다.

과거의 경험으로 이를 뼈저리게 느낀 람다였다.

자신에게 힘을 받아 세력을 늘리고, 인간들을 지배하며 안녕을 꾀했던 자들조차도 위기의 순간에는 등을 돌렸으니까.

당시 느꼈던 좌절감은 지금도 생생히 기억날 정도로 끔찍한 기억이었다.

'하지만……'

그럼에도 모든 걸 포기하지 않았다.

모두가 등을 돌리는 순간에도 작은 가능성을 엿봤으니까.

진양 혈족처럼 마지막까지 남아 준 혈족도 있었으니까.

그렇기에 은월단과 손을 잡았다.

살얼음 같은 현실 가운데 실낱에 다름없는 기대를 붙들었기 때문이다.

하지만 이번에도 똑같았다.

동일한 결과를 마주하게 되었으니 말이다.

아니, 어쩌면 전에 비할 수 없을 격한 모멸감이었다.

과거 끔찍한 기억을 각인시켰던 존재가 동일한 고통을 선사하고 있었으니까.

'배신할 수도 있으니 간을 본다고?'

어이없음과 더불어 거센 분노가 치솟았다.

이런 말도 안 되는 처우를 받으며 계속해서 은월단과 함께할 필요가 있을까?

그렇지 않아도 원수와 함께하는 것조차 뭐 같았는데?

람다의 고민은 오래가지 않았다.

"허남재. 목표가 바뀌었다."

광명대와 대치 중이던 허남재가 바로 몸을 돌렸다.

그에게 있어 주인의 명령은 최우선.

자신의 삶 자체인 존재가 새로운 적을 언급하고 있었다.

그런 두 사람의 모습에 베타가 잠시 의아하다는 기색을 내비쳤으나 이내 조소를 머금었다.

"뭐야? 진심이었어?"

람다의 말이 사실일 리 없다고 여겼기 때문이다.

나찰이 인간 편을 들겠다니, 그게 가당키나 한 말인가?

"장난이라면 그만치지?"

"이게 장난으로 보여?"

"에이, 설마 진짜야?"

여전히 진지하게 받아들이지 않는 모습에 람다는 입술을 잘근잘근 씹으며 말했다.

"그거 알아? 난 한 번도 곱씹지 않은 적이 없었어. 그 치욕스러웠던 날을. 그런데 넌 기억도 못 하는구나."

극한의 허탈함에 한숨이 절로 흘러나왔다.

아니, 어쩌면 알고 있었을지도 몰랐다.

베타가 달라지지 않았음은 사건이 있은 이후에도 꾸준히 소식으로 전해 들었으니까.

이번에도 혼자 착각하고 있었다는 말이다.

어떤 결과를 마주하게 될지 뻔히 알면서도.

그러니 더 이상 같은 실수를 반복할 이유는 없었다.

"허남재. 베타를 죽여라."

"현천이 원하시는 대로!"

상대는 나찰 중에서도 강자로 손에 꼽히는 위대한 일곱 혈족의 일원.

그러나 허남재에게선 일말의 망설임도 찾아볼 수 없었다.

그것이 가소로웠던 것일까.

아니면 지금의 상황이 어처구니없었던 것일까.

베타가 멋쩍게 웃으며 고개를 절레절레 저었다.

"이거야 원……."

그러나 미소가 사라진 입가엔 이내 싸늘한 냉기가 자리 잡았다.

"괜찮겠어? 고작 하수인 따위로 날 상대하려고?"

베타의 눈빛에 차가운 냉기가 어리는 순간, 쿵 하는 소리와 함께 그녀의 앞으로 광대한 무언가가 떨어져 내렸다.

"고작 인형 따위로 마물을 이길 수나 있겠어?"

자신만만해하는 것도 당연했다.

3m는 족히 되는 크기에 거대한 날개.

제국에서도 그 위용을 널리 알렸던 마물.

둘의 앞을 가로막고선 존재는 다름 아닌 칠색조였으니 말이다.

하지만 람다는 이에 굴하지 않았다.

"쓸어버려."

그 순간 허남재는 두려움 없이 칠색조를 향해 달려들었다.

순식간에 거리가 줄어드는 찰나, 칠색조의 날개가 빛을 내며 밝은 빛이 허남재를 덮쳤다.

그것은 단순한 빛이 아니었다.

"크아아아아악!"

그 안에 담긴 것은 무엇이 됐든 단숨에 녹여 버릴 수 있을 고열. 맹렬한 열기에 허남재의 피부가 빠르게 녹아내렸다.

베타는 그 꼴을 보며 깔깔거렸다.

"꺄하하! 이래서 인간 따위로는 안 된다니까."

칠색조의 빛은 나약한 인간의 신체로 버틸 수 있는 게 아니었다.

모든 것은 예상대로 흘러간다.

하지만 그녀의 웃음은 오래가지 않았다.

"현천! 현천! 현천!"

피부가 흘러내리는 와중에도 허남재가 또렷한 목소리로 람다를 찬양하며 걸어오고 있었기 때문이다.

그 기괴한 모습에 베타의 표정이 군자 이번에는 람다가 입을 열었다.

"인정해. 인간은 약하지. 그런데 말이야, 우린 그런 놈들한 테 졌잖아?"

람다는 손을 들어 허남재를 향해 검은 기운을 주입했다.

"그랬으면 뭐라도 하나 배웠어야지."

검은 기운이 허남재의 몸으로 흡수되며 그의 신체가 변형 되기 시작했다. 등 뒤로 척추가 튀어나와 칼날을 만들기 시작 하고, 몸집은 기존의 2배 이상으로 부풀었다.

"현천을 위하여!"

허남재는 황홀한 얼굴로 비명을 지르며 이윽고 칠색조를 향해 손을 휘둘렀다.

퍽! 하는 소리와 함께 칠색조의 육중한 몸이 옆으로 밀려 났다.

"크윽!"

예상치 못한 공격에 잠시 중심은 잃었으나 충격이 큰 것은 아니었다.

칠색조는 베타를 향해 달려드는 허남재의 팔을 긴 부리로 물었다.

잡아끄는 힘과 이에 굴하지 않고 앞으로 나아가려는 힘의 충돌.

상반된 두 힘을 견디지 못하고 허남재의 팔이 뜯겨져 나갔다.

"이런……!"

칠색조의 입에서 당황한 음성이 터져 나온 것도 동시였다.

힘이 향하던 방향이 달랐던 탓에, 팔이 떨어져 나가며 칠색조가 휘청거렸다.

그러나 심각한 문제는 따로 있었다.

자신이 막아 세우려던 존재가 옳지 못한 방향으로 나아가고 있다는 것.

팔이 뜯겨 나가든 말든 허남재의 눈은 오직 베타에게만 고정되어 있을 뿐이었다.

그야마로 극한의 광기.

"죽어라아아아아아!"

허남재는 날카로운 외침과 함께 베타를 향해 도약했다.

"현천! 현천! 현천!"

그녀에게 향하는 길은 활짝 열린 상태.

이제 남은 것은 한 가지뿐. 결말은 굳이 보지 않아도 안다는 듯이 람다의 입가에 미소가 머금어졌다.

'끝났다.'

요술의 강함과 무력은 반비례한다.

절대적 법칙은 아니었으나 대개 그러했다.

강력한 요술은 오히려 본신을 나약하게 만들었으니까.

엡실론이 대표적인 예였다.

자신의 요술에 취해 무력을 갈고닦는 걸 게을리하지 않았던가?

'베타도 다르지 않을 것이다.'

수많은 마물을 이끌며 대규모 전투에서 힘을 발휘할 수 있는 존재.

그러나 모든 것이 정리될 때까지 뒤에서 지켜만 볼 뿐 단한 번도 전면에 나선 적이 없었다.

베타도 일반적인 견해에서 벗어날 수 없다는 말이나 마찬가지였고.

엡실론보다 약하면 약했지 더 강하지는 않을 것이라고 해석할 수도 있었다.

'너의 오만함을 탓해라, 베타.'

오늘로써 베타는 죽는다.

수없이 바라고 갈망했던 광경을 마침내 목도하게 될 것이었다.

그렇게 승리를 확신하는 순간.

'잠깐……'

왠지 모를 꺼림칙함이 뇌리를 스쳐 지나갔다.

그 원인을 깨닫기까지는 그리 오랜 시간이 걸리지 않았다.

'왜지?'

어째서 로 할아범이 움직이지 않는 것일까?

그라면 충분히 허남재를 막을 수 있지 않은가?

아니, 막을 수 없더라도 다급한 기색은 엿보여야 하지 않던가?

그런데 저리도 태연할 수 있는 이유는 대체 무엇일까?

그런 의문에 대한 답은 금세 눈앞에 드리워졌다.

"어이가 없네."

머리를 쓸어 올리며 중얼거리는 베타.

이윽고 그녀의 몸에서 한기가 뿜어져 나왔다.

절대영도.

순식간에 주변의 모든 것이 얼어붙었다.

"현······!"

허남재 또한 예외는 아니었다.

주먹부터 시작해 순식간에 온몸이 얼어 버린 허남재는 그
대로 곤두박질쳤고.

챙! 하는 소리와 함께 산산이 조각나 바닥에 흩어졌다.

"······!"

람다는 당황한 얼굴로 거울처럼 깨져 버린 허남재를 바라
보았다.

대체 무슨 일이 벌어진 것일까?

어째서 베타에게 저런 힘이 있는 것인가?

어느 것 하나 해결하지 못하고 있을 때, 베타가 한 걸음 앞
으로 걸어 나오며 퉁명스레 말했다.

"뭐야? 설마 이 버러지 같은 놈으로 날 죽일 수 있다고 생
각한 거야?"

"······."

그리곤 당황한 람다의 얼굴이 재밌는 듯 깔깔거리며 웃었다.

"아아, 너는 잘 모르는구나? 난 나보다 약한 마물만 지배할
수 있어."

"······너보다 약한 마물?"

"간단하게 말하면, 저 한심한 닭대가리보다는 내가 더 강
하다는 거겠지?"

맡은 임무를 수행하지 못한 칠색조가 고개를 조아렸지만, 베타는 별것 아니라는 듯 웃어넘겼다.

"이번엔 용서해 줄게. 조금 귀찮긴 해도 나와 같이 위대한 혈족이라고 불리던 애인데, 그에 걸맞은 대접은 해 줘야 되지 않겠어?"

그러며 한 걸음 다가서는 베타.

"넌 이 언니가 직접 죽여 줄게."

두 나찰 사이의 거리는 점차 줄어 갔다.

그렇게 지척이라 해도 무방할 거리까지 좁혀졌을 무렵.

"직접? 그래, 좋네."

람다는 고개를 끄덕이며 베타를 노려봤다.

"차라리 잘됐어."

분노한 람다의 몸에서 검은 기운이 흘러나왔다.

베타가 어떤 힘을 가졌기에 여유를 부릴 수 있는지는 알 수 없다.

과거였다면 주눅 들어 덤빌 생각을 품지도 못했을 것이다.

하지만 지금은 아니었다.

엡실론을 흡수하며 상황이 달라졌다.

자신의 내공 수준은 위대한 일곱 혈족 안에서도 최상급.

베타에 비해 월등하다 일컬어도 과언이 아니었다.

"바닥을 기며 살려 달라 애원하게 만들어 주마."

"어머, 너무 무서워라."

이윽고 두 나찰이 서로를 향해 달려들었다.

은빛 음기와 검은 음기가 휘몰아친다.

그 안에서 람다는 이를 악물고 주먹을 휘둘렀다.

수백 년간 고대해 온 순간이었다. 이때를 위해 지금껏 생존해 왔다고 해도 과언이 아닐 정도였다.

"죽어어어어!"

하지만 람다의 외침은 공허에 지나지 않았다.

단 한 번도 베타의 몸에 닿지 못했으니 말이다.

"뭐야? 고작 이게 끝이야?"

베타는 고개를 절레절레 흔들었다.

"대단한 실력이 있는 것처럼 하더니, 이 정도가 전부면 실망인데?"

"이 미친년이……!"

분노한 람다가 또다시 베타의 얼굴을 향해 주먹을 뻗는 순간.

"……!"

쾅! 하는 소리와 함께 람다의 주먹이 너무도 쉽게 튕겨져 나갔다.

그리고 뒤이어진 것은.

"재미없으니까 이만 끝내자."

베타의 손에 은빛으로 빛나는 빙검(氷劍)이 소환되었다.

놀란 람다가 몸을 뒤로 뺐으나 베타의 검이 떨어지는 게 먼저였다.

촤악!

새하얀 빙검이 훑고 지나간 자리로 검붉은 피가 흩뿌려졌다.

람다는 가슴을 부여잡으며 뒤로 물러났다.

"하아! 하아!"

"어머, 살짝 얕았네?"

아쉽다는 듯 검을 휘둘러 피를 털어 낸 베타가 빙검을 어깨에 걸쳤다.

"오만하다고 비웃더니, 결국 람다 너한테 하는 소리였네?"

그리고는 람다를 바라보며 입꼬리를 말아 올렸다.

"인간들이 아무리 하찮아도 배울 건 배워야 하지 않겠어?"

걸쳐져 있던 빙검이 천천히 허공을 유영했다.

그럴수록 람다의 미간이 거칠게 일그러져 갔다.

"어디서 본 것처럼 익숙하지?"

"……빙후."

"기억하네? 맞아, 그년이 쓰던 검술이야. 나랑 딱 맞는 거 같아서 배워 뒀지."

"하아."

상상도 못 했다. 베타가 인간의 무공을 배워 놓았을 줄은.

문제는 그뿐만이 아니었다.

'겨우 즉사는 피했지만…….'

상처가 너무 크다.

지금부터 회복에 집중한다면 어떻게 버틸 수는 있겠지만 베타가 그럴 여유를 줄 것이라 생각할 수 없었다.

예상대로, 베타는 천천히 걸음을 옮겨 람다에게로 다가왔다.

"기어 봐. 혹시 알아? 이번에는 네 부탁을 들어줄지?"

"미친년."

람다는 베타를 향해 침을 뱉었다. 하지만 이 역시도 얼마 못 가 바닥에 떨어졌다.

"꺼져, 씨발년아."

강한 척. 그게 람다가 할 수 있는 전부였다.

베타는 바닥에 떨어진 침을 보고는 표정을 굳혔다.

"그래? 그럼 뭐."

이윽고 베타가 다시금 검을 휘두르며 짓쳐 들었다.

현란한 변화에 람다는 겨우겨우 몸을 흔들어 피해 냈으나 완벽하지 않았다.

얼굴에 상처가 생기고 뿔이 검에 맞아 부서진다.

그러나 상처 따위는 불쾌하지 않았다.

자존심을 무너뜨리는 것을 따로 있었으니 말이다.

'끝가지 날 가지고 노는구나.'

현란한 검무 속에서 베타의 조롱하는 마음이 여실히 드러났다. 반면 자신은 살아남기 위해 몸을 움직이고 있었으니 뒤이어지는 것은 처참한 좌절감이었다.

이윽고, 람다의 움직임이 멈추었다.

"벌써 힘이 빠진 거야?"

격한 움직임 속에 피를 너무 많이 흘렸다.

출혈량이 많아 정신이 아득해지고만 있었다.

끝났다.

그 생각에 람다는 베타를 올려다보며 입술을 깨물었다.

억울했다. 너무나도 억울해 정말로 이것이 현실인가 의심이 들 정도였다.

왜 나는 아무것도 하지 못하는가?

혈족이, 자신을 믿고 남아 준 이들이 죽어 나갈 때도, 지금도 왜 아무것도 못 한 채 비참한 죽음을 받아들여야 하는가?

"잘 가라."

"으아아아아아아!"

믿을 수 없는, 믿고 싶지 않은 현실에 람다가 절규를 하는 순간이었다.

"잠깐, 그렇게는 안 되지."

누군가 람다의 앞으로 달려들어 베타의 검을 막았다.

"너는……."

이서하. 멀리서 지켜보고만 있던 그가 움직인 것이었다.

◆ ◆ ◆

베타와 로가 나타난 그 순간.

솔직히 망했다고 생각했다.

하지만 상황은 내 예측과는 완전히 다른 방향으로 흘러갔다.

하지만 확실한 건 나에게 매우 좋은 상황이라는 것이었다.

람다가 베타를 이긴다면 가장 위협적인 적이 사라지니 좋고, 베타가 이겨도 내 수고를 덜 수 있었으니 말이다.

그렇기에 람다와 베타의 전투를 가만히 지켜보았다.

굳이 내가 나설 이유는 없었으니까.

그러면서도 상당히 많은 것을 얻어 냈다.

바로 베타의 실력이었다. 딱 봐도 제대로 무공을 배운 것으로만 보였다.

그에 반해 람다는 마구잡이였다. 제대로 무공을 배운 이와 내공만 믿고 마구잡이로 주먹을 날리는 이의 싸움이었다.

이윽고 베타가 검을 소환하더니 람다의 가슴을 크게 베었다.

그 일격만큼은 가히 완벽하다고 할 수 있었다.

'승부가 났군.'

이대로라면 람다는 베타의 손에 죽을 것이다.

그렇다면 소기의 목적은 달성하는 셈이다.

그런데 이상하게도 마음 한구석이 찝찝하다.

과연 그것으로 충분한가?

'베타는 생각보다 강하다.'

수많은 마물을 조종하는 본체가 저리도 강하다면 어떻게 말릴 방법이 없었다.

'게다가 저 칠색조는……'

제국 최강의 마물 중 하나가 아니던가?

실제로 허남재에게 살짝 밀려나긴 했으나 단지 그것뿐이었다. 전투가 계속되었다면 칠색조의 압승이었을 터.

'그렇다면……'

이대로는 안 된다. 나는 바로 동료들에게 말했다.

"아린이는 로를 맡고, 나머지는 칠색조다. 움직여!"

나는 바로 베타를 향해 달려들었다.

예상대로 내가 움직임과 동시에 로 또한 참전하려 했으나 그것은 아린이가 막았다.

칠색조 역시 성지한의 화살과 김채아, 그리고 주지율에 의해 뜻을 이루지 못했다.

그렇게 베타와 람다 사이에 끼어든 나는 검을 막은 뒤 베타를 밀어냈다.

낙월검법(落月劍法), 태양선(太陽線).

태양의 기운을 담은 얇은 선이 베타를 향해 날아들었다.

하지만 베타는 음기를 응축시켜 이를 상쇄했다.

어차피 이 한 방으로 베타를 어떻게 할 생각은 없었다.

단순히 시간만 벌면 되는 일이었으니까.

"너는……."

감동 받았나? 그랬으면 좋겠는데 말이다.

나는 람다를 돌아보며 말했다.

"새로운 제안을 하지."

난 이제 람다가 무엇을 원하는지 정확하게 알고 있다.

"우리와 손을 잡으면 기존 제안에 더해 베타를 죽여 주마."

나의 말에 람다의 눈동자가 흔들렸다. 하지만 대답은 바로 나오지 않는다. 그렇다면 이준이에게 배운 걸 사용할 때였다.

"셋을 세지. 하나, 둘……."

"받아들일게."

효과는 굉장했다.

"······베타를 죽여 줘."

그렇게 계약은 성립되었다.

"갈 데까지 갔구나. 람다."

베티는 경멸의 눈빛을 보내왔다.

"고작 인간 따위에게 목숨을 구걸하다니."

"······."

그럼에도 람다는 이서하의 넓은 등만을 바라봤다.

베타의 말대로 하등하다 여겨 왔던 인간에게 도움을 구하는 건 인생 최대의 치욕이나 다름없었다.

하지만 개의치 않았다. 동족에게 배신당한 지금 그녀가 매달릴 수 있는 존재는 눈앞의 인간뿐이었으니까.

그리고 지금은 누구든 좋았다.

베타를 죽여 줄 수만 있다면 설령 인간보다 더 저급한 무엇이라도 고민 없이 무릎을 꿇고 빌 수 있었으니 말이다.

그때였다.

"이상할 것도 없지."

람다의 심정을 대변하는 말이 흘러나왔다.

음성의 주인은 다름 아닌 이서하.

그는 대수롭지 않은 얼굴로 발언을 이어 나갔다.

"자존심 때문에 목숨을 버리는 것보다는 훨씬 현명하다고 생각하는데."

"그렇다면 넌 철천지원수에게도 목숨을 구걸할 수 있나?"

"뭐 대단한 문제라고. 바퀴벌레에게도 할 수 있지. 살아남을 수만 있다면 그 누구든 무슨 상관이야?"

알 수 없는 미소를 흘리며 말하는 이서하의 모습에 베타가 미간을 찌푸렸다.

도무지 이해할 수 없는 반응이었으니까.

이는 베타만이 느끼는 감정이 아니었다.

람다 또한 유사한 기분을 마주했던 것이다.

'어째서…….'

이해할 수 없었다.

저 남자는 무슨 목적으로 저렇게까지 말해 주는 것일까?

자신에게 환심을 사기 위함일까?

'아니, 그렇지 않아.'

표정에 드러난 미소에서 그런 얕은 수가 아님을 알 수 있었다.

정말 그런 삶을 살아왔다는 것만 같은 감정을 드러내고 있었으니 말이다.

그리고…….

'설사 그렇다 해도 상관없다.'

인간들과의 전쟁에서 가족을 전부 잃은 후로 진정한 동료를 얻은 적은 없었다.

자신에게 힘을 받아 충성하는 인간들이나, 언제 배신해도 이상할 게 없는 나찰들뿐.

어쩌면 이서하 또한 마찬가지일 수 있다.

잠시나마 목적이 일치해 서로 손을 잡은 것일 터.

굳이 호의를 거부할 이유가 있을까?

이자를 이용해 베타를 처리할 수만 있다면 무엇이 됐든 신경 쓸 필요는 없을 테니까.

그렇게 람다가 마음을 정할 무렵.

베타 역시 결심을 굳혔는지 검을 고쳐 잡았고.

"그래, 그럼 나도 볼 수 있겠네."

빠르게 이서하에게로 돌진했다.

"네가 나에게 목숨을 구걸하는 걸!"

이윽고 베타와 이서하의 기운이 충돌했다.

한기와 열기가 어우러지며 폭발한다.

뒤이어진 충격파로 람다가 휘청거렸다.

팔을 들어 얼굴을 보호하던 그녀가 힘겹게 눈을 떴다.

이윽고 밝은 섬광 너머로 황홀경이 펼쳐졌다.

황금빛 기운과 은빛 기운이 어우러져 춤을 춘다. 검격 한 번에 세상이 진동하고 땅이 흔들린다.

신들의 전쟁.

람다는 치료하는 것도 잊은 채 이서하와 베타의 싸움을 넋놓고 바라볼 수밖에 없었다.

그리고 저도 모르게 중얼거렸다.

"……이겨."

누구에게도 들리지 않을 정도로 작은 목소리.

"무조건 이겨."

람다는 그렇게 남모르게 이서하를 응원했다.

◆ ◆ ◆

입신경.

회귀 전에는 꿈의 경지였다.

아무리 열심히 수련해도 내 재능으로는 현경의 경지에 올라가는 것조차 버거웠으니 말이다.

하지만 지금의 나는 그토록 염원하던 신들과 어깨를 나란히 하게 되었다.

낙월검법(落月劍法), 연화보(烟火步).

베타의 공격을 보법으로 피하며 그녀의 뒤를 잡은 뒤 있는 힘껏 검을 내려쳤다.

낙월검법(落月劍法), 태양선(太陽線).

강렬한 양기가 베타의 등을 향해 날아간다.

그러나 베타는 즉시 몸을 돌리며 태양선을 반으로 갈랐다.

동시에 지독한 한기가 꽃처럼 활짝 피어난다.

'이건······!'

언젠가 기록에서 본 적이 있는 검법이었다.

양기가 아닌 음기를 사용하는 특징으로 낙월검법과 형제격이자, 이전 빙후가 사용했던 것으로 이름을 떨쳤던 무공.

만월검법(滿月劍法), 창천몰락.

"희귀한 무공을 배웠군."

"빙후 그년이 죽자마자 장문인을 죽이고 비급을 손에 넣었거든."

베타는 미소를 지으며 이죽거렸다.

"인간에게는 과분한 무공이잖아. 안 그래?"

만월검법은 기본적으로 한기, 그러니까 음기를 토대로 운용하는 무공이다. 그러니 인간보다는 나찰, 특히 음기를 주력으로 사용하는 그녀에게 훨씬 잘 어울리는 것도 사실이었다.

무공이 강한 것이 아니라, 이를 익힌 사람이 강한 것이니까.

빙후를 제외한다면 만월검법을 사용하는 문파에 고수가 없었던 것도 그 때문이었다.

하지만 지금 그게 중요한 게 아니었다.

이 순간 나를 더 어이없게 만드는 건 따로 있었으니 말이다.

"말과 행동이 다르다는 건 알고 있겠지?"

"무슨 말이지?"

논지를 깨닫지 못하는 듯한 모습에 어이가 없어서 헛웃음이 나왔다.

"아무리 그래도 그렇지, 그토록 격하게 싸웠던 빙후의 무공을 배웠어?"

순간 베타의 미간이 한없이 일그러졌다.

이제야 진의를 눈치챈 것이다.

"나한테 이러니저러니 하더니 결국 너도 똑같았던 거네."

나한테 도움을 요청했다고 난리법석을 떨더니, 정작 자신도 인간의 무공을 답습하고 있었던 것이다.

똥 묻은 개가 겨 묻은 개 나무란다고.

베타도 어지간히 이중적인 존재였다.

"그래, 처음엔 그럴 수 있지. 그래도 너무 걱정 마. 나름 하다 보면 적응돼서 창피하지도 않으니까."

잘 들어 둬라. 이게 다 선배로서 해 주는 피가 되고 살이 되는 조언이니까.

나 때는 말이야…….

"전투 중에 한가하게 잡담이나 나눌 여유가 있나 보지?"

베타는 급히 신색을 바꾸며 태연한 모습을 되찾았다.

"그래도 나름 강해졌다 이건가? 수도에서는 그렇게 강한 기운을 느끼지 못했었는데."

왠지 급하게 화제를 전환한 감이 없잖아 있다.

그래, 충분히 이해한다. 얼마나 당황스럽고 낯부끄러울까.

그토록 깎아내리던 인간의 것을 따라 했으니 면이 서질 않겠지.

"그럴 수 있어. 암, 이해하고말고."

"입만 산 놈이…….

"입만 산 건지 아닌지는 보면 알 거다."

장난은 이쯤에서 멈춰야 했다.

겉으론 여유를 부리고 있지만, 실상은 좋은 상황이 아니었으니까.

나는 작게 한숨을 내쉬며 주변을 바라보았다.

아린이가 로를 상대로 힘겹게나마 버티고 있으나, 칠색조를 상대하는 광명대원들은 고전을 면치 못하고 있었다.

지금까지 베타의 정확한 실력을 알기 위해 탐색전을 벌였다면, 이제는 빠르게 승부를 봐야 할 때라는 뜻이었다.

"끝내자."

더는 대원들에게 부담을 줄 수가 없다.

나는 베타를 향해 달려들었다.

혼신의 힘을 다해. 모든 것을 일순간에 쏟아부어 그녀를 제압한다.

그렇게 한 합, 한 합. 오직 베타를 죽이기 위해 모든 것을 담아 검을 휘둘렀다.

거대한 양기가 만백산의 눈을 증발시키며 주변의 풍경을 전부 바꾸어 버린다.

그러나 시간이 흐를수록 내 표정은 어두워져 갈 수밖에 없었다. 하늘을 가르고 지축을 흔들며, 눈앞에 보이는 모든 것을 태운들 베타의 방어는 깨지지 않았으니까.

그때 베타가 나를 향해 조소를 흘렸다.

"힘을 아끼고 있는 거 같은데, 그래도 되겠어? 동료들이 죽도록 내버려 둘 건가?"

힘을 아끼고 있다고?

그 말을 듣는 순간 뒤통수를 맞은 것처럼 정신이 아찔해졌다.

아끼고 있었구나.

이후를 생각한답시고 극양신공을 한계치까지 끌어올리지 않았다는 말이었다.

그저 내 몸에 무리가 안 갈 정도로. 무의식적으로 그것이 최선이라고 생각했던 것이다.

'쓸데없이……'

언제부터 내가 내일을 생각하며 싸웠는가?

아니, 애초에 그렇게 해서 이길 수 있는 상대가 아니지 않은가?

"……좋은 말이다. 베타."

덕분에 깨달음을 얻었으니.

그렇다면 그에 대한 감사를 표해야겠지.

나는 극양신공을 극단적인 수준까지 끌어올렸다.

뇌가 각성하며 내장이 타오르기 시작한다.

시간이 많지 않다는 것을 경험적으로 알 수 있었다.

하지만 상관없다.

어차피 한 방으로 끝낼 테니까.

"기대해도 좋아."

지금껏 여유로운 미소를 보여 주던 베타의 표정이 굳은 것도 동시였다.

낙월검법(落月劍法), 일검류(一劍流), 극홍일섬(極紅一閃).

천광이 하나의 빛이 되어 베타의 심장을 향해 날아갔다.

"……!"

푹!

무언가 관통되는 소리와 함께 붉은 피가 내 시야를 물들였다.

"쯧."

직후 짧게 혀 차는 소리가 허공에 맴돌았다.

공격은 실패였다.

찰나의 순간.

베타가 순간적으로 나의 공격을 쳐 내려 한 것이다.

그것까지는 예상한 바였다.

그럼에도 공격을 감행한 것은 어차피 막는다고 막을 수 있는 공격이 아니었기 때문이다.

하지만 문제는 그 이후였다.

"이 새끼가……."

람다가 자신의 심장 쪽에 음기를 집중시켜 내 검의 경로를 살짝 비튼 것이었다.

'제대로 들어갔다면……!'

아무리 베타라도 치명상을 입고 더 이상의 전투를 지속할 수 없었을 것이다.

그러나 그것은 내 희망 사항이었을 뿐.

결과는 이미 나왔다.

베타는 고통을 인내하며 맨손으로 천광을 부여잡았다.

손이 타오르고 있었으나 그녀는 신경 쓰지 않았다.

"감히 내 몸에 상처를 내?"

이윽고 그녀의 몸에서 극한의 한기가 뿜어져 나오기 시작했다.

내 양기로도 밀어낼 수 없는 절대적인 기운.

모든 것이 얼어붙기 시작함에 나는 급히 뒤로 물러날 수밖에 없었다.

일검류를 사용하고 난 후의 반동이 왔기 때문이다.

'시간이 필요하다.'

그나마 다행인 것은 베타의 치료에도 일정 시간이 요구된다는 것.

급소를 피해 갔다곤 하나 제대로 된 일격인 만큼 짧진 않을 것이기에 당장의 위기는 넘길 수 있을 것이었다.

분명 그럴 것이라 생각했다.

'……!'

베타의 살기 어린 시선이 나에게서 멀어지는 것을 느끼기 전까지는 말이다.

순간적으로 위화감을 느낀 나는 재빨리 그녀의 시선이 향한 곳을 뒤쫓았다.

이내 목표한 곳을 바라봤을 때.

'망할!'

그 순간, 어떻게 행동하는 것이 최선일지를 생각할 새도 없이 내 몸은 이미 움직이고 있었다.

이윽고 누군가의 앞으로 몸을 밀어 넣은 순간.

푹!

베타의 검이 내 복부를 찔러 들어왔다.

"……제길."

내부로 스며드는 한기와 더불어 끔찍한 고통이 밀려들었다.

즉시 검을 휘둘러 베타를 물러나게 만든 뒤 복부에 있던 검을 빼내 양기로 불태웠다.

다시금 거리를 벌리고 대치를 이루게 되었으나, 조금 전과 같은 여유는 부릴 수 없었다.

난 나찰이 아니고, 공격을 허용했다.

다소 비슷했을 상황에 격차가 벌어졌다는 말이었다.

예상치 못한 위기에 고민이 깊어질 찰나.

"……너!"

당황한 음성이 귓가에 날아와 꽂혔다.

"어째서……."

베타 때문에 뒤돌아 확인할 수 없으나, 상대가 어리둥절한 얼굴로 올려다보고 있을 것은 굳이 보지 않아도 알 수 있었다.

나라도 그랬을 것이니까.

'나도 알고 싶다.'

어째서 이렇게까지 무리를 했는지.

그저 고민할 새도 없이 움직인 결과였다.

사실 베타의 손에 죽게 내버려 둬도 소기의 목적을 달성하는 것이니 무리할 필요가 없기도 했다.

"아무 뜻도 없어. 그냥 몸이 움직인 거야."

별것 아니라는 투로 말했지만, 솔직하게 말하면 그 이유는 대략 알고 있었다.

아마도 나를 의지하는 사람을 방치할 수 없었기 때문일 것이다.

'회귀를 하면 내 편은 그 누구도 버리지 않겠다고 맹세했으니까.'

괜히 그런 맹세를 했다. 나찰은 버려도 된다고 생각할걸.

그런 내 생각을 모르는지 등 뒤의 상대, 람다는 내 복부로
시선을 옮기며 말했다.

"상처가……."

"그냥 긁힌 거야."

"관통되었는데……."

"거, 신경 쓰지 말라니까? 긁힌 거라고."

나는 호흡을 골랐다.

허세를 부렸으나 상처는 깊었다.

검 하나가 통째로 복부를 들어갔다 나왔으니까.

그 사실을 아는 베타 역시 나를 조롱했다.

"계속 싸워도 괜찮겠어?"

"아직도 모르는구나."

당연히 계속 싸울 수 있지.

나는 근육을 이용해 지혈한 뒤 태연한 척 말했다.

"인간은 말이야, 내 경지쯤 되면 이 정도 상처는 아무것도
아니거든."

"아무것도 아니지는 않지. 안 그래도 혹사하고 있는데, 시
간제한이 더 없어진 거 아니야?"

예리한 년.

도대체 인간에 대해 얼마나 잘 아는 거야?

그때였다.

람다가 나의 손을 잡았다.

"내가 힘을 줄게."

나는 람다를 돌아봤다.

간절한 눈빛. 악의는 없어 보였다.

하지만 속일 수 있다는 의심을 지울 수 없다.

람다 역시 나찰.

그녀의 힘을 받은 인간들이 어떻게 변했는지도 잘 알고 있었다.

지금의 위기를 이용해 나를 자멸시킬지도 모를 일이었다.

그 탓에 망설이자 람다가 고개를 절레절레 흔들었다.

"네가 생각하는 그런 일은 없을 거야. 그러니까……."

"……."

선택을 내릴 수 없다.

위험을 감수하더라도 지금의 위기를 헤쳐 나가는 것이 옳은 길인가?

그게 아니라면 나 자신을 믿고 람다의 힘을 거부하는 것이 옳은가?

그렇게 고민할 때였다.

"지한아!"

저 멀리서 김채아의 비명이 들려왔다.

뱀의 형상을 한 무언가가 후방에서 칠색조를 공격하던 육도궁 성지한을 공격한 것이다.

김채아가 뱀에게 달려들었으나 그것은 바로 껍질 안으로 숨어 버렸다.

새로운 마물.

그것은 칠색조처럼 너무나도 유명한 것이었다.

"현무……."

칠색조와 함께 제국을 공포로 물들였던 마물이었다.

그리고 마물의 등장은 그것으로 끝이 아니었다.

만백산의 기운이 흔들리는 것과 함께 한 존재가 모습을 드러냈다.

눈 덮인 산과 같이 하얗고 깨끗한 털. 오금을 저리게 만드는 푸른 눈.

내가 누구보다도 잘 아는, 그리고 친하게 지냈던 마물.

"냐옹아."

설산비호였다.

"너……!"

아린이 또한 놀라 바라보는 순간.

설산비호가 그녀를 향해 달려들었다.

로를 상대하는 것만으로도 벅차던 아린이는 제대로 된 반격조차 못 한 채 설산비호의 앞발에 나가떨어졌다.

"아린아!"

"괜찮아!"

아린이는 벌떡 일어나며 외쳤다.

"광명대! 모두 대장 곁으로!"

아린이도 아는 것이다.

지금은 뭉쳐야 한다는 것을.

이윽고 그녀의 명령대로 모든 광명대원들이 내 주변에 몰려들었다.

"이제 어떡할까? 서하야."

아린이의 질문에 나는 작게 숨을 내쉬었다.

전황은 기울어졌고 활로는 보이지 않는다.

내가 취해야 하는 선택지가 한정된다는 뜻이었다.

그렇다면 길게 고민할 이유는 없다.

"지금부터 너희들은 탈출해."

"들었지, 주지율? 바로 탈출해."

자연스럽게 지율이한테 임무를 넘길 것은 이미 알고 있었다.

그녀가 어떻게 나올지는 눈에 훤했으니까.

그렇기에 나는 아린이의 어깨를 잡으며 두 눈을 똑바로 마
주하고 말했다.

"네가 책임지고 대원들을 이끌도록 해. 부대장으로서."

"싫어."

아린이는 즉답했다.

하지만 나 역시 타협할 생각은 없다.

"내 싸움에 방해돼."

아린이의 동공이 흔들렸다.

어쩔 수 없다.

이렇게까지 말하지 않으면 절대로 떠나려 들지 않을 테니까.

그렇게 지그시 바라보며 내 뜻을 전하고 있자, 아린이는 입
술을 잘근잘근 씹으며 고개를 끄덕였다.

"……알았어."

힘이 없는 대답.

그녀는 바로 몸을 돌려 주지율을 향해 말했다.

"가자."

"잠깐, 말이 안 되잖아!"

"세상의 어떤 부대원이 대장을 두고 가!"

주지율과 김채아가 외쳤다. 그러나 아린이의 말은 번복되지 않았다.

"대장님 명령이야."

이 자리에서 가장 분할 사람은 아린이였으니 말이다.

"우리는 후퇴한다. 발목 잡지 않도록. 어서!"

아린이는 외침과 동시에 앞장서서 달리기 시작했다.

단 한 번도 뒤돌아보지 않았다.

고개를 돌리면 떠나지 못할 것임을 알았기에.

그럼에도 광명대는 눈치를 보며 머뭇거리고 있었고, 난 그들에게 고개를 끄덕여 주었다.

"고맙다. 무리한 명령을 들어줘서."

"……."

모두 착잡한 얼굴로 그제야 아린이를 따른다.

마지막까지 머뭇거린 건 의외로 이준이였다.

"꼭 돌아오세요."

마지막으로 막내까지 달려 나가며 전장엔 홀로 남게 되었다.

그제야 나는 시선을 돌려 베타를 바라봤다.

"기다려 줘서 고맙다."

"그게 뭐 별거라고."

베타가 미소를 지었다.

"피차 회복할 시간이 필요하기도 했고. 그리고 애초에 너만 죽이면 끝이잖아?"

그녀의 말대로 내가 죽는다면 인간들은 다시금 무너져 내릴 것이다.

그러니 절대로 죽을 수는 없다.

상황을 타개할 가능성만 있다면 어떤 선택을 취해서라도.

"내가 생각하는 일은 없을 거라고 했지? 어떻게?"

람다가 재빨리 반응했다.

"내 기운을 받은 사람은 자신의 한계치만큼 음기를 운용할 수 있게 돼."

"음기를 말인가?"

"응."

그렇기에 인간들은 미치는 것이다.

람다의 음기는 다른 나찰들에 비해서도 심연과도 같은 광기를 가지고 있었으니 말이다.

"하지만 너라면, 그렇게 순수한 양기를 가진 너라면 미치지 않을 거야. 애초에 나보다 강하니까."

"……그래."

믿어 보자. 이제 나에게는 그것밖에 없으니.

'혹시라도 폭주할 때를 대비해 다들 보냈으니.'

나는 람다를 향해 손을 펼쳤다.

"줘 봐. 네 힘."

"동의한 거다?"

람다의 목소리에 묘한 기쁨이 묻어 있어 기분이 나쁘다.

그 순간이었다.

"......!"

음기가 내 몸을 타고 흐른다.

십이경과 기경팔맥으로 람다의 기운이 파고든다.

이윽고 온몸에서 양기와 음기가 서로 섞이며 거대한 조화를 만들어 냈다.

음과 양, 흑과 백.

뒤이어진 것은 새롭게 탄생한 질서.

그리고 그 질서가 정립되는 순간.

쿠오오오오오오오!

짙은 어둠 속, 한 줄기의 섬광만이 반짝거리며 빛나는 세계.

이 세상을 살아가는 생명체의 본능이었을까?

나는 눈앞의 펼쳐진 광경이 무엇임을 본능적으로 이해할 수 있었다.

이 우주의 시작과 끝.

그것이 내 몸 속에서 펼쳐지고 있었다.

그렇게 다시금 눈을 떴을 땐.

눈앞에 펼쳐진 모든 것이 하찮게만 보이기 시작했다.

Chapter 140.

　베타와 로는 누가 뭐라 할 새도 없이 이서하의 변화를 눈치
챌 수 있었다.

　아니, 싫어도 그럴 수밖에 없다.

　"저건…… 위험하겠는데."

　베타는 이서하를 바라보며 미간을 찌푸렸다.

　수백 년간 처음 보는 광경이었다.

　마치 전쟁이라도 치르듯 황금빛 양기가 검은 음기와 치열
하게 다투며 하늘로 승천한다.

　이윽고 서로를 밀어내던 두 기운은 점차 융화되기 시작하
며 조화를 이루더니 완벽한 원을 그린 후 이서하의 몸 안으로

들어갔다.

그 순간 베타의 머리에 떠오른 것은 하나뿐이었다.

"지금 죽여야 해!"

본능이 외친다.

저 기운이 이서하에게 완벽히 깃들면 그걸로 끝이라고.

"달려들어!"

베타의 외침에 마물들이 일제히 기운을 끌어올렸다.

설산비호의 한기, 칠색조의 극열광선과 현무의 독까지.

그 모든 공격이 일제히 이서하를 향해 날아간다.

하지만 그 순간에도 이서하는 움직이지 않았다.

아니, 공허한 눈으로 마물들을 바라보며 손을 앞으로 들어 올린 뒤 천천히 내리그을 뿐이었다.

뒤이어진 장면은 가히 충격에 가까웠다.

마물의 공격이 서로 뒤섞이더니 사방으로 흩어져 소멸해 버린 것이다.

"……하!"

말도 안 되는 광경에 베타는 실소를 터트릴 수밖에 없었다.

고작 손짓 한 번에 반야급 마물들의 공격이 상쇄된다고?

그런 것은 듣도 보도 못한 기사였다.

"시간이 없으니 빨리 끝내 주마."

당황할 새도 없다.

이서하가 도약 한 번만으로 순식간에 면전에 모습을 드러냈으니 말이다.

"……!"

베타가 뒤로 물러나는 사이, 로가 장검을 크게 휘둘렀다. 그것은 정확히 이서하의 목을 향해 날아들었다.

'베었다!'

확신하는 순간.

챙! 하는 소리와 함께 로의 검이 부러져 날아갔다.

"……!"

잘려 나간 검이 도리어 자신에게로 날아든다.

로는 급히 고개를 꺾으며 파편을 피해 냈다.

그러나 위기는 그것으로 끝나지 않았다.

여전히 무표정한 얼굴로 이서하가 천광을 내려치고 있었던 것이다.

'피해? 아니, 이건…….'

이미 늦었다.

죽음을 받아들이는 수밖에 없다.

그렇게 삶에 대한 미련을 놓으려는 순간.

"정신 차려!"

누군가가 그를 강하게 잡아끌었다.

바로 베타였다.

덕분에 간발의 차로 이서하의 공격을 피할 수 있었으나, 뒤이어 거대한 양기 폭풍이 둘을 덮쳐 왔다.

"윽!"

거대한 열풍이 모든 것을 집어삼킨다.

"현무!"

베타의 외침에 현무가 재빨리 끼어들어 자신의 껍질로 모두를 보호했다.

그러나 그것도 잠시.

현무의 몸이 녹아내리는 모습에 베타가 이를 악물었다.

"이런 씨발!"

끓어오르는 감정을 토해 낸 그녀는 양팔을 앞으로 내밀었다.

절대영도.

누가 이기는지 해보자는 것이었다.

그렇게 베타의 한기와 이서하의 양기가 맞부딪침과 동시에 현무의 몸이 폭발했다.

"꺄악!"

베타는 비명을 지르며 저 멀리 날아갔다.

이윽고 그녀가 정신을 차렸을 때는 눈앞의 모든 것이 바뀌어 있었다.

하늘에서는 피의 비가 내리고 있었고 현무가 있던 자리에는 마치 운석이라도 떨어진 듯 거대한 구멍이 나 있었다.

허나 그보다도 베타를 두려움에 몸서리치게 만든 것은 아무런 감정도 느껴지지 않는 이서하의 표정이었다.

"……."

베타는 몸을 부들부들 떨었다.

그런 그녀를 향해 칠색조가 날아왔다. 그리곤 주인의 의사도 묻지 않은 채 자신의 등으로 휙 던지며 설산비호에게 외쳤다.

"주인님은 내가 데리고 간다! 넌 로 님을!"

설산비호가 고개를 끄덕인 후 로를 입에 물었다.

포식자를 만나면 도망친다.

동물의 본능을 가진 마물은 그 행위에 어떤 치욕도 느끼지 않았다.

하나 베타는 달랐다.

"멈춰! 난 아직……!"

하지만 끝내 말을 잇지 못했다.

마음과 달리 차마 더 싸우겠다는 말이 입 밖으로 나오지 않았기 때문이다.

은연중 공포라는 감정이 이성을 장악해 버린 것이다.

그렇게 칠색조의 판단대로 두 마물은 나찰을 데리고 도망치기 시작했다.

그러나 이를 내버려 둘 이서하가 아니었다.

베타는 이서하가 자세를 잡는 것을 발견하자마자 칠색조에게 외쳤다.

"조심……!"

그 순간 섬광이 번쩍였다.

낙월검법(落月劍法), 태양선(太陽線).

양기를 담아 횡으로 베는 단순한 기술.

조금 전까지도 본 것이었고, 또 손쉽게 막았던 것이다.

그러나 지금은 다르다.

마치 지평선처럼 거대했고, 태양처럼 밝았다.

만월검법(滿月劍法), 빙하수월(氷下囚月).

달마저 얼음에 가둔다는 절초.

이조차 태양의 열기 앞에서는 버틸 수 없을 만큼.

"……!"

모든 수가 물거품으로 돌아간 그 순간이었다.

"이런 건 예상하지 못했는데."

하늘에서 누군가가 급강하하며 베타를 스쳐 지나갔다.

그리곤 이서하가 날린 태양선의 앞에 섰다.

'알파!'

알파.

제국에 있던 그가 돌아온 것이었다.

"이런 건……."

알파는 온몸으로 이서하의 검기를 막아섰다.

아니, 정확히는 궤도를 튼 것에 불과했으나.

"꺄악!"

검기의 후폭풍에 밀려 저만치 멀어지는 베타를 보며 흡족한 미소를 지었다.

이것만으로도 충분했다.

강대한 힘이 담긴 검기를 무위로 돌려 버렸으니 말이다.

소기의 목적을 달성한 알파는 지상으로 떨어져 내렸다.

그렇게 점이 되어 사라지는 알파의 모습에 베타는 서둘러 칠색조에게 명령을 내렸다.

"돌려! 다시 돌아간다!"

"하지만 주인님……."

"돌리라는 말 못 들었어!"

"위험합니다!"

"그래? 그럼 내가 직접 가지."

베타가 뛰어내리려 하자 칠색조가 기겁을 하며 방향을 틀었다.

"그렇다면 같이 가겠습니다."

저 괴물을 상대로 알파를 혼자 둘 수는 없다.

그렇게 베타는 다시 사지를 향해 달려들었다.

◆ ◇ ◆

맞지 않은 건가?

이번에는 베타를 확실히 죽일 수 있을 거라고 생각했는데 말이다.

하지만 아쉬워할 새는 없다.

내 앞으로 떨어지는 나찰에게로 시선을 돌려야 했으니까.

"때를 잘 맞춰 왔네."

알파.

제국에 있다던 그가 이토록 빨리 돌아올 줄이야.

"많이 변했네. 람다가 아주 근사한 걸 탄생시켰어."

알파는 내 뒤에 있는 람다에게로 시선을 돌린 뒤 손을 흔들었다.

"근사한 도박이었어, 람다. 인간한테 네 힘을 전부 다 넘겨줄 줄이야. 그러니까 이런 괴물이 탄생하지."

"말이 많네."

나는 알파의 말을 끊었다.

"차라리 잘됐어."

지금 이 자리에서 전쟁을 끝마칠 수 있는 절호의 기회였다.

"오늘로써 마무리하자."

나는 곧바로 알파에게로 돌진했다.

현재의 경지는 알파보다 내가 월등히 위였다.

그런데…….

'뭐지?'

이 알 수 없는 불안감은?

어째서 놈의 얼굴에서는 미소가 사라지지 않을까?

자신이 불리하다는 건 잘 알고 있을 텐데?

영문 모를 감정에 잠시 주저함이 찾아왔으나, 나는 금세 감정을 떨쳐 냈다.

뜻밖에 찾아온 호기를 절대 놓쳐서는 안 됐으니까.

그렇게 마음을 다잡으며 천광을 내려치는 순간.

"위험하네. 위험해."

알파가 아슬아슬하게 검로를 벗어났다.

언뜻 불안감이 또다시 고개를 들려 했으나 나는 망설이지 않고 다음 공격을 이어 갔다.

낙월검법(落月劍法), 일검류(一劍流), 용섬(龍閃).

마치 용이 적을 사냥하듯.

거대한 황금빛 일격이 알파의 허리를 향해 날아들었다.

그러나 이번에도 간발의 차이로 공격을 피하는 알파였다.

"이번에도 죽을 뻔했네."

그렇게 허공을 가른 나는 식은땀을 흘리는 알파를 바라보았다.

"⋯⋯."

이것도 피했다고?

불가능한 일이었다.

현재 그 어떤 것도 알파보다 떨어지는 것은 없다.

그런데 어째서 맞지 않는가?

묘한 위화감이 든다.

'다시 한번⋯⋯'

낙월검법(落月劍法), 일검류(一劍流), 일섬(一閃).

두 번째 일검류 초식.

그러나 이 역시도 간발의 차로 빗나갔다.

"헛수고다."

알파는 다시금 멀찌감치 거리를 벌렸다.

"넌 나를 맞히지 못해."

"그렇겠네."

알았다. 위화감의 정체.

그것은 바로⋯⋯.

"너 내가 무슨 공격을 할지 아는구나?"

그 말에 알파가 미소를 지었다.

"내가 사실대로 말해 줄 이유가 있을까?"

글쎄다. 오히려 그렇게 말하니 더 맞다는 것처럼 들리는데?

알파는 내 공격을 예측하고 미리 움직이는 것으로 속도의 차이를 메꾸고 있었다.

내 생각을 읽는 것인지, 아니면 미래를 읽은 것인지 확실하진 않지만.

'그렇다면 승패가 나지 않는다.'

아무리 강한 공격을 한들 알파는 이를 예측하고 빠져나갈 것이다.

결국 술래잡기일 뿐.

그리고 만약 술래잡기가 장기화된다면…….

"큭!"

나는 심장을 부여잡았다.

그러자 알파가 기다렸다는 듯 입을 열었다.

"슬슬 한계가 오나 보네."

"……."

"너, 람다의 음기를 제대로 흡수하지 못하고 있지?"

저 자식.

내 상황을 전부 알고 있다. 나는 람다를 향해 시선을 살짝 돌렸다. 그러자 그녀가 당황해하며 손을 내저었다.

"나, 나는 아무것도…….'

"알아."

람다는 아무것도 하지 않았다.

문제라면 그녀의 음기에 있을 것이다.

'극상성이 여기서 발목을 잡을 줄이야.'

나의 양기는 순수함의 극치다.

공청석유를 통해 몸속 불순물들을 전부 처리하고 기혈을 튼 덕분이었다.

반대로 람다의 기운은 내 기준에선 불순물 덩어리.

부정적인 음기가 들어왔으니, 몸에서 이상 징후를 보일 수밖에 없었다.

한마디로 내 몸은 불순물들을 전부 태워 버리는 소각장이나 다름없다는 소리다.

"결국에는 람다가 준 음기를 전부 소멸시켜 버리겠지. 안 그런가?"

알파의 비아냥에 나는 한껏 비웃어 주었다.

"착각은 자유다."

"착각인지 아닌지는 일각 정도만 지나면 알겠지."

알파는 비열하게 웃으며 손을 펼쳤다.

"자, 그 안에 나를 잡으면 너의 승리다."

망할.

저 자식, 내가 혼자 뻗을 때까지 도망쳐 다닐 생각이다. 그렇다면 방법은 한 가지.

어떻게든 시간 내에 알파를 잡는 수밖에.

'만약 내 생각을 읽는 것이라면…….'

생각 없이 싸우면 된다.

어차피 알파의 수준으로는 지금의 나에게 치명상을 입히지 못할 테니까.

그러니…….

"흐읍!"

나는 머릿속을 비운 후 알파에게 달려들었다.

마구잡이로 검을 휘둘렀다.

몸에 익은 초식이 두서없이 이어지겠지만 상관없다.

그것만으로도 충분히 위협적일 것일 테니까.

'제발 내 생각이 맞기를!'

그러나 역시 쉽게 풀리는 일은 없다.

단 한 번도 놈을 스치지 못했으니 말이다.

그래도 다행인 건 의문에 대한 답은 얼추 알아냈다는 것이다.

알파는 여전히 공격을 하기도 전에 궤적을 읽고 움직이는 모습을 보였다.

이는 생각을 읽는다는 것이 아니라는 말이었다.

그 의미는 결국…….

"너 미래를 보는구나?"

알파의 요술은 미래를 보는 것.

그것이 아니면 설명할 길이 없었다.

이번에도 미소를 짓는 것으로 대답을 대신하는 것을 보아하니 아마도 내 추론은 사실일 것이다.

'그래서 궤적을 아는 거다.'

내 공격을 미리 알고 반응하는 것도 미래를 봐서 아는 것이 겠지.

자연스레 요술과 관련된 것을 추가로 깨달을 수 있었다.

모든 미래를 보지는 못한다는 것.

그것이 가능했다면 내가 이렇게 성장하기 전까지 지켜볼 이유는 없었으니 말이다.

회귀한 때부터 찾아와 미리 싹을 잘라 버렸겠지.

그렇게 대상을 선정하니 범주를 좁혀 가는 건 어렵지 않았다.

미래를 보지만 미리 앞서 나가지 못했다는 점.

때를 잘 맞춰 왔다는 발언.

시간 안에 자신을 잡아 보라는 도발까지.

꼬리에 꼬리를 물고 이어진 분석 덕분에 놈이 가진 요술의 한계에 다다를 수 있었다.

나로 인해 은월단의 계획이 매번 수포로 돌아갈 수밖에 없었던 이유.

알파가 뒤늦게서야 등장할 수밖에 없었던 이유.

그것은 바로…….

'아주 근시적인 미래.'

알파가 볼 수 있는 미래는 얼마 되지 않는다는 것이었다.

그렇게 생각에 잠겨 있자 알파가 손뼉을 치며 말했다.

"표정을 보니 전부 알아낸 거 같네. 맞다. 하지만 그게 전부는 아니라는 것만 알아 둬."

"……뭐가 더 있나?"

"굳이 설명해 줄 의무는 없지 않나? 이번에도 알아서 잘 생각해 봐. 아! 생각할 시간도 이제 얼마 안 남았나?"

"쯧. 됐다. 그럼 안 싸우면 되지."

포기할 건 포기하자.

어차피 소기의 목적은 달성했다.

더 이상 싸움을 이어 가며 위기를 자초할 이유는 없다.

나는 말을 끝내자마자 서둘러 람다를 안아 들고 달렸다.

직후 알파 역시 곧장 뒤를 쫓아왔다.

가설이 사실로 판명되는 순간이었다.

그가 보다 앞선 미래를 볼 수 있었다면, 미리 람다의 앞을 막아섰을 테니까.

그러니 이제는 남은 일에 집중할 차례였다.

'최대 속도로 달리면 잡히지 않을 것이다.'

힘이 사라지기 전에.

가능한 최대로 거리를 벌린다.

그렇게 생각하는 찰나, 알파의 외침이 들려왔다.

"앞에 조심해라."

앞?

그 순간이었다.

"키야아아아아아악!"

칠색조의 괴성과 함께 광선이 날아들었다.

나는 발을 멈추고 호신강기를 펼쳤다.

공격을 막는 건 어렵지 않다.

문제는…….

"발이 멈추었군. 이제 반각도 남지 않았다. 이서하."

그의 말대로 점점 힘이 빠져나가는 것이 느껴졌다.

그와 동시에 칠색조의 등에서 베타가 내려왔다.

"다시 오길 잘했지?"

"다 알고 있었지. 전부 내 손바닥 위였다는 소리다. 이서하."

알파의 도발은 들리지도 않는다.

나의 관심사는 오직 생존이었다.

과연 베타를 뚫고 갈 수 있을까?

혼자라면 충분히 뚫을 수 있겠지만 람다를 안은 상태로는 힘들다.

그렇다고 여기까지 왔는데 포기할 수는 없다.

그 순간 람다가 내 옷깃을 잡았다.

"이제 됐어. 그만해도 돼."

"닥쳐 봐. 다 살 수 있을 방법을 생각 중이니까."

아무리 절망적인 상황이라도 분명 길은 있다.

그렇게 생각할 때였다.

육감에 누군가 다가오는 것이 포착되기 시작했다.

이윽고 기운의 주인이 내 옆에 착지하며 모습을 드러냈다.

"손바닥 위라……."

너무나도 익숙한 얼굴의 나찰.

백야차였다.

"그럼 이것도 예상했나?"

그 순간이었다.

"……제길!"

저 먼 허공에 검은 구체가 하나 생성되더니 알파와 베타, 그리고 칠색조가 동시에 빨려 들어가기 시작했다.

"지금 어서!"

백야차의 동생. 이스미였다. 갑작스러운 상황에 멍하니 있자 옆에서 백야차가 내 어깨를 쳤다.

"뭐 해? 뛰어!"

생각지도 못한 나의 구원자들이었다.

백야차가 등장하기 직전, 알파는 허를 찼다.

"쯧."

미래가 보였다.

갑자기 나타난 검은 구체에 자신이 빨려 들어가는 미래를.

그러나 무엇보다 알파를 짜증 나게 만든 것은 오직 하나의 미래만이 계시되었다는 것이다.

'단 하나의 미래가 보였다는 건……'

결코 그것을 피할 수 없음을 뜻했다.

이윽고 그가 본 것처럼 검은 구체가 나타나 자신과 베타, 그리고 칠색조를 비롯해 사방의 지형을 모두 빨아들이기 시작했다.

'압축하려는 거군.'

이대로 아무런 대응도 하지 않는다면 온갖 지형에 압축되는 미래는 현실화될 것이었다.

하지만 그 직후, 유일했던 미래가 수십 가지 다른 형태로 분화되기 시작했다.

알파는 베타를 두 팔로 받음과 동시에 날아오는 지형지물을 전부 파괴했다.

그와 동시에 눈앞으로 거대한 검기가 날아들었다.

"쯧."

이서하가 도망치기 전 마지막 일격을 날린 것이었다.

그것도 남아 있는 모든 기운을 담아서.

알파는 앞으로 자신에게 닥칠 미래를 읽고 씁쓸한 미소를 지었다.

'이건 피할 수 없군.'

제한적인 미래만이 그에게 계시된다.

그러나 현 상황에서 선택할 수 있는 건 한 가지밖에 없었다.

알파는 곧장 몸을 돌려 베타를 보호했다.

그렇게 이서하의 검기가 알파의 등을 때리며 폭발함과 동시에 두 나찰을 구속하던 요술이 힘을 잃고 사그라들었다.

"크윽!"

알파의 보호를 받았음에도 거대한 충격은 베타에게까지 전해졌다.

폭발의 섬광에 인상을 찌푸리던 베타는 시야가 회복되자마자 알파를 올려다보았다.

"알파! 너!"

"괜찮아."

알파는 아무렇지 않은 얼굴로 별것 아닌 듯 대꾸했다.

그러나 베타는 태연한 표정에 속지 않았다.

"괜찮을 리가 없잖아!"

그녀는 즉시 품에서 빠져나와 알파의 등을 살폈다.

예상대로 알파의 상태는 좋지 않았다.

아니, 좋다는 표현은 이 상황에 알맞을 수 없었다.

상의가 녹아내린 피부와 섞여 흘러내리고 있었으니 말이다.

"이게 어떻게 괜찮은……!"

"괜찮다고."

그러나 알파는 여전히 대수롭지 않아 했고, 오히려 베타의 머리에 손을 올리며 안심시켜 주기까지 했다.

"이런 건 금방 회복되니까 신경 쓰지 마."

죽을 정도는 아니었으니 시간이 흐르면 자연히 치유될 것이다.

그보단 손에서 떠나 버린 기회가 더욱 아쉽게 느껴졌다.

짙은 미련이 어린 시선이 이서하가 사라진 공간을 향했다.

"이제는 따라잡지 못하겠네."

더 이상 이서하를 따라잡는 미래가 그려지지 않는다.

'불안하군.'

지금까지는 이서하를 무시했던 것이 사실이다. 선생이 높게 평가했던 것에 비해 그의 능력은 보잘것없었으니까.

실제로 무신이 죽을 때조차 도망치기 바쁘지 않았던가.

그래서 큰 의미를 두지 않았았는데, 자신의 방심이 거대한 독이 되어 돌아와 버렸다.

별 볼 일 없던 존재가 차원이 다른 무력을 선보였으니 말이다.

'놓쳐선 안 됐는데.'

비록 람다의 지원 덕분에 일시적으로 일어난 일이었으나, 절대로 가볍게 여길 수 없었다.

한번 경지를 밟아 본 자는 다시 그곳에 올라가기 마련이었으니까.

'서둘러야겠군.'

이서하가 방금 전과 같은 경지에 오르기 전에.

이번 전쟁을 끝내야만 한다.

"돌아가자."

그렇게 미련을 버리려는 찰나, 베타가 반론을 제기했다.

"지금이라도 다 같이 가면 잡을 수 있잖아!"

"못 잡아."

"해 보지도 않고 어떻게 알아!"

알파는 베타를 한심하게 바라보며 말했다.

"다 알 수 있어. 꼭 해 봐야 아는 건 멍청한 놈들뿐이지."

"……뭐?"

자신을 깔아 보는 말투에 베타가 기분 나쁘다는 듯 노려봤으나, 알파는 개의치 않고 미소를 지었다.

"그렇게 하고 싶으면 혼자서 추격하든가. 난 먼저 간다."

그 말을 끝으로 알파는 매정하게 등을 돌려 걸었다.

잠시 이서가 떠난 방향을 돌아봤으나, 베타가 할 수 있는 것은 없었다.

혼자 뒤쫓아 봐야 개죽음밖에 되지 않을 테니까.

"……칫. 같이 가!"

◆ ◈ ◆

어떻게 도망쳤는지 모르겠다.

그저 정신없이 달리고 또 달렸다.

그렇게 얼마나 달렸는지 모를 정도로 달음박질치다 겨우 정신을 차렸을 때.

눈앞에 보이는 것은 만백산 초입 밖의 마차가 달리는 길.

'다행히 위기는 넘겼나?'

육감을 펼쳐 봐도 뒤쫓는 기운은 느껴지지 않았다.

알파와 베타가 추격을 포기한 듯했다.

그래도 혹시 모르기에 가능하면 더 거리를 벌리는 게 좋다 판단되어 다시 걸음을 옮겼고.

또다시 한참을 달린 뒤에야 저 멀리 낯익은 얼굴들을 발견할 수 있었다.

"아린아."

가만히 서서 기도를 하고 있던 아린이 고개를 들어 나를 바라보았다.

잠시 눈동자에 동요가 일던 그녀는 천천히 걸어와 내 앞에 마주 섰다.

그런데 아린이의 반응이 예상 외였다.

나를 보자마자 와락 안길 줄 알았는데.

그 이유는 이어진 아린이의 반응으로 알 수 있었다.

"이거…….."

아린이는 내 가슴께를 손가락으로 가리켰다.

"아, 깜빡하고 있었네."

람다를 안고 여기까지 달려온 거였지?

그렇게 생각하는 순간 아린이가 품 안의 람다를 잡아끌었다.

"어어어!"

그리곤 막을 새도 없이 바닥에 내팽개쳤다.

정확히 말하면 막을 생각도 없었지만 말이다.

"야 이 미친년아!"

바닥으로 떨어져 엉덩방아를 찧은 람다가 버럭 소리를 질렀으나 아린이는 아랑곳하지 않고 가볍게 나를 안았다.

그렇게 말없이 안고 있던 그녀는 한참이 지나서야 조용히 몸을 떼며 말했다.

"미안."

"……응?"

순간 아린이의 말뜻을 이해하지 못했다.

미안하다고?

나한테 미안할 게 있었나?

아린이는 홀로 로를 막아 주었고, 내 명령에 따라 광명대원들을 무사히 탈출시켰는데 말이다.

"뭐가 미안해? 이렇게 잘해 주었는데."

"그런가?"

아린이는 씁쓸하게 미소 지으며 나지막이 중얼거렸다.

"이게 정말 잘한 건가?"

누구도 죽지 않았고, 나 또한 살아 돌아왔다.

예기치 못한 위기 가운데 더할 나위 없는 결과를 만들어 낸 것인다.

당연히 칭찬을 받아도 마땅한 일인데 왜 이리 풀이 죽어 있는 것일까?

그런 의문을 느낄 때였다.

"이렇게 여유 부릴 때가 아닐 텐데? 알파가 추격해 오고 있을지도 모른다."

백야차의 말대였다.

잠시 위기를 벗어났다고 방심하는 건 금물.

안심은 신평에 도착한 뒤에 해도 늦지 않았다.

"그래, 자세한 건 나중에 얘기하도록 하지."

묻고 싶은 말이 많았지만 그 또한 잠시 미뤄 둬야 할 일이었다.

"잠깐!"

그렇게 다시 떠나려는데 람다가 허겁지겁 일어나더니 나와 백야차 사이에 섰다. 그리고는 진지한 얼굴로 우리를 번갈아 가리킨다.

"한 가지 확실하게 짚고 가야 할 게 있어."

그리고는 이스미에게로 시선을 돌린다.

"네 동생. 이서하가 찾아 준 거 맞아?"

이 와중에 그걸 확인하고 싶었던 건가?

하긴, 람다에게는 중요할 수도 있다. 내가 진실된 말만을 전했는지, 아니면 거짓말을 섞었는지 확인해 볼 필요가 있을 테니 말이다.

백야차는 그런 람다에게 고개를 끄덕였다.

"맞습니다. 정확히는 이서하의 부하가 도와줬다고 하더군요."

"사실이야?"

"그렇습니다. 람다 님."

백야차의 확언에도 람다는 여전히 의심을 지우지 못한 채 이스미에게 시선을 돌렸다.

"진짜야? 매우 중요한 일이니까 솔직하게 말해."

"한 치의 거짓도 섞이지 않은 진실입니다."

이스미까지 확인을 해 주고 나서야 람다는 고개를 끄덕였다.

"……거짓말은 아닌가 보네."

그리고는 의미심장한 얼굴로 나를 돌아봤다.

"이서하. 네 제안 아직도 유효해?"

인간들과 나찰이 공존하는 것에 힘을 보태 달라는 제안.

그 제안을 말하는 것이었다.

나는 재빨리 고개를 끄덕였다.

"당연하지."

"좋아."

람다는 결심을 다진 듯 말했다.

"제안을 받아들이지. 너희들의 왕에게로 안내해 줘."

람다의 말에 나는 속으로 쾌재를 불렀다.

사실 람다가 이러한 대답을 줄 것은 그녀에게 힘을 받았을 때부터 예상하고 있었다.

그러나 그녀의 입으로 직접 대답을 들으니 감회가 남달랐다.

람다가 인간 편에 서리라는 것은 누구보다도 나찰은 잘 아는 나조차 상상할 수 없었던 일이니까.

'생각해 보니······.'

그것도 내 편견이었던 것일까?

스스로가 나찰을 잘 안다고 자부했으나, 어쩌면 쉬운 길로만 가려고 했던 것일지도 몰랐다.

'만약 신유민 전하가 람다를 포섭해 달라고 부탁하지 않았다면······.'

이런 일이 가능했을까?

이상은 터무니없다.

하지만 그 터무니없는 것을 시도하고 성공시키는 사람이 있기에 이 세상은 더 좋은 쪽으로 변하는 법이었다.

'한 수 배웠네.'

나이로만 따지면 까마득하게 어린 신유민 전하에게 오늘도 놀랄 수밖에 없었다.

"좋아. 우리 국왕 전하를 만나 보면 더 확신이 들 거다."

그와 함께라면 더 나은 내일이 시작되리라는 것을 말이다.

◆ ◆ ◆

신평(新平).

다시 돌아온 나는 여러 가지 의미로 주목을 받았다.

"환영합니다. 람다 님."

국왕 전하는 람다에게 고개를 꾸벅 숙였다.

인간의 왕이 적인 나찰에게 고개를 숙인다는 건 많은 이들에게 충격으로 다가왔다. 하지만 람다는 의기양양하게 말했다.

"확실히 다른 인간들과는 다르게 예의가 바르구나."

난 그런 람다에게 작게 말했다.

"너도 똑같이 인사해라. 동등한 대우를 해 준다고 했지, 네가 우리 전하보다 위에 있다는 건 아니니까."

"흥, 내가 인간 따위에게……."

그래, 네 생각이 그렇다면야.

난 람다의 뒤통수를 부여잡고 강하게 내리눌렀다.

"으갸갸갸."

"신(臣) 이서하. 임무를 무사히 마치고 복귀했습니다. 전하."

"그래, 어서 안으로 들어가자. 람다 님과 백야차 님도 안으로 드시지요."

국왕 전하는 일단 나찰들의 숙소부터 배정해 주었다.

"누구도 들어오지 못하게 해 놓았으니 편히 쉬시면 됩니다. 자세한 이야기는 내일 나누도록 하지요."

귀빈용 방에 람다는 눈을 밝히며 고개를 끄덕였다.

"좋아, 그러지."

"서하 너도 오늘은 여독을 풀고 내일 다시 이야기하자꾸나."

"감사합니다, 전하."

그렇지 않아도 휴식이 필요했다.

람다의 기운을 사용한 후유증인지 온몸이 제 상태가 아닌 것 같았으니 말이다.

그렇게 나찰들의 숙소에서 나와 내 거처로 돌아가려는 찰나.

"서하야."

전하가 다시금 내 발목을 붙잡았다.

"하실 말씀이 있으십니까?"

"한 가지 알려 준다는 걸 깜빡했구나. 약선님께서 도착해 계신다."

"약선님 말입니까?"

나는 순간 할 말을 잃을 수밖에 없었다.

스승님이 도착했다는 건 분명 좋은 일이다.

나와 아린이가 믿고 의지할 수 있는 분이니까.

하지만 지금으로선 스승님이 부담스럽게만 느껴졌다.

도저히 마주할 자신이 없었기 때문이다.

분명 할아버지와 선왕 전하께서 돌아가셨다는 소식을 들으셨을 것이다.

평생을 함께해 온 친우 둘.

그것도 죽음의 끝에서 겨우 구원한 이를 다시금 떠나보낸 마음은 얼마나 괴로울까?

아마도 하루하루가 지옥에 있는 것과 마찬가지일 것이다.

"시간이 나면 찾아뵐거라."

"네, 전하. 알려 주셔서 감사합니다."

나는 멀어져 가는 전하의 등을 묵묵히 바라봤다.

휴식을 취하라 하셨으면서도 굳이 약선님의 소식을 전하신 이유.

아마도 전하의 의중은……

'난 자리는 사람으로 메우라는 것인가.'

직접 느끼셨기에 아시는 것이다.

전하 또한 하나뿐인 혈육을 잃으셨으니까.

그렇기에 세상에 홀로 남겨진 이를 내버려 두지 말라는 의미이실 것이다.

'국왕보다는 제자인 내가 더 적합하다고 생각하셨겠지.'

그렇다면 제자 된 도리는 지켜야겠지.

아무리 마음이 무거워도 피할 수 없는 일이기도 했고.

마음을 정한 나는 즉시 걸음을 옮겼다.

그렇게 물어물어 도착한 곳은 누가 약선님 아니랄까 봐 신평의 의관 안쪽에 자리한 조그마한 약방이었다.

"스승님."

내부로 들어서자 고소한 냄새가 피어올랐다. 한참 무언가를 끓이고 계시던 약선님은 나를 힐끗 보더니 입꼬리를 올렸다.

"이게 누구야? 요즘 가장 바쁘신 내 제자 놈이 아니더냐?"

"……늦게나마 스승님을 찾아뵙습니다."

"늦기는. 나랏일에 바쁘면 그럴 수도 있지."

그리고는 나를 빤히 쳐다보시며 다소 놀란 기색을 내비치셨다.

"십이경과 기경팔맥을 전부 연 것이냐?"

"그게 보이십니까?"

"내공에 대해 나보다 잘 아는 사람이 어디 있다고."

약선님은 단순 의술뿐만이 아니라 내공 쪽에서도 왕국 최고의 권위자였으니 당연한 일인가?

"이리 와 보거라. 얼마나 성장했는지 보자꾸나."

내가 다가가자 약선님은 바로 맥을 짚어 보셨다.

그렇게 눈을 감은 채 고개를 갸웃거리시던 약선님이 이내 허탈하게 웃으셨다.

"허허, 누가 강진 형님 손자 아니랄까 봐 그 나이에 입신경에 들었구나."

"맥만 짚고도 알 수 있는 겁니까?"

"맥을 짚었으니 알 수 있는 것이지. 너 같은 고수가 허락해 주지 않으면 나 같은 노부가 어떻게 맥을 짚겠느냐?"

"과찬이십니다."

"인정할 건 해야지. 그런데……."

약선님의 얼굴에서 금세 미소가 사라졌다.

"네 안에 남은 음기 찌꺼기는 무엇이냐?"

람다의 기운을 말씀하시는 것이었다.

다 타 버렸다 생각했는데, 아직은 조금 남아 있던 모양이다.

순간 오히려 잘됐다는 생각이 들었다.

그렇지 않아도 궁금하던 차였다.

내가 잠시나마 보았던 그 경지.

입신경 위의 그 경지가 무엇인지 약선님이라면 알고 계실지도 모르니까.

"그것이……."

하여 약선님에게 그간의 일을 하나부터 열까지 세세하게 털어놓았다.

람다에게 힘을 받은 것부터, 내 양기와 그녀의 음기가 조화를 이루며 각성한 것, 그리고 음기가 소멸되며 오랫동안 경지를 유지하지 못한 것까지.

한참을 심각한 얼굴로 듣고만 계시던 약선님이 고개를 끄덕이며 감상을 꺼내셨다.

"그래, 그 경지를 그렇게도 이룰 수 있겠구나."

"그 경지라뇨?"

내 물음에도 약선님은 별다른 답을 주지 않으셨다.

대신 자리에서 일어나 어디론가 향하시더니, 잠시 뒤에 내 앞으로 무언가를 내미셨다.

시야를 채우는 건 다름 아닌 한 권의 비급.

음양조화신공(陰陽調和神功).

약선님의 무공이었다.

"이걸 왜……."

"음양의 기운은 이 세상의 모든 것을 이루는 가장 기본적인 요소이니라. 모든 것은 음과 양의 조화로 탄생하고 변형하며 또 사라지지."

"네, 그렇죠."

"하지만 인간의 몸에 담을 수 있는 기운은 한정적이라서, 가지고 있는 기운으로 할 수 있는 것이라고는 고작 불을 뿜거나 얼음을 만들어 내는 정도지."

고작이라고 하셨지만, 그것도 화경 이상의 고수들이나 할 수 있는 것이었다.

"그런데 말이다. 만약 한 인간이 이 세상을 창조하고도 남을 정도의 음양을 품는다면 어떻게 될 거 같으냐?"

생각해 본 적도 없는 이론이었다.

내가 대답하지 못하자 약선님이 미소를 지으며 말했다.

"네 안에 또 다른 천지가 탄생하는 것이다."

또 다른 천지.

그것이 무엇을 뜻하는지 나는 알고 있다.

"나는 그것을 무극(無極)이라고 부른다. 그리고 그것이……."

내가 아주 잠시 보았던 바로 그것.

"네가 다녀온 경지다."

모든 것의 시작과 끝을 결정하는 힘이었다.

◆ ◆ ◆

북대우림.

알파는 베타와 로를 데리고 마을로 향했다.

"쫓았으면 잡았을 거야. 이서하 그놈 힘 다 빠졌었다고."

"못 잡았다니까 그러네."

"안 해 보고 어떻게 알아! 아무리 너라도 고작 일각 정도 미래 보는 게 다 아니야?"

"일각 안에 못 잡으면 끝이지."

"헐. 포기가 그렇게 빨라서야 되겠어? 그렇게 안 봤는데 너되게 소심하구나?"

알파는 베타의 질책을 대수롭지 않게 받아넘기며 마을 안으로 들어갔다.

그들이 돌아오기를 기다리고 있었는지 정해우가 빠르게 곁으로 다가왔다.

그런데 이내 무언가를 확인하고는 표정을 굳히며 물었다.

"람다 님은 어디 있습니까?"

"배신했어. 미쳤다고 그년. 아무리 그래도 어떻게 인간한테 붙어?"

베타의 불평이 쏟아짐에 따라 정해우의 미간이 더더욱 찌푸려졌다.

"조금 더 설명해 주실 수 있습니까? 이해가 가지 않아서요."

이서하가 람다에게 접근할 것 정도는 충분히 예측하고 있었다.

람다가 엡실론을 죽였고 신유민과 백성엽이 이를 목도했음은 로를 통해 전해 들었으니 말이다.

당연히 위대한 일곱 혈족 중 하나라도 더 줄이려 들 것이라 생각했다.

전쟁을 앞두고 어떻게든 은월단의 전력을 줄이려 혈안이 되어 있을 테니까.

이를 대비하고자 로와 베타를 보냈다.

그러면서도 크게 염려하지는 않았다.

람다가 은월단을 배신할 가능성은 존재하지 않았으니 말이다.

자신이 나찰을 돕는 것과는 궤가 달랐다.

나찰과 인간, 나아가 위대한 일곱 혈족과 인간의 무리는 같은 하늘 아래 양립할 수 없는 절대적인 원수지간이 아니던가.

수없이 적대해 온 인간과 손을 잡는 것은 절대로 있어서도, 있을 수도 없는 일이었다.

그런데 배신이라니.

두 귀로 듣고도 도무지 믿기지가 않았다.

정해우가 충격에 빠져 쉬이 말을 꺼내지 못하자 알파가 대신 말문을 열었다.

"전부 선생의 작전이었나?"

"……그렇습니다."

"꽤 공들여서 판을 짰네. 결과는 실패지만."

"람다 님이 배신할 리 없다고 생각했습니다."

"보통이라면 그랬겠지."

알파는 어깨를 으쓱하며 베타를 바라봤다.

"하지만 인간보다 더 증오하는 대상이 있다면 불가능한 것
도 아니지."

"왜? 뭐? 내가 뭘 잘못했다고 날 봐?"

"아무 말 안 했는데?"

"그럼 쳐다보지 마. 기분 나쁘니까."

알파는 피식 웃고는 정해우에게로 시선을 돌렸다.

"어쨌든 그렇게 됐어. 이제 절반 이상이 죽은 셈이지."

"……."

저도 모르게 한숨을 내뱉는 정해우였다.

"후…… 상정하지 못한 일의 연속이군요."

언제나 현실적으로 일어날 수 있는 최악을 가정하며 작전
을 진행해 왔다.

이서하의 방해 속에서도 어떻게든 여기까지 올 수 있었던
것도 그 덕분이었다.

그래도 아직은 괜찮다며.

이 정도는 예상 범주 안이라면서 말이다.

무신에게 시그마가 죽는 것도 괜찮았다.

상대를 고려하면 충분히 감내할 희생이었으니까.

오히려 두 마리의 대마(大馬)를 잡아냈으니 더할 나위 없
는 쾌거였다.

그러나 이번에는 정도가 지나쳤다.

오미크론의 죽음, 엡실론을 죽이고 자신마저도 인간에게 합류한 람다.

상상도 하지 않았고, 바라지도 않았던 일이었다.

위대하다고 일컫던 나찰 일곱 중 겨우 셋만이 남았으니 말이다.

물론 일곱 나찰 중 가장 중요하다 할 알파와 베타, 그리고 눈과 귀를 담당하는 로가 살아남았다는 건 다행이었다.

그러나 전쟁을 제대로 시작하기도 전에 너덜너덜해졌다는 불쾌감에 기분이 좋을 리는 없었다.

정해우가 심각하게 생각에 잠기자 알파가 그의 어깨를 토닥였다.

"너무 걱정하지 마. 모르긴 몰라도 람다 그년은 이서하에게 힘을 다 줘서 한동안 아무것도 못 할 테니까."

"……그나마 다행이네요."

정해우는 고개를 끄덕였다.

이럴 때일수록 긍정적이어야 한다. 람다가 회복 시간이 필요하다는 것이 긍정적인 부분인지는 모르겠지만 말이다.

"하지만 굳이 인간들에게 희망을 줄 필요는 없겠지. 전쟁을 좀 앞당기자고."

"얼마나 앞당길 생각이십니까?"

"2주 정도."

"그 기간이면 충분히 회복하지 않겠습니까?"

"어느 정도는 하겠지. 하지만 인간들로 득실거리는 도시이니 이전의 기량을 되찾지는 못할 거야. 끽해 봤자 절반 정도겠지."

한번 사용한 음기는 회복하는 데 시간이 걸리기 마련이다.

람다 같은 경우는 나찰 중에서도 내공의 크기가 손에 꼽았으니 이를 전부 회복하려면 최소 한 달은 걸릴 것.

"람다가 회복하지 못하면 이서하도 별 볼 일 없을 거다."

이번에 보였던 강함은 순전히 람다의 힘을 받아 가능했다.

결국 람다가 반쪽짜리에 그친다면 이서하 또한 압도적인 모습을 보이지 못할 것이었다.

크나큰 손실을 입게 된 건 부정할 수 없으나, 적의 전력이 강화된 것도 아니라는 뜻.

승기는 여전히 은월단의 손에 쥐어져 있었다.

"그럼 암부한테도 소집 명령을 내려 줘. 2주 뒤에 출정이라는 걸 알려야 하니까."

"알겠습니다."

정해우는 작게 한숨을 내쉬며 걸어갔다.

그렇게 정해우와 나찰들이 각각의 자리로 돌아간 이후.

"……."

그들이 떠난 곳 인근의 거대한 나무 위에서 작은 움직임이 일었다.

칙칙한 분위기에 가려 자세히 보이지 않았으나, 분명한 것은 북대우림과 어울리지 않는 존재가 숨어 있단 것이었다.

'2주라…….'

숨을 죽인 채 조금 전 정해우 일행이 있던 곳을 지그시 내려다보는 한 남자.

그의 정체는 다름 아닌 유현성.

암부의 단장이 홀로 진을 깨고 나찰의 본거지에 숨어든 것이었다.

'들킬 줄 알았는데…….'

진을 파훼하고 들어왔을 때는 운이 좋게도 은월단의 은신처엔 위대한 일곱 혈족이 없었다.

그렇기에 지금까지 들키지 않고 선생의 일거수일투족을 전부 감시할 수 있었다.

그러나 언젠가 저들이 돌아올 것은 분명했고, 그때는 둘 중하나였다.

자신의 존재가 발각되거나, 들키지 않거나.

다행히도 숨을 죽이고 미동조차 하지 않은 덕에 들키지 않은 것 같았다.

유현성은 다시금 힘차게 뛰려는 심장 박동마저 조절하며 조용히 눈을 감았다.

'죽은 듯 있자.'

조금 더 확실한 정보가 나올 때까지.

안전하게 빠져나가 이곳의 위치를 사위에게 전달할 수 있을 때까지.

그렇게 유현성은 서서히 자연과 하나가 되었다.

Chapter 141.

무극(無極).

내가 람다의 기운을 받으며 도달했던 경지.

약선님은 그 경지에 도달하지 못하는 이유를 이렇게 정의했다.

"무극에 들어서기 위해서는 양기와 음기 모두 인간의 한계를 뛰어넘어야 한다. 하지만 그것은 이론상으로 존재할 뿐, 현실에선 불가능한 일이지."

"이유가 무엇입니까?"

"균형을 맞추며 성장하는 것은 속도가 느려 제아무리 천무지체의 몸이라도 족히 오백 년은 걸리는 일이다. 더군다나 하나를 극단적으로 수련하는 건 애초에 무극에 이르는 것과 방향이 달라지지 않더냐."

"그렇다면 제가 무극을 경험한 이유는⋯⋯."

"나찰의 음기, 거기에 오직 양기만을 수련한 너의 기운이 섞이며 잠시 그러한 경지에 다다랐던 것이지."

500년, 아니 그 이상을 꾸준하게 음양의 조화를 유지하며 성장한 사람만이 가능하다는 것.

한마디로 인간의 힘으로는 도달할 수 없는 경지라는 뜻이다.

아무리 오래 산 도사라도 200년 이상을 살기란 쉽지 않으니 말이다.

'오래 살기 위해 별짓을 다 했던 나도 200년을 못 채웠으니까.'

알파에게 목이 잘리지 않았어도 10년도 버티지 못할 몸이었다.

거기서 300년은 더 수련해야 가능한 길이었으니, 인간은 쳐다도 보지 말라는 말이었다.

하지만⋯⋯.

'그럼에도 포기할 수 없다.'

전쟁을 승리로 이끌 방법은 그것만이 유일했으니까.

그렇다면 다시 무극의 경지에 들어갈 수 있는 수는 무엇일까?

생각해 보면 답은 멀리 있지 않았다.

'람다가 한 번 더 도와주면 되겠지.'

알파와 맞붙는 순간 람다의 힘을 다시 받으면 될 일이다.

한 번 해 봤으니 어렵지 않겠지.

'정작 중요한 문제는 따로 있지만……'

다시 한번 무극의 경지에 오르는 것도 문제지만, 그 이후가 더 난관이었다.

'생각해 보자. 알파의 능력은 한 치 앞의 미래를 보는 것이다.'

일반적인 방식으로는 그를 잡을 수 없음이 전의 전투로 증명되었다.

결국 내가 마련해야 되는 건 일반의 범주를 벗어난 방식.

'절대로 피할 수 없는 한 방을 준비해야 된다.'

알파가 미래를 보더라도 절대로 막을 수 없는 그러한 공격을.

'찾아내자.'

가만히 있을 시간이 없다.

지금부터라도 빠르게 수련을 시작한다.

그렇게 정신을 집중해 알파를 벨 방법을 구상할 때였다.

"이서하 찬성사!"

백성엽 대장군이 헐레벌떡 수련장 안으로 달려 들어왔다.

"무슨 일이십니까?"

"암부에서 정보가 들어왔네. 나찰들이 2주 뒤에 움직인다고 하는군."

"2주요?"

"아니, 정확히는 11일 뒤겠군."

"생각보다 빠르군요."

람다의 이탈로 다소 주춤할 것이라 생각했는데.

아니, 어쩌면 당연한 반응인가?

'람다에게 회복 시간을 주지 않을 생각이겠지.'

그녀가 힘이 빠진 지금이 오히려 적기라고 생각했을 것이다.

전의 모습을 되찾는다면 오히려 자신들에게 불리하게 작용할 테니 말이다.

그렇다는 말은⋯⋯.

'이번이 진짜 마지막이라는 뜻이겠지.'

나와 같은 생각을 한 것인지, 백성엽 대장군은 작게 숨을 내쉬며 말했다.

"회의장으로 가지."

"네, 대장군님."

회의장에는 이미 모든 이들이 모여 있었다.

제2군단장인 박 가주님과 박민아 선배, 그리고 각 부대의 장들이 나찰들의 예상 진로를 확인하고 있었다.

상황을 보아하니 아무래도 내가 가장 늦은 듯했다.

"죄송합니다. 전하."

"사과는 나중에. 일단 앉게."

신유민 전하는 자리로 향하는 나에게 물었다.

"이야기는 들었나?"

"네, 전하. 대장군님에게 들었습니다."

"그래, 보고가 들어오자마자 너를 찾아야 한다고 나가시더구나."

"크흠."

대장군님이 헛기침을 하자 신유민 전하가 미소를 짓는다.

바로 튀어나왔는데도 늦었다는 건 여기저기 찾아다니신 모양이다.

　　"그만큼 찬성사의 의견을 듣고 싶다는 것이겠지. 비단 대장군님만 그러신 건 아닌 듯하군."

　　왁자지껄하던 장군들이 입을 다문 채 모두 나만 바라보고 있다.

　　"그러니 적이 어디로 진군해 올지 찬성사의 고견을 들려주겠나?"

　　"네, 전하."

　　나는 자리에 앉을 새도 없이 지도 앞으로 향했다.

　　그곳에는 지금까지 장군들이 예상한 진로가 표시되어 있었다.

　　'다들 좋은 예상을 해 줬네.'

　　흡족함 뒤에 찾아온 감정은 부담스러움이었다.

　　기대감 섞인 시선이 내 뒤통수에 꽂히는 것이 그대로 느껴졌으니 말이다.

　　'솔직히 나는 전략 전술에 그리 뛰어난 편은 아닌데.'

　　회귀 전 열심히 병법서를 읽은 덕분에 서역에서는 동양에서 온 전술 천재라는 칭찬도 들었다.

　　하지만 그것은 내 역량이 아니었다.

　　서적에서 배운 걸 응용한 것뿐이었으니까.

　　그리고 제아무리 뛰어난 전술을 구상한들, 나찰의 무력 앞에선 아무런 의미도 되지 못했다.

131

하지만 과거에 그러했다고 지금도 마찬가지라는 말은 아니었다.

'미래가 많이 바뀌었지만…….'

수도가 대파됐고 무신, 나의 할아버지가 전사했다.

그러나 이것은 회귀 전에도 벌어졌던 일이다.

반면 지금은 이렇게나 많은 이들이 건재하다.

수도에선 예기치 못한 기습에 당했을 뿐, 왕국은 무너지지 않았다.

람다까지 넘어왔기에 충분히 붙어 볼 만하다.

"나찰들이 이동할 방향은…….'"

수도가 무너졌고 왕국의 전력이 신평에 집중되어 있다.

어찌 보면 과거와 다르다고 할 수 있으나, 큰 맥락에서 보면 별반 차이가 없다.

저들은 우리를 노리고 있고, 우리는 막아야 한다는 전제는 변하지 않았으니까.

그리고 시간에 쫓기는 것은 우리가 아닌 은월단이다.

그렇다면 반드시 이곳을 거쳐 올 수밖에 없겠지.

"이곳으로 진군할 것입니다."

나는 자신감을 담아 지도의 한 곳으로 나찰의 말을 옮겼다.

회귀 전엔 나찰들만이 사용할 수 있었던 바로 그 지역.

그리고 수도와 신평을 이어 주는 대지.

바로 한때 적오가 지배하던 땅인 중앙 고원이었다.

"중앙 고원이라…….'"

전하는 지도를 보며 생각에 잠기신 듯 보인다.

아마도 왜 그렇게 생각하는지 설명이 필요하다는 뜻이겠지.

그럼 내가 왜 이곳으로 나찰이 쳐들어올 것이라 말했는지 장황한 설명을 이어 가 볼까?

모두가 납득할 수 있도록 말이다.

"이곳은 원래 적오가 있던 곳으로 인간들의……."

"좋아. 결정 났네."

응?

뭐지? 왜 설명을 시작도 안 했는데 모두 고개를 끄덕이는 건데?

"서하가 그렇다면 그런 것이겠지. 안 그렇습니까, 대장군님?"

"그렇습니다, 전하. 그렇다면 2주 안으로 고원에 병력을 배치하겠습니다."

"저기, 설명은……."

"서하, 아니 찬성사님 말인데 굳이 설명을 들을 필요가 있겠습니까?"

박진범 가주님이 놀리듯 말한다.

하지만 그의 눈에는 신뢰가 가득하다.

마치 예언자를 보는 것처럼 말이다.

"……."

미치겠네.

이러니까 내가 틀렸을 때의 후폭풍이 더 무서워진다.

하지만 나찰이 고원으로 진격해 오는 것은 확실하다.

'적오가 없긴 하지만……'

속전속결.

그것이 은월단, 그리고 알파의 작전일 테니 말이다.

'자신감을 가지자.'

여기까지 온 것도 나다. 스스로를 조금 더 믿어도 되겠지.

"지원군은 언제 도착합니까?"

"계명군은 내일, 목령인 부대는 약 1주일 뒤 도착이라고 전해 왔네."

1주일.

시간은 충분하다.

"후우."

판은 깔렸다.

이제 나만 잘하면 모든 것을 끝낼 수 있으리라.

◆ ◈ ◆

"심심하네."

람다는 침대에 대자로 누워 천장만을 바라봤다. 인간들의 대우는 매우 좋았다. 맛있는 음식에 푹신한 침구. 지금까지는 누려 보기 힘든 호사였다.

하지만 할 일이 없다.

그렇게 심심해할 때였다.

"……람다 님."

한 인간이 벌벌 떨며 안으로 들어왔다. 편의를 위해 배치된 하녀였다. 람다는 그녀를 보고는 도끼눈을 뜨며 말했다.

"쫄지 마. 내가 잡아먹니?"

"아, 아, 아닙니다!"

"한 번만 더 더듬으면 잡아먹을지도."

"아, 아, 아……."

"농담이야."

람다는 벌떡 일어나 하녀에게 다가갔다.

"무슨 일인데?"

"소, 손님이 찾아왔습니다."

"나한테?"

이서하인가? 그가 아니라면 찾아올 만한 인물이 없는데 말이다.

그렇게 생각하니 살짝 기대되기 시작했다.

'심심했는데 잘됐네.'

그렇게 나풀거리며 밖으로 나간 순간.

람다는 표정을 굳혔다.

"베타? 아니지……."

유아린.

이서하의 품에 안겨 있던 자신을 억지로 끌어내렸던 바로 그 여자다.

'마음에 안 들어.'

베타와 똑같이 생긴 얼굴에 싸가지 없는 언행.

무엇 하나 마음에 들지 않는 여자였다.

"왜 왔냐?"

"너 힘을 나눠 줄 수 있다며?"

"그런데?"

아린은 람다의 바로 앞까지 걸어갔다.

묘한 박력감. 무표정한 그녀의 얼굴에 압도당한 람다는 뒷걸음질 치다가 양손을 들며 말했다.

"뭐, 뭐야?"

"……."

"싸우자는 건 아니겠지? 이래 봬도 난 국왕의 손님이라고……."

당차게 말하면서도 람다는 두려움을 떨쳐 낼 수 없었다.

그만큼 자신을 바라보는 유아린의 시선이 부드럽지 않았으니 말이다.

더군다나 무슨 용건이길래 저리도 비장한 얼굴을 하고 있는 것일까?

영문을 알 수 없는 상황에서도 두려운 감정이 고개를 슬며시 치켜들었다.

그로 인해 람다가 혹시 모를 사태를 대비하려 활로를 찾으려 그때.

"나한테 힘을 줘."

"응?"

아린이 한쪽 무릎을 꿇었다.

"나한테도 힘을 달라고."

"……."

순간 람다는 말문이 막혀 어떠한 말도 내뱉지 못했다.

결의에 찬 얼굴로 자신을 올려다보는 유아린.

그제야 조금 전 어렸던 비장감의 원인을 깨달았다.

그에 대한 람다의 대답도 정해져 있었다.

"싫어. 이년아."

베타랑 똑같이 생긴 년을 왜 도와.

부탁하듯 말하지만 강경한 자세도 마음에 안 들고.

그렇게 냉정하게 등을 돌리려는 람다였으나, 끝내 뜻을 이루지 못했다.

"싫은 건 없어."

아린이 람다의 손목을 강하게 부여잡은 탓이다.

"싫다고!"

"넌 날 도와야 해."

"이거 놔! 놓으라고!"

"돕겠다고 할 때까지 안 돼."

"아니, 이 미친년아!"

람다와 아린이 소란스럽게 몸싸움을 벌이자 반대편 방에 있던 백야차가 짜증스러운 얼굴로 나왔다.

"뭔데 이리 소란스러워?"

"어머, 오라버니."

이미 밖에 나와 구경하고 있던 이스미가 슬며시 미소를 지었다.

"두 사람이 벌써 친해졌나 봐요. 저렇게 부둥켜안기도 하고. 저도 친해지고 싶어요."

"동생아, 저런 애들이랑은 놀지 마라."

진심으로 동생이 걱정되는 백야차였다.

◆ ◇ ◆

달빛이 가득한 밤.

베타는 쉬이 잠에 들지 못하고 벌떡 일어났다. 이서하에게 당했던 부위가 아직도 욱신거리는 것만 같았다.

"쓰읍. 쪽팔리게."

짜증과 함께 후회감이 밀려들었다.

순간순간의 실수가 전부 떠오른 것이다.

허남재를 농락하기보다는 처음부터 전력을 다해 람다를 노렸다면 어땠을까?

그랬으면 이서하가 강해지는 상황 없이 한자리에서 모두를 끝낼 수 있지 않았을까?

"아흐ㅇㅇㅇㅇㅇ!"

그러나 뒤늦게 반성해 봐야 자괴감에 몸서리칠 뿐.

이제 와 후회한들 아무것도 바뀌지 않는다.

베타는 머리를 헝클어트리고는 밖으로 걸어 나왔다.

마음이 복잡할 때는 산책만 한 것이 없었으니까.

그렇게 집 밖으로 걸음을 내딛자 환한 달빛이 그녀를 맞이했다.

알파와 선생이 만든 마을을 거닐며 최대한 생각을 비우고 밤하늘을 총총 수놓은 별들을 바라봤다.

하지만 모야는 감수성이 풍부해지는 시간.

비우고 또 비우려 노력해 보지만, 상념은 꼬리에 꼬리를 물고 점점 깊어져만 갔다.

이윽고 머릿속을 가득 메웠던 이서하가 지워지고, 그 빈자리를 한 여자가 차지하기 시작했다.

'그녀……'

자신과 똑같이 생겼다.

아니, 정확히 말하자면 언니와 똑같이 생겼다고 말해야겠지.

'씨발.'

안 좋은 추억이 떠오르기 시작했다.

"누님! 누님! 람다의 혈족이 전멸했다고 합니다!"

촌수를 알 수 없을 정도로 먼 동생의 보고에 베타는 표정을 굳혔다.

람다.

위대한 일곱 혈족 중 하나라고 불리던 그녀의 혈족이 하룻밤 사이에 사라진 것이었다.

그리고 그들이 사라진 연유를 누구보다 잘 알고 있는 베타였다.

'정말로 인간들이…….'

나찰 중에서도 손꼽히는 세력을 멸망시킬 만큼 강해진 것이다.

같은 생각을 했는지 그녀의 동생 또한 한마디 거들었다.

"도, 도와줬어야 하는 거 아닙니까?"

람다의 혈족이 가여워 말하는 것이 아니었다.

인간들이 그토록 강하다면 그 위협이 자신들에게 오기 전에 제거했어야 하는 것이 아니냐는 뜻이었다.

베타가 미간을 찌푸린 것도 그 때문이었다.

지금의 상황은 명백하게 자신의 실수로 벌어진 일이었으니 말이다.

하지만 그녀는 되레 화를 내며 맞받아쳤다.

"닥쳐! 너는 하나만 알고 둘은 모르니? 적의 전력도 모르는 상태에서 굳이 우리 혈족이 피해를 입을 필요는 없잖아."

"그, 그렇긴 하지만……."

"언니한테는 람다가 우리한테 지원을 요청했었다는 걸 비밀로 해. 나머지는 내가 알아서 할 테니까."

"네, 누님."

"쯧. 병신 같은 년. 그걸 못 막아서 날 곤란하게 만들어?"

하여간 도움이 안 되는 존재였다.

고작 인간 따위를 감당하지 못해서 난처한 상황을 만들었으니 말이다.

그때였다.

"뭘 곤란하게 만들어?"

"꺅!"

화들짝 놀란 베타가 고개를 돌렸다.

자신과 똑같은 생김새. 그러나 장난기 있는 베타와 달리 숭고함마저 느껴질 정도의 도도함을 지닌 여자.

혈족장 뮤였다.

그녀는 베타와 어깨동무를 하며 말했다.

"잠시 자리를 비운 사이에 무슨 일이 있었니? 사랑하는 동생아."

"아, 아닙니다! 혈족장님!"

베타는 자기도 모르게 경어를 섞었다.

"그렇게 딱딱해진 걸 보면 찔리는 게 있는 거 같은데?"

"아니, 아니야! 그런 거 없어, 언니. 람다 혈족이라고 알지?"

"람다? 아, 대통합이니 뭐니 했던 애?"

"응, 거기가 인간들한테 멸족당했다고 해서."

"인간들한테?"

베타가 고개를 끄덕이자 잠시 고민하듯 보이던 뮤는 이내 실소를 터트렸다.

"병신이야? 인간들한테 지게?"

"그러니까 말이야!"

들키지 않았구나.

베타는 신이 나서 말했다.

"기고만장해서 다른 혈족들도 쳐들어갈 텐데. 우리가 혼쭐내야 하지 않겠어?"

"그렇네. 그럼 네가 가서 손보고 와. 대장은 살려서 끌고 오고. 그래도 한 혈족을 멸족시킨 인간이니 얼굴은 한번 봐야지."

"응, 언니!"

"그래, 난 좀 쉬어야겠다. 이번 원정은 조금 힘들었거든."

"힘들었다고?"

"마물 다섯 마리가 영역 다툼을 하는 곳이라서 말이야."

뮤의 말이 끝나기가 무섭게 그녀의 뒤로 거대한 마물 다섯이 모습을 드러냈다.

"하나, 하나 만나서 굴복시키느라 시간이 좀 걸렸어."

"……아."

최소 반야급의 마물 다섯.

그것을 고작 며칠 만에 전부 굴복시키고 돌아온 것이었다.

그것도 그들이 이끄는 마수와 함께.

"알았어. 내가 잘 처리할게."

베타가 배시시 웃자 뮤가 그녀의 어깨를 잡아 똑바로 세운 뒤 토닥였다.

"그래야지. 아, 그리고 지원 안 간 건 잘했어. 자기 몸도 못 지키는 나찰은 자연스럽게 도태되는 거니까."

순간 베타는 움찔하며 경직될 수밖에 없었다.

결국 알고 있었던 것인가?

그 추측이 사실이라는 듯.

"그래도 나한테는 거짓말하지 마."

뮤가 당황한 베타의 귀에 대고 부드럽게 속삭였다.

"또 그러면 이 언니가 속상해."

살기.

베타는 침을 꼴깍 삼키며 고개를 끄덕였다.

"명심할게."

"그래, 우리 착한 동생. 그럼 부탁 좀 할게."

뮤는 베타의 머리를 쓰다듬고는 하품을 하며 사라졌다.

그런 그녀를 가만히 보고 있던 남자는 침을 삼켰다.

베타의 분위기가 너무나도 심각했기 때문이었다.

그렇게 어색한 시간이 지나가고 남자는 용기를 내어 한마디를 했다.

"저 누님, 괜찮으십니까? 혈족장님도 누님을 탓하는 건 아니……."

"존나 멋있어."

베타의 말에 남자는 할 말을 잃고 멍하니 바라봤다.

"근데 지금 뭐라고 했니?"

"아, 아닙니다."

"언니 말 들었지? 준비 철저하게 해. 언니가 부탁한 이상 나에게 패배란 있을 수 없다. 알았어?"

"넵! 누님."

그것이 베타가 인간과 벌인 첫 번째 전투였다.

그 전투에서 베타는, 패배했다.

패배의 원인은 순전히 그녀의 방심에 있었다.

람다라는 선례가 있었음에도 그들이 멍청했기에 당한 것이라고만 치부했을 뿐.

자신의 승리를 의심하지 않았던 것이다.

그러나 직접 마주한 인간의 무공은 상상 이상이었다.

물론 인간들에게도 큰 피해를 주며 일방적으로 당하지만은 않았다.

하지만 그 과정에서 동원한 모든 마물들이 죽었고, 수많은 나찰들이 목숨을 잃었다.

기고만장했던 기세가 한풀 꺾인 것은 당연한 일.

그렇게 베타가 자괴감에 빠져 있을 때 그녀의 언니가 나섰다.

"한심한 동생아. 고작 한 번 졌다고 풀이 죽어 있으면 어떡하니?"

그 한마디 이후 뮤는 직접 전장에 나가 인간들을 도륙하기 시작했다.

베타와 뮤는 기본적인 무력부터 차원이 달랐다.

그만큼 뮤의 마물은 베타의 것보다 훨씬 강했다.

고작해야 반야급 몇 마리를 소유한 게 전부였던 베타와 달리.

뮤는 수십 마리의 반야를 이끌고 전장에 나섰으니 말이다.

당연히 인간의 세력은 하나둘씩 무너져 내렸고, 뮤의 혈족은 계속해서 승리를 쌓아 갔다.

언니를 향한 베타의 존경심은 더욱 굳건해졌다.

자신과 같은 능력을 갖추고 태어나 차원이 다른 강함을 보여 주었으니 말이다.

그러나 연이어진 승전보에도 불구하고, 상황은 계속해서 악화되어 갔다.

아무리 뮤가 강하다 하더라도 넓은 대륙을 모두 평정할 수는 없었기 때문이다.

각지에서 들고일어난 인간들은 계속해서 새로운 무공을 만들고 발전시켜 가며 저항했고.

결국 수십 년에 걸친 전쟁 끝에 나찰들의 수는 전성기의 10분의 1도 남지 않았다.

위대한 일곱 혈족들이 포함되었다는 것이 가장 큰 문제였다.

"다른 혈족들도 괴멸 상태라고 합니다."

"인간들이 도시를 만들고 그곳으로 모여들고 있다고 합니다. 우리 혈족도 위험합니다, 누님."

"이대로는 결국 패배할 것입니다."

전쟁이 진행됨에 따라 많은 혈족들이 베타의 혈족에 몸을 의탁했다.

혈족장인 뮤는 그 요청을 거절하지 못했다. 전쟁을 치르는 과정에서 많은 구성원이 죽으며 피해가 이만저만이 아니었기 때문이다.

"그래서 어쩌자고?"

"남쪽으로 갑시다."

한 혈족장의 말이었다.

"남쪽?"

"만백산을 넘어 남쪽으로 간다면 인간들을 피해 살아남을 수 있을 겁니다."

"닥쳐!"

베타는 암울한 소리만 해 대는 혈족장들을 향해 외쳤다.

"지금 우리보고 도망치라는 거냐? 애초에 너희들이 조금만 더 강했다면……."

"베타."

거칠게 윽박지르던 베타는 순간 입을 다물 수밖에 없었다.

나지막한 언니의 음성엔 거부할 수 없는 힘이 담겨 있었으니 말이다.

이내 뮤가 피곤함에 절은 얼굴로 말을 이어 갔다.

"남쪽의 상황은 어떻지?"

"남쪽 또한 인간들이 들고일어났다고 합니다. 하지만 대륙보다는 나을 것입니다."

"그래. 그럼 남쪽으로 가자."

뮤가 선택을 내린 것이었다.

"언니!"

"이미 결정은 내렸다. 너는 입 다물고 있어."

베타는 아무런 반문도 꺼내지 못했다.

혈족장의 결정.

이에 반론을 제기한다는 건 있을 수 없는 일이었으니까.

그렇게 대규모 이동이 시작되었다.

오랜 세월 머물렀던 마을을 버리고, 수많은 마찰이 행렬을 이루며 남쪽으로 걸음을 옮겼다.

시간이 흘러 도착한 남쪽은 대륙보다 훨씬 상황이 좋았다.

그곳의 인간들 역시 양기 폭주를 일으켜 가며 전쟁을 치르고 있었으나 뮤를 상대할 정도는 아니었다.

대륙에서부터 모아 온 압도적인 군세에 인간들은 연일 패배를 거듭하며 풍전등화의 위기에 직면했다.

하지만 그런 와중에도 인간들은 한 명의 영웅을 중심으로 계속해서 저항했다.

영웅의 이름은 신하민.

대륙의 어떤 고수와 비교해도 떨어지지 않는 강자.

그는 끈질기게 유격전을 펼치며 뮤를 괴롭혔다.

그를 상대할 수 있는 것은 뮤밖에 없었기에, 그녀는 신하민만을 쫓아다녔다.

그러기를 약 2년.

뮤의 입에서 신하민의 이름이 거론되는 때가 점차 늘어나기 시작했다.

"신하민이 이상한 소리를 하던데."

"신하민이?"

"나찰과 인간이 함께 잘살 수 있는 세상을 만들자고 하더라고. 한 달째 그 소리만 하면서 싸움을 피하더라."

베타는 인상을 찌푸렸다.

인간의 개수작이 분명했다.

"헛소리네. 지들이 불리하니까 별소리를 지껄이는 거야."

"그렇겠지?"

"무시해, 언니. 절대로 무시해."

하지만 뮤는 사뭇 진지하게 말했다.

"······하지만 그렇게 되면 앞으로 전쟁은 없지 않을까 싶기도 하고."

베타는 자신의 귀를 의심했다. 인간들과 함께 살아가는 세상이라니. 말도 안 되는 것이었다.

"뭐? 그게 말이 돼, 언니?"

"어차피 우리가 이긴다고 하더라도 인간들은 다시 일어날 거야. 그럴 바에는 적당히 사이좋게 지내는 것이 나을 수도 있지."

"저런 놈들이랑 같이 살 바엔 차라리 죽어 버리겠어."

뮤는 씁쓸하게 웃으며 고개를 끄덕였다.

미적지근한 반응에 베타는 불편한 얼굴로 자리에서 일어났다.

그때부터였을까?

언니가 이상해졌던 것이.

그로부터 약 1년의 시간이 더 흐른 후.

인간들과의 전쟁의 끝을 바라볼 때, 뮤가 한 가지 제안을 가지고 왔다.

"인간들과 평화 협정을 맺는 건 어때?"

인간들과의 평화 협정.

그 말에 모두가 귀를 의심했다. 특히나 베타가 강하게 들고일어났다.

"그게 지금 무슨 말이야! 도대체 우리가 왜!"

도무지 이해가 안 된다는 듯 얼굴이 붉게 달아오른 베타.

반면 뮤는 더없이 인자한 얼굴로 설명을 이어 갔다.

"나쁜 말은 아니야. 승기는 우리가 쥐고 있지만, 그들을 완전히 없앨 수는 없어. 아마도 계속해서 도망쳐 다니면서 약한 혈족들을 노리겠지. 과연 그것이 바람직한 상황일까? 언제 터질지 모를 위험을 품에 안고 살아가는 걸 승리했다고 볼 수 있나?"

직후 뮤의 입에서 모두를 당황시킬 한마디가 흘러나왔다.

"그리고 내가 언제까지 너희들을 지켜 줘야 하는 거야?"

대부분이 입을 다물 수밖에 없었다.

신하민이라는 인간은 오직 뮤만이 막을 수 있었다.

그런데 뮤는 더 이상 돕지 않을 수 있다는 의사를 내비친 것이다.

같은 혈족이 아닌 이상 그녀를 강제할 수단은 없는 것이나 마찬가지였다.

그로 인해 다른 혈족의 나찰들이 꿀 먹은 벙어리가 되어 버린 순간, 뮤와 같은 혈족인 베타가 목소리를 높였다.

그녀는 뜻을 굽힐 생각이 결단코 없었다.

"그렇다고 평화 협정을 해? 신하민 그 새끼가 한 말이지? 절대 믿을 수 없어. 언니를 속이려는 거라고! 시간을 끌려고!"

베타가 강하게 나서자 다른 혈족들도 한마디씩 거들었다.

이대로 내버려 두면 자신들에게 불리한 상황이 펼쳐질 테니 말이다.

"그렇습니다. 적을 몰아넣었을 때 끝내야 합니다!"

"지금까지 얼마나 힘들었습니까? 인간들이 우리 나찰들을 얼마나 많이 죽였는지를 잊으셨습니까?"

본인의 뜻이 관철되지 않자, 뮤는 인상을 찌푸리며 자리에 일어섰다.

"그래? 그럼 너희끼리 알아서 해. 나는 빠질 테니까."

뮤의 발언에 모두가 충격을 받았다.

혈족장이 전투에서 빠진다?

상상하고 싶지 않던 일이 현실로 벌어져 버렸다.

당황과 걱정에 어떠한 말도 꺼낼 수 없을 때.

한 차례 좌중을 훑어본 뮤가 천천히 마음속에 품은 뜻을 펼쳐 갔다.

"너희들이 걱정하는 게 뭔지 알아. 하지만 그럴 일은 없을 거야. 이번에는 다를 테니까."

그 순간, 언니의 얼굴을 본 베타가 입을 열었다.

"그걸 어떻게 확신해?"

저 하등한 인간들을 어떻게 믿을 수 있단 말인가?

이에 뮤는 담담히 대답했다.

"그 사람은 다르니까."

"……."

"너무 걱정하지 마. 내가 직접 담판을 지어 줄 테니까."

뮤는 만족한 얼굴로 밖으로 나갔다.

이대로 언니를 보낼 수는 없다.

베타는 급히 뮤의 뒤를 쫓았다.

"언니! 도대체 뭐야? 왜 인간을 믿는 건데? 도대체 왜?"

베타의 근본적인 질문에 뮤는 작게 한숨을 내쉬었다.

"언제까지 과거에 살 거야?"

원래 이 세상의 나찰의 것이었으니까. 인간들이 그 힘에
도전했으니까. 그런 이유로 지금까지 전쟁을 계속해 왔다.

하지만 그건 이제 전부 과거에 지나지 않았다.

세상이 바뀌었다는 것을 받아들여야만 했다.

"난 이제 미래를 살아야 해."

"미래? 그게 고작 인간들이랑 같이 사는 거야?"

"맞아."

뮤는 미소를 지으며 슬쩍 배를 바라봤다.

"이제 그래야 할 이유가 있으니까."

소름 돋는 위화감.

그 위화감에 베타는 침을 삼키며 고개를 흔들었다.

'아닐 거야.'

절대로 아닐 것이다.

그런 생각을 하는 사이 뮤는 이미 멀어져 가고 있었다.

그제야 베타는 깨달았다.

자신이 존경하던 언니는 이제 없다는 것을.

이후 시간은 쏜살같이 흘러 2주가 지났고.

나찰과 인간 측 대표가 한자리에 모였다.

모두가 함께 살게 될 세상에 새로이 적용될 법을 논의하기 위함이었다.

그렇게 오랜 의논 끝에 협약이 체결된 날.

모두가 편안한 마음으로 긴장을 풀었다.

더 이상 누군가의 희생을 짓밟고 올라설 필요가 없고, 소중한 이를 잃는 슬픔을 겪지 않아도 된다는 기쁨에 눈물을 흘렸다.

피로 물든 시대가 저물었으니 평화로 가득한 미래가 펼쳐질 것이라 확신했으니까.

분명 그럴 것이었으니까.

"으아아아아아악!"

"베타 님! 베타 님!"

다급한 목소리에 벌떡 일어나 밖으로 나온 베타는 순간 어떠한 말도 꺼낼 수 없었다.

오두막은 모두 불타고 있었으며 사방에서 화살이 날아든다.

더더욱 당황스러운 건, 무방비 상태의 나찰들을 도륙하는 존재가 다름 아닌 양기 폭주를 일으킨 인간들이라는 것.

'이게 대체 무슨 일이야?'

이제는 전쟁 없이 살 수 있다며 언니가 기뻐하던 게 바로 조금 전의 일이었다.

설마 하는 심정이 있었지만, 베타 또한 조금은 같은 마음을 품었다.

훗날 인간이 다시 배신을 하더라도, 적어도 협정이 시작되는 날은 아니라고 생각했으니까.

하지만…….

'인간을 믿은 내가 바보지!'

저들은 나찰보다도 더 악랄했다.

아니 세상 그 어떤 존재보다 이기적이었으며, 잔혹했다.

"언니는……. 혈족장님은 어딨느냐!"

"보이지 않습니다."

"뭐?"

이미 당했나?

아니, 그럴 리가 없다.

누구보다 강한 언니가 벌써 당했을 리가 없다.

그렇게 생각하며 베타는 언니를 찾아 진지 안을 뛰어다녔다.

그러나 뮤는 어디에서도 보이지 않았다.

베타는 한 가지 결론에 도달할 수밖에 없었다.

"……속였구나."

배를 내려다보던 언니의 모습.

그때 베타는 크나큰 위화감을 느꼈다.

그리고 의심했다.

그러나 너무나도 말도 안 되는 상상이었기에 애써 의심을 떨쳐 냈다.

하지만 인간과 평화 협정을 주장하고, 지금 이 순간 사라진 것을 본 지금은 확신할 수 있었다.

뮤가 인간의 아이를 가졌다는 것을.

"……그래서 그런 거야?"

존경했었다.

나와 똑같이 생긴 그녀가 누구보다 높은 자리에서 호령할 때 대리 만족을 느꼈다.

저 사람의 동생이라는 것이, 같은 피를 나누었다는 것이 너무나도 자랑스러웠다.

하지만 이젠 아니다.

"우릴…… 버렸어? 그것도 하등한 인간 때문에?"

누구보다도 증오한다.

혈족을 배신하고 자신의 종족을 팔아넘긴 그녀를 절대 용서하지 않으리라.

베타는 그렇게 불지옥 안에서 다짐하고 또 다짐했다.

회상을 빠져나온 베타는 다시금 달을 향해 시선을 돌렸다.

"진짜 애를 낳았어. 인간이랑. 어이가 없네."

유아린.

언니가 모든 것을 팔아 가며 지키려던 것.

그년이 바로 그 증거였다.

"얼마나 대단한 인생을 살겠다고 그랬는지."

왕국의 기록상 뮤는 사라졌다고 나올 뿐, 자세한 기록은 없다.

아마도 죽었겠지.

인간에게 실컷 이용당하다 말이다.

그렇다고 언니를 용서할 생각은 없다.

"우리 혈족의 수치는 내가 없애 줄게. 언니."

베타의 목표는 오직 혈족의 수치를 죽이는 것뿐이었다.

◆ ◈ ◆

신평.

끈질긴 추격전 끝에 람다는 결국 아린의 손에 잡혔다.

"도와줘."

"싫다고!"

"도와줘."

"아, 진짜!"

람다의 얼굴엔 짜증이 잔뜩이었다.

당연한 일이었다.

도와 달라는 말만 수백 번을 넘게 들었으니 말이다.

그러나 눈앞의 여자는 계속 뒤쫓으며 '도와줘'라는 말만 반복해 댈 뿐.

도무지 포기할 기색을 보이지 않았다.

"후……."

람다가 한숨을 내쉬며 고개를 떨궜다.

결국 아린의 집착을 이겨 낼 방법은 없었다.

"이것 좀 놔! 손목 아파."

"도와줄 거야?"

"아 좀! 알았다고!"

가까스로 구속에서 풀려난 람다는 붉게 손자국이 난 손목을 매만졌다.

지금이라도 도망칠까?

잠시 그런 고민이 솟구쳤지만 이내 고개를 흔들며 상념을 떨쳐 냈다.

지옥의 술래잡기를 한 번 더 할 수는 없다.

그녀는 못 이기는 척 자리를 잡고 앉았다.

"여기 내 앞에 앉아."

아린은 망설임 없이 람다의 앞으로 앉았다.

"마주 보지 말고 반대로."

"응, 알았어."

이번에도 의심 한 점 없이 돌아앉는 아린이었다.

'내가 이상한 짓을 하려면 어쩌려고.'

아무리 잠시 손을 잡았다 해도, 얼마 전까지 서로에게 칼을 겨눴던 적이었으니 말이다.

"마음 같아서는 절대로 안 도와줬겠지만 지금은 한배를 탔으니까 어쩔 수 없이 하는 거야. 알겠어?"

"입 닥치고 빨리 시작하기나 해."

"말 참 예쁘게 한다? 그러면 내가 도와주고 싶은 마음이 들겠니?"

"죄송합니다, 람다 님! 부탁합니다."

손바닥 뒤집듯이 태도를 바꾸는 아린.

그 모습에 어이가 없어 웃음만 나온다.

고고했던, 아니 거만하다고 해도 무방한 태도를 한순간에 버리는 게 가능한 일일까?

그것도 적이었던 자에게?

'그만큼 절박하다는 것이겠지.'

무엇이 이 여자를 절벽까지 내몰았는지는 불분명하다.

하지만 한 가지만큼은 알 수 있었다.

그녀의 마음이 얼마나 간절한지.

과거 고개 숙이고, 무릎까지 꿇으며 겪어 봤던 마음이니까.

순간 람다가 급히 고개를 저었다.

다시는 떠올리고 싶지 않았던 치욕스러운 과거를 마주했기 때문이다.

'짜증 나게.'

쓸데없는 망상에 괜히 기분만 잡쳐 버렸다.

한숨을 흘리며 감정을 다스린 람다는 눈앞의 등으로 시선을 돌렸다.

'어쨌든 인간들과 한배를 탔으니 도와주지 않을 이유도 없지.'

람다의 손이 천천히 아린의 등을 향했다.

아직 음기를 전부 회복하지 못한 탓에 줄 수 있는 양은 한정적이었다.

그러나 별다른 걱정은 하지 않았다.

자신의 음기에는 증폭의 효과가 있기에 조금만 전해 주더라도 기대 이상의 결과를 거둘 수 있을 터.

"운 좋은 줄 알아. 내가 직접 기를 불어넣어 주는 건 극히 드문 일이니까."

람다는 큰소리를 치며 아린의 등에 기를 주입하기 시작했다.

그 순간이었다.

'어?'

람다의 얼굴이 빠르게 경직되어 갔다.

상정에 벗어난 속도로 음기가 빠져나가기 시작한 것이다.

한 마리의 아귀처럼 한 톨의 기도 남기지 않겠다는 듯 악착같이 착취해 갔다.

'이럴 리가 없는데!'

람다의 경악은 걷잡을 수 없이 불어났다.

아린의 단전은 그리 크지 않았다.

끽해 봤자 현경 수준.

물론 이 또한 일반적인 기준에서는 초고수라고 할 수 있지만 입신경의 측면에서 보면 한낱 미물과 같다.

그렇기에 현재 보유한 음기만으로 충분할 것이라 생각했고, 조금만 기운을 불어넣으면 만족하고 일어날 것이라 여겼다.

하지만 그 예상은 크게 빗나갔다.

'기경팔맥이 열리고 있다!'

람다의 힘을 전부 뺏어 가기 위해 모든 혈맥이 열리고 있던 것이다.

'자, 잠깐……!'

어떻게든 막아 보려 하지만, 무의미한 움직임에 지나지 않왔다.

얼마 지나지 않아 몸 안의 모든 기운이 아린에게로 흘러들어 갔으니 말이다.

이제 남은 건 선천진기뿐.

'안 돼. 이러다간…….'

결국 죽게 될 것이다.

자신에게 모든 걸 빼앗긴 채 말라비틀어졌던 엡실론처럼 말이다.

그러나, 이를 안다고 해서 그녀에겐 마땅한 도리가 없었다.

"끄, 끄어어……."

힘이 빠져나감에 따라 의지와 상관없이 눈이 뒤집히며 힘겨운 음성이 흘러나왔다.

이제 람다가 할 수 있는 일은 없었다.

모든 기운을 내주며 비명에 가는 순간을 기다리는 것뿐.

서서히 다가오는 죽음의 그림자에 침식되려는 그때.

"람다 님!"

강한 힘이 람다를 뒤로 잡아끌었고 동시에 아린은 반대 방향으로 끌려들어 갔다.

"꿱!"

람다가 이상한 소리를 내며 뒤로 넘어가고 그런 그녀를 이스미가 달려가 받았다.

"람다 님! 괜찮으세요?"

람다는 정신이 아득해지는 가운데 힘겹게 눈을 떴다.

하늘이 노랗고 대낮임에도 별이 빙글빙글 돈다.

곧 죽어도 이상하지 않을 상황.

부들부들 떨리는 입술 사이로 힘겨운 한마디가 흘러나왔다.

"망할 년…… 다시는 힘 주나 봐라."

그 말을 끝으로 람다의 의식이 사라졌다.

같은 시각.

외부의 힘에 이끌려 갔던 아린은 천천히 눈을 떴다.

가장 먼저 보이는 것은 자신을 안고 있는 백야차.

그런 백야차를 슬쩍 올려다본 아린이 입을 열었다.

"뭐야?"

불쾌한 음성과 함께 백야차를 밀어내며 거리를 벌리는 아린.

백야차가 곱지 않은 시선으로 바라봤지만 그녀는 관심조차 갖지 않았다.

그러거나 말거나.

지금은 자신의 몸 상태를 확인하는 것이 먼저였다.

신로심법을 운용해 이곳저곳을 관조한 지 얼마 지나지 않아.

"……!"

아린의 표정에 큰 변화가 일었다.

기경팔맥과 십이경이 모두 열린 것을 확인한 것이다.

이는 입신경으로 들어가는 조건.

예상했던 것보다 더 큰 성취를 이룬 아린은 만족스럽게 웃었다.

"좋네."

람다의 검은 기운이 조금은 걸렸으나 별다른 문제로 치부하지 않았다.

조금의 시간만 주어진다면 전부 자신의 음기로 바꿀 수 있을 테니 말이다.

아린은 신이 나서 람다에게로 시선을 돌렸다.

"고맙다. 덕분에 깨달음을 얻었어."

하지만 돌아온 대답은 없다.

이스미에게 안겨 혀를 내밀고 기절해 있었으니 말이다.

아린은 고개를 갸웃하며 백야차에게 물었다.

"저건 왜 저래?"

"하…… 그게 당사자가 할 말인가?"

"뭐라는 거야?"

자신 때문에 벌어진 일이라곤 전혀 생각지도 않는 모습에 백야차는 머리가 지끈거려 왔다.

"그냥 가라. 어차피 말해 줘도 모를 테니."

"그럼 일어나면 감사 인사나 대신 전해 줘."

그 말을 끝으로 아린은 뒤도 돌아보지 않고 람다의 저택을 벗어났다.

백야차는 그런 아린과 실신해 버린 람다를 번갈아 바라보며 고개를 절레절레 저었다.

"누가 나찰인지 모르겠네."

정확하게는 아린도 나찰이지만 말이다.

Chapter 142.

작전 회의가 끝나고 바로 다음 날.

중앙 고원으로 떠나기 위한 채비가 시작되었다.

한시라도 빨리 요충지를 차지해야 하기 때문이다.

그렇게 모두가 분주하게 움직이는 것을 바라보며, 나는 마음속에 품은 의문을 대장군님에게 풀어놓았다.

"중앙 고원만 차지하면 나찰이 어떻게 움직이든 대처할 수 있겠죠?"

"그렇겠지."

"정말로 그렇게 생각하시는 거죠? 제가 거기라고 해서 그냥 가는 게 아니라."

"자네, 지금 같은 걸 몇 번째 물어보는 줄 아는가?"

"몇 번째인데요?"

"정확히 27번째라네."

그걸 세고 계셨던 것일까? 은근히 속이 좁단 말이지.

그런 쓸데없는 생각을 하는 사이, 대장군이 역으로 질문을 던져 왔다.

"그렇게 걱정되나?"

"당연한 거 아닙니까? 이런 상황에 걱정하지 않을 사람이 어디 있을까요?"

미래를 알 수 없다는 것.

그만큼 나를 괴롭게 만드는 것이 또 있을까?

지금까지 성과를 만들어 냈던 것은 모두 핵심 정보를 알고 움직였기에 가능한 일이었으니 말이다.

그렇기에 불안하고 두려울 수밖에 없다.

막말로 중앙 고원에 진을 다 쳐 놓고 기다리는데 안 오면 어떡하나?

"하긴, 이해하네. 나도 전투가 있을 때마다 내 선택을 걱정하곤 했지. 잘못되지는 않았을까, 내가 부하들을 죽음으로 내모는 것은 아닐까 하고."

대장군은 나의 어깨를 토닥였다.

"하지만 그것은 혼자만의 불안으로만 남겨 두게. 지휘관의 불안은 병사들에게 전염되는 법이니. 결정했다면 밀고 나가는 것이 통솔하는 위치의 사람이 갖춰야 할 덕목이네."

그렇게 내가 잠시 잊고 있던 사실을 깨닫게 해 준 대장군은 자신의 부대를 향해 걸어갔다.

그의 걸음걸이는 당당했고, 한 점의 의심도 찾아볼 수 없었다.

오로지 승리만을 향한다는 듯이.

대장군의 말을 다시 한번 떠올리며 나 또한 마음을 바로잡았다.

'그래, 어차피 엎질러진 물이다.'

계속해서 걱정한다고 달라질 건 없으며, 근심에만 사로잡혀 있는 것도 멍청한 짓이겠지.

그렇게 생각할 때 내 뒤로 한 남자가 다가왔다.

"이서하 선인님!"

오랜만에 보는 얼굴.

은악의 수석 대장장이. 최천약이었다.

"오, 수석 대장장이님 아닙니까?"

"대장장이님이라뇨. 말씀 낮춰 주시길 바랍니다."

"그래서야 되겠습니까? 그리고 수석 대장장이님께 쓰지 않으면 누구한테 쓴단 말입니까?"

아무리 실력이 뛰어난 무사라도 무기가 따라 주지 않으면 제 실력을 뽐낼 수 없다.

그런 의미로 대장장이는 무사의 목숨줄을 쥐고 있는 사람이라 표현해도 무방했다. 무사가 백성들을 지켜 주지만, 전장에서는 대장장이가 만든 무기가 무사를 보호해 주니 말이다.

"그러니 부담 갖지 마시고, 당당하게 받아들이세요. 충분히 그럴 가치가 있는 분이니까요."

곧 다가올 전쟁에 대비할 수 있는 것도 그가 있기에 가능한
일이었다.

"주문한 것은 전부 준비되었습니까?"

"네, 겨우 맞출 수 있었습니다."

최천약은 금세 표정을 바꾸며 팔을 벌려 어딘가를 가리켰다.

그곳에는 상자가 한가득 쌓여 있었다.

직후 환한 미소와 더불어 흡족할 만한 설명이 덧붙여졌다.

"장군들께서 사용하실 무기는 무공에 맞춰 특별히 제작해
왔습니다. 신평의 장군님들을 위한 언월도, 백성엽 대장군님
을 위한 화도(火刀). 그리고 유아린 선인님을 위해 한기를 담
을 수 있는 무구를 준비해 봤습니다."

"호오, 기대가 되네요."

수준이 높은 무사인 만큼 그에 걸맞은 무구는 필수였으니
말이다.

그런데…….

"제 건 없네요?"

"……네?"

최천약이 당황한 얼굴을 하며 황급히 양손을 저었다.

"그, 그게 선인님께선 이미 절세보도를 가지고 계셔서…….'"

"농담입니다."

천광이 있는 나에게 더 좋은 무기는 있을 수 없다.

그보단 본신의 능력을 끌어올리는 게 급선무이기도 했고.

"그런데 변승원 도방이 안 보이네요? 같이 안 온 모양이죠?"

"함께 인사라도 드리자고 했는데 자기는 죽기 싫다고 빼더군요."

"놀랍지도 않네요."

오히려 그가 왔다면 더 놀랄 일이지 않을까 싶다.

그러는 사이 저 멀리서 새로운 무리가 다가오는 것이 보였다.

곳곳에 세워진 깃발엔 계명의 상징이 새겨져 있다.

선두에서 그들을 이끄는 자는 무척이나 낯익은 사람이었다.

그는 나를 발견하고는 바로 말에서 내려 다가왔다.

"오랜만입니다. 찬성사님."

"그래, 와 줘서 고맙다."

"당연히 와야죠. 왕국을 위한 일인데. 그리고……."

남자는 당당한 얼굴로 자신이 데리고 온 무사들을 돌아보았다.

"저들을 찬성사님께 선보일 좋은 기회니까요."

계명 무사들의 면면을 바라보니, 이렇게 말하는 이유를 짐작할 수 있었다.

수준급의 실력이 엿보이는 기세.

각각의 얼굴에는 자긍심 또한 진하게 어려 있었다.

"좋네. 아주 든든해."

수하들이 칭찬받자 남자의 입가에 미소가 걸렸다.

그간의 노력을 인정받았다 여긴 것이겠지.

"덕분에 큰 도움이 되겠어."

"감사합니다. 그리고……."

그가 나를 지그시 바라보며 말을 이어 갔다.

"제 실력도 보여 드리겠습니다."

앞선 미소와 비교하기 어려울 만큼 환한 웃음을 머금는 남자.

나 또한 기쁜 마음으로 그에 화답했다.

그의 성장이 더없이 기꺼웠으니 말이다.

'정말 다행이야.'

전장의 독수리. 계명의 선인들 중에서 독종으로 알려진 자.

그것이 회귀 전 최도원을 가리키는 수식어였다.

하지만 이번 생에선 행보가 크게 달라졌다.

요령성 전투에서 최지혁 가주를 잃은 것은 동일했으나, 수 많은 이들 덕분에 그는 전에는 알지 못했던 진리를 깨달을 수 있었다.

정확히는 목표의 우선순위가 바뀌었다고 할까?

단순히 강함을 손에 쥐길 원했던 과거와 달리, 현 시점 그의 목표는 자신의 사람들을 지키는 것.

무작정 강해지기 위해 스스로를 내몰지 않고, 소중한 것을 보호하겠다는 명확한 목적을 품은 것이다.

다시는 요령성 때와 같은 비극을, 그런 무력감을 느끼지 않 기 위해. 쉬지 않고 무를 연마하고 부하들을 육성해 온 것이다.

그렇기에 내가 알던 독종 최도원은 이제 없었다.

눈앞에 있는 것은 계명을, 나아가 이 나라를 수호할 왕국의 방패.

나는 최도원의 어깨를 토닥였다.

"기대하고 있을게."

악바리 최도원이 몇 년을 이 악물고 준비한 부대다.

모르긴 몰라도 큰 힘이 되어 주겠지.

나의 말에 최도원은 미소와 함께 경례했다.

"충성!"

그리곤 올 때와 마찬가지로 당당한 걸음걸이로 배정받은 위치를 향해 군을 이끌고 떠났다.

쉴 틈도 없이 뒤이어 또 다른 사람이 나를 찾아왔다.

"이것만 끝나면 휴가 갈 수 있는 거죠?"

눈 거미가 볼까지 내려온 여자.

안 보이는 곳에서 그 누구보다 많은 일을 처리해 온 사람.

보급 총괄인 이정문이었다.

은악에 있던 그녀는 수도가 함락되자마자 바로 신평으로 이동해 전국의 모든 물자를 관리 감독했다.

수도가 날아가면서 사실상 모든 행정이 마비되고 비축 물자는 사라진 것이나 마찬가지였으니, 어느 때보다 그녀의 역할이 중요했다.

이번 전쟁까지 고려하면 말이다.

"알겠습니다. 이번에는 정말로 휴가를 보내 드리겠습니다. 원 없이 말이죠."

"그럼 꼭 이기고 오셔야겠네요. 저승으로 휴가를 떠나고 싶지는 않거든요."

무슨 그런 살벌한 소리를.

반면 이정문은 뭐가 그리 재밌는지 혼자 피식 웃고는 나에게 서류를 건넸다.

"군량은 한 달 치입니다. 그 이상은 안 돼요."

"걱정 마세요. 그럴 일은 없을 겁니다."

지든, 이기든. 한 달 이상 전쟁을 끌 생각은 없다.

그렇게 이정문과 대화를 마칠 때쯤, 지율이가 나에게 다가와 말했다.

"준비 다 끝났어. 이제 출발해도 된다."

"그래."

나는 이정문이 준 서류를 품에 넣으며 말했다.

"가 보자."

나의 한마디에 모든 이들이 서둘러 움직이기 시작했다.

중앙 고원. 모든 것은 그곳에서 끝날 것이다.

옛 수도의 북쪽.

거대한 숲을 마주한 채 곰방대를 한 번 쭉 빨아들인 예담은 심각한 얼굴로 입을 열었다.

"무슨 말을 하려고 여기까지 불렀을까?"

"곧 있을 전쟁에 대해 말하려는 거 아니겠습니까?"

지영학의 말이었다.

"그럼 지금 부를 이유가 없지 않나?"

전쟁을 준비하기도 바쁜 시간에 굳이 이곳에서 만남을 가질 이유가 없었다.

2주 뒤 전쟁을 시작하겠다는 내용은 이미 통보를 받았으니까.

해당 일자에 약속 장소에서 합류해 중앙 고원, 그리고 신평까지 밀고 들어가면 끝나는 일 아닌가?

그렇게 생각할 때 북대우림에서 알파와 선생이 천천히 모습을 드러냈다.

예담이 자리에서 일어나 예의 바르게 인사를 하고는 자리에 앉았다.

"무슨 용건이십니까? 알파 님."

알파는 미소와 함께 예담의 앞에 마주 앉았다.

"별건 아니고 계획이 조금 수정돼서 말이야."

순간 심장이 덜컹 내려앉았다.

2주 뒤 나찰이 공격할 거라는 정보는 왕국군에 전달된 상황이었다.

이서하 역시 그 시간에 맞춰 전쟁 준비를 하고 있을 터.

이 와중에 나찰의 계획에 변화가 생긴다면 큰 문제로 번질지도 모를 일이었다.

하지만 예담은 평정심을 유지하며 말했다.

"어떻게 말입니까?"

"오늘 당장 출진할 생각이다."

"……"

예담으로서도 난감해질 수밖에 없는 답변이었다.

오늘 당장 출진한다면 중앙 고원에 당도하는 시기는 바로 내일.

나찰이 선언한 침공 날짜보다 약 1주일은 더 빠른 셈이었다.

당연히 이제 막 진을 치기 시작한 인간들은 혼란에 빠질 수밖에 없을 것이다.

"그건 좀 힘든데요."

예담은 애써 미소를 지으며 변수에 대응해 나갔다.

"전에 주신 날짜도 맞추기가 힘들었는데, 이렇게 갑작스럽게 앞당긴다면 저희 암부군은 어떻게 도와 드릴 수가 없습니다."

"알아."

"원래대로 가시죠. 암부와 성도 연합군 1만이 있는 편이 낫지 않겠습니까?"

"아니, 그럴 필요 없어."

그 말과 동시에 알파가 정색하며 예담을 노려봤다.

"적의 군대는 하나라도 없는 게 나을 테니까."

"적이라니⋯⋯."

"난 인간을 믿지 않아."

그 순간.

알파의 손이 예담의 목을 그었다.

무슨 일이 벌어진 것일까?

그런 고민이 머릿속을 가득 메우는 순간에도.

알파의 손은 예담을 향해 날아들고 있었다.

지영학이 본능적으로 예담의 뒷덜미를 잡아끌었으나, 알파의 공격을 피하기에는 역부족이었다.

촤악!

여지없이 알파의 손이 예담의 목을 긋고 지나갔다.

지영학이 황급히 그녀를 안아 들었을 때는 이미 늦은 상황이었다.

피가 쉴 새 없이 뿜어져 나올 만큼 출혈이 극심했기 때문이다.

"젠장!"

상황을 살필 새도 없다.

지영학은 바로 몸을 돌려 도망치려 했다.

그러나 예담은 그의 옷깃을 잡았다.

"……됐어."

그리고는 있는 힘껏 외쳤다.

"설련화! 달려!"

순간 바람이 일더니 저 멀리 설련화가 달리기 시작하는 것이 보였다.

"……이제 네가 단주다."

이제 한마디 하는 것도 힘겹다. 예담은 한 손으로 출혈을 막으며 지영학의 품에서 벗어나 두 다리로 섰다.

"쿨럭. 어차피…… 난 죽는다."

대동맥이 잘려 나갔다. 가까스로 정신을 유지하고는 있지만 얼마 지나지 않아 목숨이 날아갈 것이 분명했다.

"그리고…… 너도 죽겠지."

지영학이 제아무리 날고 기는 무사라도 알파가 마음먹고 추격한다면 잡지 못할 이유가 없다.

"그럴 바에는…… 조금이라도 희망이 보이는 가능성에 투자해 봐야 하지 않을까?"

"더 이상 말하지 마쇼."

지영학은 예담의 앞으로 걸어 나갔다.

굳이 듣지 않아도 이미 알고 있었으니까.

정체를 들킨 이상 없는 목숨이나 다름없다는 걸 말이다.

"기다리고 있어요. 저 자식 한 방 먹여 주고 올 테니까."

"하, 허세는."

예담은 피식 웃으며 벌벌 떨리는 손으로 곰방대를 물었다.

이윽고 지영학이 알파에게 달려드는 것이 보였다.

현경 고수의 살초.

대기가 진동하고 온갖 화려한 기운이 폭발한다. 마치 황홀경이 눈앞에 드리워지듯 지영학은 더없이 아름다운 초식을 펼쳤다.

언제나처럼 믿음직한 모습이었다.

그럼에도 예담의 입가엔 허탈한 미소가 머금어졌다.

암부 3대 고수라 일컫는 지영학조차도 단 한 번도 알파에게 닿지 못했기 때문이다.

오히려 쾅! 하는 거센 소리와 함께 자신의 앞으로 날아와 쓰러졌다.

"씨발, 존나 강하네."

그렇게 중얼거리는 지영학의 가슴에는 큰 구멍이 뚫려 있다.

예담은 그런 그의 얼굴을 쓰다듬었다.

"그러게…… 수련 좀 하지."

"쿨럭. 내가 강해지려고 암부 들어갔나? 놀려고 들어갔지."

피를 토하던 지영학은 예담을 올려다보았다.

"그래도…… 잘 놀다 갑니다. 단주."

"그래."

상황에 어울리지 않는, 더할 나위 없이 환한 미소와 함께.

암부의 지영학은 숨을 거두었다.

"덕분에 나도 즐거웠다."

여자의 몸으로 뒷세계의 제왕이 되었으니 더 바랄 것이 있겠는가?

한 가지 아쉬움이 있다면 신유민과 이서하가 만들어 갈 새로운 세상을 보지 못한다는 것뿐이었다.

이윽고 예담이 지영학의 얼굴을 끌어안았다.

"……미안하다."

그리곤 떨리는 손으로 지영학의 눈을 감겨 주었다.

유유히 살아가며 삶을 즐기고 싶어 했던 한량.

그런 놈을 이 시대의 가장 격한 격류로 끌고 들어와 버렸으니.

예담이 서서히 식어 가는 주검을 바라보며 방긋 웃어 보였다.

"……금방 찾아가 사죄하마."

그 말을 끝으로 예담의 고개가 힘을 잃고 숙여졌다.

그 모습을 가만히 바라보던 알파는 혀를 차며 못마땅한 기색을 숨기지 않았다.

"쯧."

예담과 만나기 전, 수십 가지의 미래를 미리 보고 왔다.

예담을 먼저 습격하는 것, 설련화를 최우선적으로 노리는 것 등등 여러 가지 경우의 수를 살폈다.

그러나 그 어떤 상황에서도 설련화를 잡는 것은 불가능했다.

설련화를 먼저 공격하든 예담을 먼저 노리든 저 지영학이라는 놈이 끼어들어 방해했기 때문이었다.

게다가 저 설련화라는 암살자의 경공이 뛰어나다는 것도 한몫했다.

그녀가 잡히는 미래가 보이지 않았기 때문이다.

물론 자신이 볼 수 있는 미래는 고작 일각 정도밖에 되지 않았으니 이후에 자신이 원하는 결과가 펼쳐질 수도 있었다.

하지만 막연한 기대를 품고 뒤쫓기엔 부담스러울 수밖에 없었다.

지금은 시간을 낭비해선 안 됐으니 말이다.

"그럼 슬슬 가 볼까?"

알파의 말이 끝남과 동시에 북대우림에서 수많은 마물과 마수, 그리고 나찰들이 길게 늘어서서 걸어 나오기 시작했다.

"기나긴 전쟁의 끝을 내러."

이것이 나찰의 암흑기를 끝내기 위한 마지막 전쟁이었다.

중앙 고원.

　하루 종일 걸린 진 설치는 밤이 되어서야 끝이 났다.

　광명대와 철혈대는 가장 앞쪽에 자리를 잡았다. 적이 오는 것을 가장 먼저 발견하고, 또 반응하기 위함이었다.

　그렇게 진의 구성이 마무리된 이후, 막사 밖으로 나온 나는 물끄러미 밤하늘을 올려다봤다.

　'상혁이랑 민주도 곧 오겠네.'

　두 사람은 호현에서 이곳으로 달려오는 중이었다.

　빠르면 내일 저녁, 늦어도 그다음 날에는 도착한다고 했으니 전쟁 전에 회포를 풀 수 있겠지.

　'실력은 얼마나 늘었으려나?'

　기대를 지울 수가 없었다.

　상혁이나 민주 둘 모두 천재니까 몰라볼 정도로 크게 성장했을 테니까.

　그리고 두 사람의 성장은 전쟁에서 승기를 거머쥐는 데 도움이 될 것이니 말이다.

　그렇게 새벽의 하늘이 서서히 파랗게 변해 가는 것을 응시하고 있을 때.

　"나와 있었네?"

　누군가가 곁으로 다가왔다.

　아린이였다.

그녀는 후속대보다도 더 늦게, 약 반 시진 전에야 도착할
수 있었다.

람다에게 받은 힘을 운기조식으로 다스릴 필요도 있었으며,
그것에 더해 신평의 숲을 돌며 마수들을 모아 오기 위함이었다.

"마수들은?"

"후미에 배치해 뒀어. 얌전하게 있으라고 했으니까 별문제
는 일으키지 않을 거야."

"그런데 정말 괜찮을까? 베타한테 지배권을 빼앗기면 오히
려 큰일인데."

"걱정 마, 서하야. 절대 안 뺏길 테니까."

아린이는 자신만만하게 말했다.

"적어도 지금은."

확실히, 그녀의 몸에서는 전과 비교도 할 수 없을 정도의
음기가 흘러나오고 있었다.

"힘은 익숙해졌어?"

"몸에 익지는 않았어. 그래도 몇 번 대련하고 나면 좀 괜찮
아지지 않을까? 이제 너도 이길 수 있을걸?"

"그건 넘겨들을 수가 없는데."

"진심이야. 너를 이기기 위해 그 나찰한테 무릎까지 꿇었
으니까."

그리고는 진지하게 말한다.

"다시는 나를 짐짝 취급하지 못할 거야."

내가 언제 짐짝 취급을 했다고…… 라고 하기엔 그런가?

람다의 마을에서 그런 말까지 했으니, 꽤 충격적이긴 했을 것이다.

하지만 그때의 발언을 후회하지 않는다.

다시 같은 상황에 놓여도 난 동일한 선택을 내릴 것이다.

내 소중한 사람을 알파한테 또 잃고 싶은 마음은 추호도 없으니까.

"그래, 그럼 내일 한번 확인을······."

그렇게 말하는 순간.

아린이가 소름 돋는 무표정과 함께 고개를 획 돌렸다.

"왜······."

직후 나 또한 아린이가 바라본 방향으로 급히 시선을 옮겼다.

"······!"

왜 그러냐고 물을 필요도 없었다.

그에 대한 대답이 두 눈 앞에 펼쳐져 있었으니까.

저 멀리, 낮은 고원에서 무언가가 다가오고 있다. 해가 뜨지 않아 새파란 하늘이 검게 물들었고 지평선이 울퉁불퉁 움직이며 땅이 진동한다.

그 안에서 느껴지는 기운은 살을 에는 듯한 강한 한기.

무수한 존재들이 한결같이 동일한 음기를 뿜어 대고 있었다.

그리고 그 뒤에는.

"알파······."

위대한 일곱 혈족의 수장.

그의 기운이 선명하게 느껴지고 있었다.

"도대체 왜……."

이를 확인하고 가장 먼저 든 생각은 어째서 지금인가 하는 의문이었다.

'암부의 보고대로면 분명 1주일도 더 남았을 텐데.'

어째서 저들이 벌써 쳐들어오는 것일까?

도무지 답을 알 수 없는 물음이었다.

하지만 나는 이내 고개를 저어 의문을 지워 냈다.

지금 답을 알아내는 게 무슨 의미가 있겠는가?

중요한 것은 지금 이 시간 총력전이 시작됐다는 것이었으니.

"종 울려."

나는 아린이와 눈을 마주친 뒤 외쳤다.

"모두 깨워!"

아린이는 곧장 전쟁 시작을 알리는 종을 울리기 시작했다.

그제야 초소에서 망을 보던 무사들 또한 이상함을 감지하곤 사방에서 징 소리를 울려 퍼뜨렸다.

"뭐, 뭐야!"

"무슨 일이야!"

단잠에 빠져 있던 무사들이 허둥거리며 막사를 빠져나왔다.

전쟁에 절대란 없지만 대부분이 오늘만큼은 나찰이 쳐들어오지 않을 거라고 믿었을 테니 말이다.

그래도 내가 키운 이들은 달랐다.

광명대의 대장들은 빠르게 정신을 차리고 내 앞으로 달려왔다.

"무슨 일이야?"

가장 먼저 도착한 것은 지율이였다.

"전쟁 시작이다."

"······2주 뒤가 아니었구나."

지율이 역시 육감을 익힌 덕분에 적의 규모, 그리고 속도를 바로 알아차린 것이다.

"작전은?"

"다른 부대가 정비를 마치고 올 때까지 막는다. 철혈대와 내가 중앙을, 너랑 김채아 선인이 우익, 아린이와 성지한 선인이 좌익을 맡아."

"알았어."

주지율이 전달을 위해 빠르게 사라지고 뒤이어 정이준이 허겁지겁 달려왔다.

"저, 저, 저는 어떻게 합니까?"

"너는 당장 백성엽 대장군에게 가서 최대한 철저하게 정비한 후에 합류해 달라고 전해. 절대로 서두르지 말고."

"서두르지 말라니 그게 무슨 소리입니까! 그러다 다 죽으면······."

나는 정이준의 이마를 팍 하고 때렸다.

이 녀석은 정신을 좀 차릴 필요가 있다.

"넌 그저 전하기만 해. 나머지는 백성엽 대장군이 알아서 잘해 주실 거니까."

"하지만······."

안다. 무슨 말을 하고 싶은 건지.

언사는 가벼워도, 이준이 또한 아린이와 같은 심정이었을 테니까.

"걱정하지 마. 절대 안 죽어. 그리고 그렇게 걱정되면서 이러고 있을 시간이 있냐?"

"아, 죄송합니다 대장님!"

정이준은 백성엽 대장군의 진으로 달려가며 외쳤다.

"금방 오겠습니다!"

저렇게 말은 하지만 금방 오긴 힘들 거다.

군기가 바짝 든 우리 부대도 이제야 무사들이 제자리를 찾아가기 시작했는데 다른 부대는 오죽할까.

예상치 못한 기습이기에 혼란을 잠재우는 데 시간이 소요될 수밖에 없다. 그러니 저들이 합류하기까지는 무슨 일이 있어도 버텨야 한다.

그것이 내가, 광명대가 전면에 자리 잡은 이유였다.

그때 철혈대를 정비한 세 노고수님들이 다가왔다.

도공 최 씨는 기지개를 켜며 투덜거렸다.

"역시 암부 놈들의 정보는 믿을 게 못 된다니까."

"그러지 마쇼. 그놈들도 속았겠지."

화백 박 씨의 말대로 아마 암부도 속은 것이 분명하다.

그렇다고 남을 걱정할 시간은 없다.

나는 세 노고수를 돌아보며 말했다.

"부탁 좀 드리겠습니다. 전선을 유지해 주세요."

"맡겨 주십시오. 그게 우리 특기입니다."

"저놈들에게 지옥을 보여 주자고."

그렇게 철혈대가 자리를 잡자마자 적의 선봉이 철혈대와 부딪쳤다.

"키에에에에에엑!"

"죽여라!"

마수들의 비명과 무사들의 함성이 섞여 금세 진지는 아수라장으로 변모했다.

"후우."

마침내 시작되었다.

수없이 도망쳐 다니면서도 포기하지 않았고.

끝내 회귀해 지금껏 달려오며 바라 왔던 순간이.

그러니 이제 서둘러야 한다.

나는 고개를 돌려 어느새 뒤편에 시립해 있는 시광대를 바라봤다.

"다들 모였나?"

"넵! 대장님!"

경례를 한 진유화의 손이 떨리고 있다.

긴장되겠지.

이 정도 규모의 전쟁은 그녀로서도 처음 겪어 보는 것일 테니 말이다.

"정말 너무 흥분돼서 참을 수 없습니다! 이번 전쟁은 얼마나 경이로울까요!"

"……아."

그래, 너 그런 사람이었지.

그래서 시광대의 대장으로 뽑은 것이고 말이다.

뭐, 어찌 됐든 상관없다.

긴장의 늪에 빠져 허우적대는 것보단 낫겠지.

"자, 그럼 우리도 죽으러 가 볼까?"

이런 말도 있지 않은가.

살고자 하면 죽을 것이오, 죽고자 하면 살 것이다.

지금 상황에 딱 들어맞는 말이다.

그렇게 나는 전장에 몸을 던졌다.

◆ ◇ ◆

알파가 예담을 찌르는 그 순간.

설련화는 본능적으로 달리기 시작했다.

이윽고 예담의 명령이 떨어졌다.

"설련화! 달려!"

단순히 도망치라는 말은 아니었다.

너라도 살아서 이 상황을 알리라는 것이 분명했다.

그러나 대상이 명확하지 않았다.

'어디로, 누구에게 가야 할까?'

곧장 신평의 이서하에게 향하는 게 맞을까?

잠시 그런 고민이 들었으나, 금세 고개를 가로저었다.

아니다. 그건 의미가 없다.

지금 가서 '곧 나찰이 공격해 올 겁니다!'라고 알려 본들 뭐가 달라진단 말인가?

'생각해라. 내가 해야 될 일이 무엇인지.'

대부분의 부대가 이서하와 합류한 상황.

그렇다면 나찰이 예상보다 빠르게 움직였다는 것을 누구에게 알려야 최선일까?

그렇게 끊임없이 고민에 고민을 거듭하는 순간이었다.

"아……!"

단 한 부대.

아직 여유를 가지고 움직이고 있는 세력이 있었다.

이를 떠올리기 무섭게 설련화가 이를 악물고 왕국의 남쪽으로 이동하기 시작했다.

한시도 속도를 줄이지 않고 달리기를 반나절.

땀에 머리가 산발이 되고, 풀잎에 옷이 찢어졌으며, 신발이 해져 넝마가 되어도 그녀의 발은 멈추지 않았다.

그렇게 해가 넘어가고 아무것도 보이지 않게 된 순간, 쉴 새 없이 달음박질하던 설련화의 발걸음이 한순간 움직임을 멈췄다.

"하아, 하아."

그리곤 눈앞에 모습을 드러낸 존재를 올려다봤다.

천마 위에 올라탄 조각과도 같은 남자.

두 자루의 검을 허리춤에 단 그는 그녀를 내려다보며 물었다.

"누구십니까?"

"다행이야. 생각보다 가까이 있었네."

그와 시선을 마주하고 나서야 설련화는 숨을 돌릴 수 있었다.

"한상혁."

이 전쟁의 마지막 조각이었다.

◆ ◈ ◆

마수들의 속도는 생각보다 빨랐다.

전쟁 시작을 알리기 위해 종을 친 아린은 마수들을 끌고 전선으로 복귀했다. 그런 그녀를 맞이한 것은 정이준이었다.

"부대장님! 좌익으로 가라고 하십니다."

서하의 명령이었으나 아린은 듣는 둥 마는 둥 하며 서하의 위치를 확인했다.

이내 그를 발견했을 땐 이미 홍수처럼 밀려오는 마수들에게 둘러싸인 이후.

아린은 생각할 것도 없다는 듯 바로 명령을 내렸다.

"뚫는다."

"좌익으로 가라고……."

"가자."

아린은 정이준을 무시하고 이서하를 향해 달렸다.

지금의 실력이라면 못 뚫을 것도 없었다.

예상대로 마수들은 상대조차 되지 못하고 추풍낙엽처럼 쓸려 나갔다.

허나 아린과 격차가 벌어지는 것은 마수들뿐만이 아니었다.

"부대장님! 잠시……."

광명대원들 역시도 뒤를 쫓는 것조차 버거웠던 것이다.

아무리 잘 훈련된 무사들이라 한들 왕국에서 손꼽히는 강자인 아린을.

람다의 기운을 흡수하며 더 높은 경지로 올라선 그녀의 속도를 맞추지 못했다.

그 탓에 부관이 수없이 외쳤으나 아린의 귓가엔 닿지 못했다.

주변을 에워싼 마수들의 비명 때문이 아니었다.

그녀의 머릿속에 자리한 일념은 오직 서하를 지켜야 한다는 것. 그뿐이었으니 말이다.

하지만 그것이 실수였다.

"거기까지다!"

아린의 옆으로 무언가가 달려들었다.

오직 이서하를 향해 최단 거리로 돌진하던 아린은 예상치 못했던 공격을 허용하고 맞아 날아갔다.

그러나 그녀는 아무 일도 없었다는 듯 금세 자세를 잡으며 착지했다.

"쯧."

공격을 허용했다는 것보다 발이 멈췄다는 것이 더 짜증 나는 그녀였다.

그런 감정은 이내 작금의 사태를 만든 장본인에게로 쏟아졌다.

"고양이 새끼가."

앞을 가로막고 선 새하얀 마물.

만백산의 주인, 설산비호였다.

친분이 있는 마물이었으나 아린에게 그런 것은 중요하지 않았다.

중요한 것은 현 시점에 서하의 아군이냐, 적이냐 뿐.

"죽기 싫으면."

아린의 주변으로 자욱한 안개가 끼기 시작했다. 대기가 얼어붙기 시작한 것이다.

인간들은 감히 그녀의 영역으로 들어갈 수 없었으며 그것은 비교적 음기에 익숙한 마수들도 마찬가지.

"꺼져라."

아린은 단숨해 설산비호를 향해 짓쳐 들었다.

그녀의 손끝에 핏빛 기운이 깃든 것도 동시였다.

혈극재신법(血極災神法), 선혈희(鮮血戱).

혈극재심법의 가장 기초적인 초식.

그러나 지금껏 사용해 왔던 무공과는 차원이 달랐다.

한기와 융화된 붉은 기운은 날카로운 칼날이 되어 예술 작품처럼 그 흔적을 남겼다.

"크아아아악!"

설산비호 역시 가만히 있지만은 않았다.

그는 사방으로 한기를 뿜어 대며 어떻게든 아린을 공격하기 위해 앞발을 휘둘렀다.

그러나.

"느려."

연이은 공격에도 불구하고, 설산비호의 몸에 수없는 상처가 새겨져 갔다.

아린의 경지가 상승한 것도 주효했지만, 큰 체구로 인해 설산비호의 속도가 그녀를 따라잡을 수 없었기 때문이었다.

그렇게 일방적으로 농락당하던 설산비호는 인간의 외형으로 탈바꿈했다.

크기를 줄여 속도를 올려 보려는 것이었다.

그러나 그 순간.

푹!

아린의 손날이 설산비호의 배를 꿰뚫었다.

"커헉!"

형의 변형을 꾀한 건 크나큰 실책이었다.

지금까지는 두꺼운 피부로 내장을 보호하고 있었지만 영장류의 형태로 탈바꿈하며 급소 또한 여타 인간들과 비슷해져 버린 것.

아린은 피를 토하며 고개를 숙이는 설산비호를 차갑게 내려다봤다.

"엄살 떨지 마. 그 정도로 안 죽으니까."

그리고는 설산비호의 머리를 잡아 땅에 내리꽂았다.

연이은 충격에 설산비호는 더 이상 움직이지 못했다.

그런 그를 아린은 무표정한 얼굴로 응시할 뿐이었다.

지금이라면 충분히 죽이고도 남았으나……

"그러면 서하가 슬퍼할 거야."

서하는 정이 많다.

내색은 하지 않았지만 자신을 돕던 설산비호가 자의도 아
닌 베타의 요술로 적이 된 것을 안타까워했었다.

"그러니까 살려 줄게."

서하가 슬퍼지는 걸 원치 않는다.

설산비호를 살려 주는 이유는 그것이 전부였다.

그렇게 마음을 굳힌 아린이 등을 돌리는 순간.

"재수 없는 년."

차가운 목소리와 함께 거대한 한기가 아린을 향해 날아들
었다.

아린은 그저 바라보는 것만으로 기운을 와해시켜 버렸고.

이내 모습을 드러낸 존재를 바라보았다.

"베타."

자신과 똑같이 생긴 여자. 위대한 일곱 혈족 중 한 사람.

그리고…….

"너도 있었지."

설산비호를 적으로 돌리게 만든 원흉이자.

다시는 겪고 싶지 않은 좌절을 안긴 벌레.

아린은 서하가 있는 방향을 흘긋 바라봤다.

"처리하고 가는 게 더 도움 되겠지."

그리고는 혼잣말로 중얼거렸다.

"그게 서하한테 더 좋을 거야."

아린의 눈에 짙은 광기가 서렸다.

◆ ◈ ◆

신평군이 주축인 제2군단의 막사.

갑작스러운 습격으로 혼란에 빠진 제2 군단 지휘부.

그중에는 박민아도 있었다.

"어서 움직여!"

다만 그녀는 누구보다 빠르게 상황을 파악하곤 채비를 갖추는 데 서둘렀다.

갑옷은 사치.

언월도만 손에 쥐고 밖으로 나선 박민아는 부하들의 천막을 돌며 고래고래 소리쳤다.

"가까운 소대 다섯이 중대를 만들고 바로 전투를 시작한다!"

예상치 못한 기습이다. 완벽한 대형을 갖출 시간이 없다. 그보다는 최대한 빨리 적의 진격을 막는 게 순서였다.

그렇게 발 빠르게 휘하 무사들을 지휘했음에도 불구하고.

적은 이미 코앞까지 와 있었다.

"망할, 준비도 안 됐는데."

그러나 박민아는 고개를 흔들어 빠르게 정신을 가다듬었다.

"후우."

한 차례 숨을 고른 직후 그녀는 쏜살같이 앞으로 튀어 나가며 언월도를 크게 휘둘렀다.

거대한 개미, 대군의(大群蟻)의 몸이 반으로 잘리며 불에 타기 시작했다.

'이게 태양석 무기인가?'

이서하가 준비해 준 양기를 머금은 무기.

확실히 마수를 상대로는 그 어떤 무기보다 효과적이었다.

그것만으로도 자신감이 차오른다.

박민아는 거침없이 적진을 향해 내달렸다.

"우리의 왕국을 위하여!"

언월도를 휘두를 때마다 여지없이 마수의 시체가 쌓여 갔다.

이내 수십, 수백의 시체가 그녀의 주변을 가득 메웠을 때.

정비를 마친 신평의 장군들이 무사들과 함께 전선에 합류했다.

그중에는 아버지, 박진범도 있었다.

"우리 딸, 실력이 많이 늘었구나."

어느새 옆으로 다가온 박진범의 말에 박민아는 희미하게 미소를 지었다.

"이제 신평 제일이라고 할 수 있죠."

"어쭈? 많이 컸구나. 우리 딸."

"안 그래도 전쟁 끝나면 한번 도전해 볼 생각이었습니다. 신평도 세대교체를 해야 할 때가 되지 않을까요?"

"크하하하! 패기는 좋구나. 좋다. 그럼 일단 둘 다 살아남아야겠구나."

박민아는 미소를 지었다.

"그래야죠."

마수들은 생각보다 강하지 않다.

제아무리 많은 수가 몰려왔더라도 이곳에 모인 무사들은 모두 경험 많은 정예들. 고작 마수 따위에게 질 리는 없다.

그렇게 생각할 때였다.

"나찰이다!"

한 장군의 외침에 박민아가 고개를 돌렸다.

신평에서도 알아주는 고수.

그런 그를 한 나찰이 공격하고 있었다.

양팔을 칼날로 변환시켜 싸우는 나찰.

장군은 허무할 정도로 간단하게 칼에 맞아 쓰러졌다.

박민아는 본능적으로 그 나찰을 향해 달려들었다.

신평월도법(新坪月刀法), 반월참(半月斬).

기습을 당한 나찰은 화들짝 놀라며 칼날화된 양팔을 들어 막았다. 그러나 박민아의 공격은 나찰의 생각보다 더 강력했고, 묵직했다.

"윽!"

겨우 자세를 잡은 나찰은 피가 흐르는 팔을 보고는 인상 찌푸렸다.

"하아, 죽을 뻔했네."

반응이 조금만 늦었다면, 양단되고도 남았을 것이다.

그러나 위기는 끝난 것이 아니었다.

동료의 죽음에 흥분한 박민아가 다음 공격을 준비하고 있었으니까.

그렇게 언월도가 거센 파공음과 함께 나찰에게 날아들려는 찰나.

"민아야!"

박진범이 그녀의 뒤로 달려와 누군가를 걷어찼다.

"정신 차려라! 나찰을 상대할 때는 절대 방심해서는 안 된다고 누누이 말하지 않았느냐!"

박민아가 고개를 돌려 조금 전 아버지의 발길질에 나가떨어진 이를 바라봤다.

그 정체는 다름 아닌 나찰의 칼에 맞아 쓰러진 신평의 장군.

"……아."

산다.

죽은 인간을 일으켜 하수인으로 사용하는 나찰이 있다는 건 이미 널리 알려진 정보였다.

"잠깐, 그렇다면…….."

박민아는 그제야 사태의 심각성을 파악하고 전장을 둘러봤다.

챙! 챙! 챙!

정신을 차리고 보니 마수와 싸우는 소리보다 병장기가 부딪치는 소리가 더 많았다.

제2 군단 다수가 죽은 시체, 방금 전까지 등을 맞대고 싸우던 전우들과 사투를 벌이고 있던 것이다.

"……."

박민아의 얼굴이 급격하게 어두워졌다.

잠시나마 이길 수 있다는 희망을 품었었다.

그런데 어쩌면 그것이…….

"아니야."

박민아는 부정적인 생각을 털어 냈다.

"아직 이길 수 있어."

박민아는 죽은 자들에게 달려들어 미친 사람처럼 언월도를 휘둘렀다.

언월도가 허공을 가를 때마다 잘려 나간 팔다리가 비상했다.

한때 전우였던 이들을 베어 낸다는 슬픔을 느낄 여유조차 없다. 아직 살아남은 부하들을 지켜야 했기에.

그러나 상황은 좀체 나아지지 않는다.

마수들은 여전히 많았고, 몇몇 고수를 제외한 무사들은 나찰에 의해 학살당하고 있었으니까.

그리고 죽은 만큼 적이 되어 같은 편이었던 무사들의 심장에 칼을 꽂는다.

이대로면 함께해 온 부하들 모두를 떠나보낼 수밖에 없을 터.

언월도를 쥔 박민아의 손에 힘이 들어갔다.

'시체를 되살리는 놈을 죽여야 한다.'

하지만 어떻게?

어디 있는지도 특정할 수 없는 나찰을 무슨 수로 죽인단 말인가? 아니, 위치를 알아냈다고 해서 다가갈 수나 있을까?

온갖 의문이 뒤따르지만. 그렇다 하더라도.

"나에게 모여! 뚫고 나간다!"

아무것도 안 하고 이대로 죽을 수는 없다.

후방 어딘가에 있을 놈을 벤다.

그 순간이었다.

"네가 중심인 거 같네."

나지막한 목소리.

섬뜩함과 함께 박민아의 눈앞으로 검이 날아들었다.

반응할 수 없다.

박민아가 두 눈을 부릅뜨고 날아오는 검을 바라볼 때.

"민아야!"

아버지, 박진범이 그 검을 쳐 냈다.

"괜찮나?"

박진범은 딸의 앞에 서서 나찰을 노려봤다.

눈이 먼 외팔이 나찰.

로.

"신평의 호랑이구나."

로의 살기에도 박진범의 신경은 딸에게로 쏠려 있었다.

"도망쳐라. 이 나찰은 위험하다."

"그럴 수는 없습니다. 애초에 도망칠 곳도 없잖아요!"

"그렇다 하더라도……."

"미안하지만 난 기다릴 생각이 없네."

부녀의 대화가 끝나기도 전에 로가 움직였다.

그의 장검이 날아들고 박진범은 언월도를 휘둘러 튕겨 냈다.

"윽!"

참격 한 번에 전신이 흔들린다.

그 한 합만으로 박진범은 한 가지 사실을 깨달을 수 있었다.

이 나찰과 자신의 경지에는 큰 차이가 있다는 것을.

허나 딸을 앞에 두고 포기할 수는 없다.

"우오오오!"

박진범은 죽음을 각오하고 로에게 달려들었다.

설령 패배한들 동귀어진으로 함께 가려는 것이었다.

허나, 박진범의 경지로는 그마저도 불가능했다.

"잘 가게."

로의 검이 박진범을 사선으로 크게 베었다.

깊은 일격. 박진범은 피를 흩뿌리며 뒤로 넘어갔다.

"……!"

눈앞에서 펼쳐진 비극. 앞뒤 생각할 것 없이 박민아는 아버지를 향해 달렸다.

"아버지이이이이이!"

박민아가 아버지를 품에 안는 순간 그녀의 부하들이 외쳤다.

"군단장님을 지켜라!"

"우오오오오!"

신평의 무사들이 일제히 로를 향해 달려들었다.

존경하는 가주님을 지키기 위한 최선이었다. 하지만 그 최후는 모닥불에 달려드는 불나방과 다름없었다.

"으아아악!"

비명과 함께 피가 낭자했다.

수많은 희생 덕분에 거리를 벌린 박민아였으나, 그녀는 더 이상 움직일 수 없었다.

시야에 잡히는 모든 것들이 그녀를 좌절시켰으니 말이다.

'충분히 해볼 만하다 생각했는데……'

모두 헛된 희망이었다.

애초에 나찰이 저만큼이나 뭉친 순간부터 인간에게 승산은 없던 것이다.

그 순간 그녀의 머릿속에 한 사람이 스쳐 지나갔다.

이서하.

그라면 눈앞의 나찰을 이겨 주지 않을까?

하지만 이서하는 저 멀리 광명대와 함께 있다.

이곳까지 올 여유 따위는 없으리라.

'이런 상황에서도 네가 생각나네.'

박민아는 씁쓸한 얼굴로 고개를 숙였다.

언제까지 기대기만 할 것인가. 힘이 되겠다고 하지 않았던가? 이서하였다면 이런 상황에서도 자기가 할 수 있는 걸 했을 것이다.

'그래, 나도……'

품 안의 박진범을 조심히 내려놓은 박민아가 서서히 몸을 일으켰다.

그리곤 시선을 들어 서서히 다가오는 이들을 바라봤다.

가주를 위해 제 한 몸 바쳤던 충직한 부하들은 어느새 적이 되어 자신을 향해 칼을 겨누고 있었다.

그럼에도 박민아는 언월도를 더욱 강하게 부여잡았다.

이제 내 차례다.

아무리 절망적이더라도 일어나야 한다.

박민아는 표정을 굳히고 언월도를 정면으로 내밀었다.

"마지막까지 발악해 주마."

그 끝에 죽음이 기다리고 있다 하더라도.

그렇게 비장함을 품으며 적들을 맞이하려는 순간.

"그 힘은 아껴 두거라."

한 노인이 박민아를 스쳐 지나갔다.

"이 녀석은 내 목표라서 말이야."

약선, 허운.

그의 등장에 로가 인상을 찌푸렸다.

"그대도 있었는가?"

"그래, 못다 한 승부를 끝내러 왔지."

로는 살짝 뒤로 물러났다.

한 번 고전했던 상대인 만큼 경계가 될 수밖에 없었다.

하지만 두려움에 기인한 행동은 아니었다.

약선에 대한 대비는 끝난 상태였으니까.

"난 그럴 생각이 없는데."

생사단을 먹지 않은 약선은 그리 강하지 않다.

설사 생사단을 복용한다 한들, 지속 시간이 길지 않음도 이

201

미 알고 있었다.

그렇기에 나찰과 수많은 마수로 압박한다면 약의 힘을 빌리게 한 뒤, 효력이 떨어질 때 즈음 그를 처리하면 된다.

"여기 있는 것들을 전부 처리하면 그때 싸워 주마."

로의 말에 죽은 자들과 마수가 약선을 향해 달려들었다.

약선은 자세조차 잡지 않은 채 고개를 끄덕였다.

"이럴 줄 알았지."

이렇게 큰 전쟁에서 일대일로 싸우기란 쉽지 않다.

그렇기에 약선 또한 한 가지 수를 준비해 왔다.

"부탁 좀 하겠네."

직후 거센 돌풍과 함께 누군가 약선과 마수들 사이에 착지했다.

그리고 그가 앞쪽으로 다리를 내려찍는 순간.

쩌억!

부채꼴로 땅이 갈라짐과 동시에 충격파가 뻗어 나가며 마수와 사자들을 산산조각 냈다.

"약선님 목표는 건들지 않았습니다."

천천히 눈을 뜨는 한 남자.

김윤수.

금수란의 남편이자 차기 무신으로 거론되던 이의 부활이었다.

Chapter 143.

　육도검 이재민은 철혈대의 대장으로서 최전방에서 전투를 시작했다.

　"전열을 유지하라!"

　첫 번째 충격.

　그것은 마치 거대한 벽과 부딪히는 것만 같았다. 베고 또 베도 계속해서 몰려오는 마수들을 상대로 이재민은 정신없이 칼을 휘둘렀다.

　그렇게 일각 정도가 지났을까?

　옆의 동료에 의지하며 앞을 향해 달려가던 그는 자신이 표류하고 있음을 깨달았다.

"하아, 하아."

거친 숨을 몰아쉬던 이재민은 호흡을 정돈하는 한편 주변을 살피며 부하에게 말했다.

"다시 집결을 명령해라. 너무 떨어졌어."

"깃발병이 사라졌습니다."

이재민은 그제야 자신의 곁에 한 줌의 무사들만이 남았음을 깨달았다.

"망할."

수만이 뒤엉켜 싸우는 전쟁터는 파도가 몰아치는 바다와 같다.

얼마나 떠내려온 것일까?

사방에는 마수들로 가득했고 거기에 군데군데 보이는 나찰들이 무사들을 학살하고 있다.

나찰 하나라도 이쪽을 본다면 안전을 보장할 수가 없다.

아니나 다를까.

포식자는 나약해진 피식자를 쉽게 발견하기 마련이었다.

몇몇 나찰들은 지친 이재민의 소대를 발견하고는 그를 향해 달려들기 시작했다.

"하아."

이재민은 쓸쓸하게 미소 지었다.

최후를 직감한 것이었다.

그래도 역할은 했다.

적어도 이서하의 명령대로 적의 최초 공격을 저지하긴 했으니까.

"잘 버텼어."

애초에 이서하를 만나지 않았다면 이런 역사의 한 장면을 장식하지 못했겠지.

쓰레기 같은 과거를 청산하고 적어도 후대에 이름은 남길 수 있었다.

"가자, 마지막까지 한 마리라도 더 데리고 간다."

부하들은 함성으로 대답했다.

그렇게 열이 넘는 나찰과 이재민의 소대가 부딪치려는 순간.

거대한 바람에 이재민의 머리가 살랑거렸다.

"⋯⋯!"

칼날과 같이 날카로운 바람이 나찰을 벤다.

찰나의 순간 눈앞에서 토막 나 비산하는 나찰들의 육체.

그리고 그 한가운데에 홀로 서 있는 한 남자.

이재민은 그의 등을 멍하니 바라봤다.

어디선가 본 듯한 모습.

장발의 남자는 이재민을 슬쩍 돌아보며 미소 지었다.

이재민의 기억 속에 선명한 남자였다.

양천에서 보았던 여자, 금수란의 남편.

장님으로 살며 거동조차 불편했던 바로 그 남자였다.

이윽고 나찰은 물론 주변의 마수들마저 모두 육편이 되어 피를 흩뿌렸다.

진정한 고수는 자연재해와 같다.

일반적인 생물은 저항조차 할 수 없기 때문이다. 그저 그 자연이 자신에게 친절하기만을 바랄 뿐이다.

"괜찮으십니까? 선인님."

"……."

주변을 빼곡히 에워싸고 있던 마수들은 김윤수의 바람에 날아가 없다.

이재민은 자신을 향해 걸어오는 김윤수에게서 경외감을 느꼈다.

그런 이재민을 잠시 바라보고만 있던 김윤수가 입을 열었다.

"은혜를 갚으러 왔습니다."

"은혜라면……."

"양천에서 저를, 제 아내를 구해 주시지 않으셨습니까?"

그랬었다.

하지만 어떻게 알고.

그때는 눈도 보이지 않았던 것으로 기억하는데 말이다. 김 윤수는 이재민의 생각을 읽었는지 질문도 하기 전에 답을 해 주었다.

"목소리가 크셔서 때맞춰 올 수 있었습니다. 그럼……."

김윤수가 손을 한 번 휘젓자 몰래몰래 다가오던 마수들 전부 반으로 잘려 나갔다.

"상황이 상황인지라 끝까지 지켜 드릴 수는 없지만 조금은 숨을 돌리시길 바랍니다."

이윽고 김윤수가 다시 마수들 사이로 뛰어들었다. 마치 거대한 돌풍처럼 그는 마수들을 찢어발긴다.

이재민은 그런 김윤수를 바라보며 허탈하게 말했다.

"참."

세상은 넓고 괴물은 많은 모양이다.

◆ ◈ ◆

"정말 가시는 겁니까?"

이재민을 도운 김윤수는 아내의 마지막 말을 떠올렸다.

생원과의 씨앗을 먹은 김윤수는 이틀 만에 눈을 떴다.

그 효과가 생원과와 같은지 몸의 상태가 완벽하게 치유된
것은 물론이오, 멀었던 눈마저 다시 뜰 수 있었다.

그것뿐이랴.

몸의 상태를 가장 이상적인 형태로 바꾸어 준 덕분에 차오
르는 기를 전부 수용할 수 있을 만큼 단전이 커지고 기혈이
넓어졌다.

그렇게 영약 하나로 김윤수는 바로 입신경 초입까지 들어
선 것이었다.

그렇기에 김윤수는 이번 전쟁에 참여했다.

"그래야지요. 저희가 받은 은혜는 죽음으로도 갚을 수 없
으니까요."

한 번이라도 아내를 다시 볼 수 있다면 죽어도 여한이 없다
고 생각했다.

그런데 며칠이나 보고 또 볼 수 있게 해 준 이들에게 어떻게 은혜를 갚을 수 있을까?

"너무 걱정하지 마세요, 부인. 누구도 저를 건드릴 수 없을 겁니다."

"……네, 서방님. 기다리겠습니다."

김윤수는 그렇게 약선님과 함께 전장에 나왔다.

"로는 내가 잡는다. 그대는 전선에 나가 적을 밀어내 주게."

"나찰은 강하다고 들었습니다. 제가 싸우는 게 낫지 않겠습니까?"

"그 말대로, 로는 강하네. 아무리 지금의 자네라도 상처 하나 없이 돌아가긴 힘들 거야. 그러니 내가 잡지. 그대는 꼭 살아 돌아가야 하지 않는가? 어렵게 되찾은 인생을 버리지 말게. 그리고……."

약선님의 몸에서 점점 살기가 짙어져 왔다.

"내가 놈 중 하나라도 죽이지 않으면 죽어서도 면목이 없을 거 같아서 말이야."

지극히 개인적인 이유.

하지만 그렇기에 그 어떤 이유보다도 설득력이 있었다.

"그렇다면 누구도 약선님을 방해할 수 없게 해 드리겠습니다."

"부탁하네."

그렇게 김윤수는 자신의 몸을 전쟁터에 던졌다.

그 누구도 약선님을, 또 다른 무사들을 죽일 수 없도록.

'나는 바람이다.'

이재민을 구한 김윤수는 약선을 중심으로 주변의 모든 나찰과 마수들을 도륙했다.

그가 방출해 내는 기운은 핏빛 폭풍이 되어 전장을 진동시켰다.

이윽고 감히 그의 주변으로 달려드는 나찰, 그리고 마수는 존재하지 않았다.

김윤수는 잠시 발을 멈추고 뒷걸음질 치는 적들을 바라봤다.

"왜 그러느냐? 빨리 덤벼라."

최대한 빨리 이 전쟁을 끝낸다.

사랑하는 그녀에게 돌아가기 위해.

김윤수가 떠난 후 약선은 로에게로 시선을 돌렸다.

"이제야 방해 없이 너와 싸울 수 있겠구나."

반대로 로는 김윤수의 활약에서 눈을 뗄 수가 없었다.

'어떻게 저런 고수가…….'

자신의 눈을 피해 몸을 숨길 수 있었을까?

김윤수는 비록 움직임에 서투른 부분은 있으나 내공만큼은 입신경의 강자임이 틀림없었다.

'상황이 바뀌었다.'

원래라면 힘을 비축하기 위해 마수들과 다른 나찰들을 이용해 약선을 지치게 할 생각이었다.

언제 끝날지도 모를 전쟁 초반에 약선과 싸워 힘을 낭비할 수는 없다는 판단이었다.

그 작전이 김윤수의 등장으로 물거품이 되어 버렸다.

아니, 작전이 망한 것에 더해 낭패에 빠질 뻔했다.

김윤수와 약선이 힘을 합쳐 자신을 공격했다면 제아무리 로가 버티려 해도 쉽지 않았을 테니까.

그런 의미로 김윤수가 다른 부대를 도와주러 이탈한 것은 천만다행이었다.

"내가 얕보였나. 두 사람이 함께 덤빌 줄 알았는데 말이야."

"닭 잡는 데 소 잡는 칼을 쓸 필요가 있는가?"

로는 약선을 살피며 피식 웃었다.

"내가 닭이라. 그런 소리는 또 처음 듣는군."

"그래? 좋은 사람들만 만났나 보군. 그래."

약선은 사환(死丸)을 입에 넣었다.

"이번에도 맞을 준비는 되었는가?"

생원과로 이상적인 몸 상태가 된 허운은 전과는 비교도 할 수 없을 정도로 강대한 기운을 뿜어냈다.

로는 그런 약선을 가만히 응시하다 피식 웃었다.

"기고만장하지 마라."

"내가 기고만장한지, 네가 그런지…….."

약선은 로를 향해 돌진했다.

"한번 붙어 보면 알겠지."

음양조화신공(陰陽調和神功), 기원장(氣原掌).

거대한 손바닥이 하늘을 가리고 로를 짓누른다. 양천에서
도 로에게 사용했던 바로 그 기술이었다.

허나 결과는 정반대였다.

대원참(大圓斬).

거대한 검격이 손바닥과 부딪치며 폭발했다.

약선은 그 광경에 미간을 찌푸렸다.

'이 녀석……'

기원장을 받아친 로는 곧바로 약선의 목을 노렸고 약선은
이를 손바닥으로 쳐 낸 뒤 거리를 벌렸다.

"흐음."

손바닥이 긁혀 피가 흘러나온다.

강기가 뚫린 것이었다.

그러자 로가 자세를 고쳐 잡으며 말했다.

"왜 그러나? 설마 내가 벨 수 없을 줄 알았나?"

양천에서 로는 기원장 한 방에 근육이 찢어지고 피를 토했다.

그러나 이번에는 그것을 막아 내는 것은 물론 반격까지 해
낸 것이다.

이는 인정할 수밖에 없다.

"……강해졌구나."

"그래야지."

약 1년 사이 로는 수 없이도 많은 패배감을 겪었다.

양천에서는 팔을 잃었고, 수도에서는 무신을 상대로 단 한
번의 일격조차 성공하지 못했다.

그렇기에 로는 제국으로 향하는 알파에게 딱 한 가지를 부탁했다.

"알파, 자네가 가져와 줬으면 하는 것이 있네."

로의 진지한 말에 알파는 의외라는 듯 미소를 지었다.

"네가 나한테 부탁을 할 줄은 몰랐는데. 그래, 뭐지?"

"대륙에 있는 마물 하나를 죽여 심장을 가져와 주겠나?"

"강해지고 싶은가 보군."

"그래, 강해져야 하네. 그런데 내가 잡기는 좀 힘든 마물이라."

"말해 봐."

"사흉(四凶) 도철(饕餮)을 잡아 주게."

사흉(四凶) 도철(饕餮).

제국 최악의 마물 넷 중 하나로 거대한 검을 들고 다니며 살아 있는 것은 뭐든 베어 버리는 마물이었다.

"힘든 부탁을 하네? 내가 궁귀 잡을 때 얼마나 고생했었는데. 근데 너 그거 어디 있는지도 잘 모르잖아."

"찾았네."

약선에게 패배한 이후 로는 자신이 강해질 방법을 찾아보았다.

람다에게 힘을 받는다? 아니, 그건 그리 효과적이지 않았다.

아직 성장 중인 나찰이라면 그녀의 음기로 더 강해질 수 있겠지만, 로는 이미 자신이 가진 재능의 한계치까지 올라왔으니 말이다.

그렇다면 방법은 한 가지.

마물의 심장을 먹는 것.

그것도 아주 강한 마물이며 동시에 자신과 비슷한 전투 스타일을 가지고 있어야만 한다.

그런 고민 끝에 떠올린 것이 도철이었고, 로는 부유령을 활용해 이를 찾았다.

"위치는 알려 줄 테니 그대가 잡아만 주면 되네."

"그래, 겸사겸사."

겸사겸사라.

수백 년, 아니 그보다도 더 오래 살았을 마물을 겸사겸사 잡는다는 말이 가능한가.

하지만 알파는 그게 가능한 존재였다.

그 기대에 보답하듯, 알파는 도철을 잡아 그의 심장을 가지고 왔다.

"조금 힘들었어."

그게 그의 유일한 감상이었다.

그렇게 람다 마을 습격 사건 이후 로는 도철의 심장을 섭취 후 그 기운을 자신의 것으로 만드는 데만 몰두했다.

그리고 그 결과.

로는 또 한 계단을 올랐다.

"이제 너는 나의 상대가 되지 못한다."

자신만만한 로의 말에 허운은 어이가 없다는 듯 웃었다.

"우라질. 지랄 발광을 하네. 내 피 좀 봤다고 기고만장해서는."

허운은 가진 힘을 전부 이끌어 냈다.

전에는 고작 일다경이었다.

그러나 지금은 일각도, 아니 한 식경도 버틸 수 있다.

"네 오만한 주둥이를 찢어 주마."

두 입신경 고수의 충돌에 거대한 충격파가 뻗어 나갔다.

"우오오오오오!"

약선은 폐 속에 있는 모든 호흡을 토해 내며 로를 압박한다. 약선의 주먹이 로의 얼굴을 때리고, 로의 검이 약선의 옆구리를 스쳐 지나간다.

그렇게 순식간에 수백 합을 겨룬 두 사람은 폭발과 함께 서로 멀어졌다.

'이겼군.'

로는 작게 심호흡했다.

유효타를 몇 번 맞긴 했으나 아직은 버틸 만하다. 반대로 기운을 전부 쏟아 낸 약선은 이미 비틀거리고 있었다.

인위적으로 능력을 끌어올린 부작용이 분명했다.

'시간은 나의 편이다.'

굳이 모험할 것도 없이 이대로 간다면 약선은 제 풀에 쓰러질 것이었다.

그때였다.

"하아, 단시간 내에 이렇게 강해질 줄은 몰랐는데."

약선이 너스레를 떨며 속주머니를 뒤적이기 시작했다.

"반칙 아닌가? 인간은 강해지려면 목숨을 걸어야 하는데 나찰은 그냥 숨만 쉬어도 강해지다니. 참으로 억울한 일이야."

그렇게 혀를 차던 그는 다시금 알약을 하나 더 꺼냈다.

"그래도 진인사대천명이라 하지 않는가? 인간으로 마땅히 해야 할 준비는 다 해야지."

이윽고 로가 움직일 새도 없이 약선이 입에 약을 털어 넣었다.

그리고 그 순간.

그의 몸에서 황금빛 기운이 솟아오르기 시작했다.

"결과는 하늘이 점쳐 줄 테니!"

약선은 터질 것만 같은 기운을 억누르며 미소 지었다.

"이런 기분이었구나. 서하야."

인간에게도 한계까지 다다른 상태에서 한 번 더 강해지는 법이 있다.

"이 좋은 걸 혼자 하고 있었네. 우리 서하."

극양신공.

죽음을 각오하고 얻은 최강의 힘이었다.

운이 좋게도 양천에서 태어나 의원의 길을 걸었다.

게다가 똑똑했고, 재능도 있었다.

무공은 가문 내의 누구도 따를 수 없을 정도로 완숙했으며, 약에 대한 이해도 역시 양천 역사상 제일이라고 뽑힐 정도였으니까.

그렇기에 어린 시절의 허운이 자만에 빠진 것은 어쩌면 당연한 일이었다.

그러나 세상에는 무수히 많은 사람이 존재했고, 뛰어난 천재들 또한 부지기수.

얼마 지나지 않아 그의 오만을 깨부술 이들이 등장했으니.

바로 신유철, 이강진. 두 형님이었다.

그들을 만나 이후로 허운은 두 사람을 따라가기 위해 최선을 다했다.

음양조화신공을 열심히 수련했고, 수많은 영약과 독, 약재, 치료법의 개발에 매진했다.

그렇게 왕국을 지탱하는 기둥이 되었다.

그런데도 간극은 좀체 좁혀지지 않았다.

두 형님의 등은 넓기만 했다.

아무리 노력해도 오를 수 없는 산과 같았으며, 쉼 없이 걸어도 끝에 도달하지 못하는 광야와 같았다.

그래서 언제나 두 사람을 따르기만 했다.

언제나 뒤에서, 그저 묵묵히 보조만 하면 될 거라고 생각했다.

절대로 무너지지 않을 대들보라 여겼으니 말이다.

그러나 믿어 의심치 않았고 의지해 마지않았던 두 형님은 이제 없다.

그토록 강했던 우상은 나찰의 손에 죽었다.

이제는 그 넓은 등에 숨을 수도 없다.

그렇기에 죽음을 애도하기보다는 다음을 준비했다.

설령 형님들을 죽인 알파와 만나게 되더라도 놈에게 한 방을 날릴 수 있게.

"소신환(燒身丸)."

내 몸을 태워 그 목표를 이룬 후 그때.

두 형님을 만나러 가리라.

"단 한 방이다."

허운은 천천히 자세를 잡았다.

사환(死丸)만으로도 몸은 붕괴해 가고 있다. 거기에 양기 폭주까지 더해졌으니.

허운은 실시간으로 죽음을 향해 나아가고 있었다.

그러니 단 한 번.

그 한 방으로 끝내야만 한다.

"이걸 막으면 너의 승리다."

전장의 공기가 순식간에 허운의 중심으로 빨려 들어갔다.

직후 허운의 신형이 단 한 번의 도약으로 로의 지근거리까지 짓쳐 들었다.

음양조화신공(陰陽調和神功), 신살(神殺).

거대한 살기가 다가온다.

그럼에도 로는 평소와 다를 바 없이 차분했다.

극양신공의 힘은 이미 질릴 정도로 경험을 해 보았으니까.

그저 온 신경을 곤두세우고 약선의 움직임을 살폈다.

'다 보인다.'

이미 사환으로 한계치까지 끌어냈기 때문일까? 생각했던 것처럼 극적인 강함은 없다. 그렇다면 이번이 기회였다.

'그래, 한 번이다.'

사정거리 안으로 약선이 파고든다.

로는 망설이지 않았다.

거대한 장검이 약선의 심장으로 날아가며 이윽고 꿰뚫는다. 검신을 타고 약선의 생명을 뚫은 것이 생생하게 느껴진다.

'끝났다.'

로는 확신했다.

심장이 관통되고도 살아남을 수 있는 인간은 없다.

하지만 그 순간, 약선의 살기가 거대한 해골과도 같은 모습으로 눈앞에 나타났다.

'……!'

로는 그제야 눈치챘다.

약선이 바란 것이 바로 동귀어진이라는 것을.

심장이 찔린 상태에서도 약선은 손을 뻗어 온다. 그 찰나의 순간, 로는 순간적으로 검을 놓고 한 걸음 뒤로 물러났다.

살아남기 위한 본능적인 움직임이었다.

'피해라……!'

뒤로 물러난 로의 앞발이 땅을 딛는 그 순간, 약선의 손바닥이 그의 몸 앞에서 우두커니 멈춰 섰다.

피했다.

입신경의 고수가 목숨을 걸고 날린 마지막 공격을 피해 낸 것이다.

로는 자기도 모르게 미소를 지었다.

"아깝게 되었구나."

약선의 죽음은 의미 없는 발버둥에 지나지 않았다.

로는 흥분을 감추지 못하고 약선의 얼굴을 바라봤다.

좌절했을까? 아니면 무력한 자신에게 분노했을까?

허나 이내 약선의 얼굴을 마주한 순간.

'……!'

로는 정체를 알 수 없는 위화감을 느낄 수밖에 없었다.

자신의 추측이 무색하게 약선의 표정은 더없이 무표정할 뿐이었으니까.

그 직후, 약선이 신소(哂笑)를 터트렸다.

"뭔가 착각하는 게 있구나."

약선은 손목을 살짝 돌리며 천천히 주먹을 쥐었다.

"이건 권법이니라."

"……!"

거대한 양기가 약선의 주먹에서 방출되며 모두의 눈이 먼다.

"……이게 무슨!"

호신강기로 막아 보려 했으나 그것은 헛된 저항이었다. 지옥불과 같은 양기 앞에 로는 고통조차 느끼지 못하고 녹아내릴 뿐이었다.

이윽고 양기는 부채꼴로 펼쳐 나가며 로를 포함한 경로에 있는 모든 마수들을 집어삼켰다.

빛이 잦아들자 검게 그을린 땅만이 휑하니 드러났다.

"허허허."

약선은 무릎을 꿇은 채 자신이 만들어 낸 절경을 바라보았다.

여전히 심장에는 검이 찔린 상태였으나 고통은 느껴지지

않았다.

그저 후련함.

그것뿐이었다.

인생 마지막 임무를 마치고 깊은 숨을 내쉬던 약선은 자신에게 다가오는 인영 두 개로 시선을 돌렸다.

"아이고, 두 분 다 발걸음을 해 주시고."

저승 갈 때는 가장 사랑했던 사람이 마중 나온다고 하더니.

두 친우는 기대를 저버리지 않고 나와 주었다.

"잘 보셨습니까?"

약선은 씁쓸한 미소를 지었다.

"이제 제가 제일 강합니다. 허허허."

약선은 낄낄거리며 고개를 숙였다.

"도전하고 싶으면 저 위에서 하시죠."

약선은 눈을 감았다.

그러자 형님들의 목소리가 들려오기 시작했다.

"허접이 도발하기는. 너 올라가면 죽었다."

"강진아, 내가 먼저다. 네가 나서면 애 죽는다."

"죽은 놈이 어떻게 또 뒤집니까?"

"뭐 하냐? 빨리 와라."

고개를 들었을 때는 두 형님이 앞서가는 것이 보였다.

언제나 봐 왔던 넓은 등.

그립고도 든든한 등을 바라보며 약선은 환한 미소를 머금었다.

"허허허, 이거 죽어서도 나를 삶아먹을 생각뿐이구만."

아무래도 지옥 같은 천국으로 가는 모양이다.

◆ ◈ ◆

"약선님!"

전투가 끝난 그 순간, 박민아는 약선을 향해 달려갔다.

"안 돼요! 이대로 가시면……."

이대로 약선님을 보낼 수는 없다. 위독한 아버지는? 부상
당해 쓰러진 무사들은?

그리고 무엇보다 이서하에게 스승이 죽었다고 어떻게 말
하란 말인가?

온갖 걱정에 사무쳐 약선을 올려다본 순간, 박민아는 고개
를 떨굴 수밖에 없었다.

정면을 바라보는 약선의 얼굴엔 미련 한 점 남지 않은 듯한
미소가 서려 있었다.

혼신을 다하고 운명을 맞이한 것.

순간 자신이 가지고 있던 욕심들이 얼마나 부끄러운 것인
지를 깨닫게 된 것이다.

"죄송합니다. 약선님."

못난 후배라서, 그 어떤 도움도 되지 못해 죄송할 뿐이었다.

"이 전쟁은 꼭 승리하겠습니다."

박민아는 마음을 다잡았다.

약선은 제 한 몸을 바쳐 후배들을 살려 냈다.

그렇다면 지금부터라도 자신 또한 해야 하는 일을 전부 해내야 한다.

이 미력한 힘으로 할 수 있는 것은 무엇이 있을까?

이 절망적인 전쟁터에서 승리를 위해서는 무엇을 해야 할까?

'로가 죽었다.'

남은 위대한 일곱 혈족은 단둘뿐.

'그리고 총대장은 아마도……'

알파.

무신님을 죽인 바로 그 나찰이다.

'이서하라면 그를 노릴 것이다.'

전쟁에 병력이 중요하니 뭐니 해도, 결국 병사들은 자기들의 최고수를 도와 적의 최고수를 꺾기 위해 싸울 뿐이었다.

'이서하를 최대한 안전하게 알파 앞으로 데리고 간다.'

물론 이서하가 알파를 이길 수 있을지는 확신할 수 없다.

하지만 그건 자신이 고민할 문제가 아니었다.

그라면 어떻게든 해 줄 테니까.

자신이 할 수 있는 일만 집중하면 될 뿐이었다.

"이서하를 돕는다."

갑자기 몰려든 마수를 상대하느라 무엇이 중요한지를 잊고 있었다.

"아버님을 챙기고 약선님의 시신을 수습해! 그리고 절대 약선님의 전사 소식이 다른 곳으로 빠져나가지 않게 하라."

"네!"

김윤수의 활약과 약선님의 일격으로 잠시 여유가 생겼다.

그런 상황에 약선의 부고가 알려진다면, 가까스로 되찾은 기세가 다시금 꺾여 나갈지도 모를 일이었다.

"나머지는 나를 따라라!"

"가주님을 안 지키실 생각입니까?"

"그보다 중요한 일이 있다."

박민아는 고개를 돌렸다.

"이서하에게 간다."

마지막 전쟁이 되어서야 그와 어깨를 나란히 할 수 있게 되었다.

◆ ◈ ◆

정신없는 전장 속. 베타와 아린이 서 있는 공간은 격리된 것만 같이 고요했다.

극한의 한기에 감히 그 누구도 두 사람의 영역에 들어올 엄두를 내지 못했다.

그렇게 잠시 서로를 바라보던 중 아린이 먼저 입을 열었다.

"처리하고 가는 게 더 도움 되겠지."

그리고는 혼잣말로 중얼거렸다.

"그게 서하한테 더 좋을 거야."

아린의 말은 베타로 하여금 오래전 기억을 상기시키게 만들었다.

인간을 믿고, 그의 말에 따랐던 언니.

그 언니의 모습이었다.

"하나만 묻자."

"네 질문 따위는 그다지 듣고 싶지 않은데."

"들어. 네가 내 손주 조카인지, 손주 조카의 손주 조카인지
는 모르겠지만. 어쨌든 조상님인데 몇 가지는 물을 수 있지."

베타는 이를 갈다 작게 숨을 내쉬었다.

"도대체 인간을 왜 믿냐?"

베타는 주변을 돌아보았다.

"네 부하들의 눈을 봐."

아린을 바라보는 부하들의 눈빛에는 기대감 이외의 다른
감정 또한 서려 있었다.

그것의 정체는 두려움. 아린이 수도에서 폭주하는 것을 보
았기 때문이었다.

그녀가 대장이 된 지금도 언제 또다시 폭주할지 모른다는
두려움이 마음 한편에 남아 있던 것이다.

"저건 나찰을 보는 눈이지 인간을 보는 눈이 아니야."

아린 역시 인간들이 보기에는 그저 괴물일 뿐.

같은 편이라고 해서 인간으로 인정받는 것은 아니었다.

"그런데도 너는 인간 편에서 싸우겠다는 거냐?"

언니는 그렇게 말했다.

인간들은 평화를 원한다고.

서로 사이좋게 살아갈 방법을 찾고 있다고.

하지만 그 모든 것은 시간을 벌기 위한 거짓말이었다. 인간들은 세력을 회복하자마자 언니가 없는 혈족을 공격했고 모두를 말살했다.

그리고 언니, 혈족장은 끝끝내 나타나지 않았다.

인간들의 편에 섰다고 생각했으나 후에 언니도 인간들의 손에 죽었다는 말을 들었다.

언니도 속은 것이었다.

그러나 그 사실이 베타의 분노를 없애 주지 않았다.

어쨌든 인간에게 빠져 혈족을 전멸시킨 건 언니, 혈족장이었으니까.

베타는 아린을 노려보며 말했다.

"병신 같은 년."

언니에게도 하고 싶었던 말이었다.

"너도 버림받을 거다."

베타의 말에 아린은 작게 숨을 내쉬며 부하들을 바라봤다.

"그래, 네 말이 맞아. 내 부하들이 나를 두려워하는 건 알고 있었어."

담담하게 고개를 끄덕이던 아린이 이내 정색했다.

"그래서 뭐? 별로 중요하지 않은 거 같은데."

"괴물 취급을 받는 게?"

"응, 서하는 안 그러니까."

"그걸 어떻게 믿지?"

"사랑하는 사람을 믿는 데 이유가 필요한가?"

베타는 입을 다물었다.

자신도 언니를 맹목적으로 믿었다. 그렇기에 그녀가 인간과 평화 협정을 맺자고 말했을 때도, 전부 괜찮을 거라고 안심시켰을 때도, 머리로는 아니라는 것을 알면서도 따랐다.

"그래, 나도 그렇게 생각한 적이 있었지. 하지만 그러다 배신당하면? 그때는 울며불며 지금의 선택을 후회해도 늦을 텐데."

"상관없어."

아린은 대수롭지 않게 말했다.

"서하가 원한다면 난 죽어도 좋으니까."

"고작 그런 병신을 위해 죽어도 좋다고?"

베타는 주먹을 꽉 쥐었다.

아린을 설득할 생각은 아니었다.

그저 한심한 후손에게 따끔한 충고를 주고 싶었을 뿐이었다. 아니면 자신과, 아니 언니와 똑같이 생긴 아린에게 그때 하고 싶었던 말을 하고 싶었을 수도 있다.

허나, 이제 어찌 되든 상관없다.

"그럼 죽어."

베타는 기운을 폭발시키며 아린을 향해 손을 뻗었다.

거대한 한기의 파도가 아린을 덮쳤다.

아린의 실력은 이미 알고 있다.

람다의 마을에서 이미 보았으니 말이다.

고작 팔 한쪽만 남은 로를 상대로도 고전하던 그녀가 자신을 상대로 버틸 수 있을 거라고는 생각지 않았다.

'천천히.'

추위에 떨며 천천히 죽어 가게끔, 그렇게 자신의 선택을 후회하게끔 할 생각이었다.

그러나 결과는 베타의 생각과 달랐다.

아린은 웃으며 한기를 맞았다.

"그년한테 무릎을 꿇은 보람이 있네."

경로의 모든 것을 얼려 버린 베타의 한기도 지금의 아린에게는 그저 산들바람처럼만 느껴졌다.

이윽고 아린이 베타를 향해 달려들었다.

혈극재신법(血極災神法), 혈사책(血蛇策).

죽은 무사와 마수들의 몸에서 피가 뽑혀 나오며 뱀과 같은 형태로 변환되었다.

그것은 미치광이가 휘두르는 채찍처럼 베타를 향해 날아들었다.

"이딴 걸로⋯⋯!"

베타는 양팔을 펼쳤다.

아린이 만든 피의 채찍이 바로 얼어붙는다.

그러나 베타는 한 가지를 간과했다.

바로 아린, 그 자체였다.

아린은 베타의 바로 앞까지 다가와 손을 크게 휘둘렀다.

"⋯⋯!"

베타의 얼굴을 때리기 직전.

아린은 손을 활짝 펼쳤다.

이윽고 짝! 하는 소리와 함께 베타의 고개가 돌아갔다.

육중한 충격에 몇 걸음 휘청거린 베타는 이를 악물며 아린을 노려보았다.

"왜? 따귀를 맞으니 기분 나빠?"

아린은 그런 그녀를 노려보며 말했다.

"그러니까 말조심해. 서하한테 병신이라니. 그런 말을 하고도 용서받을 수 있을 거 같아?"

베타는 그 말에 헛웃음이 나왔다.

수많은 도발 중에 그것만 먹힌 것인가?

"이거 진짜 미친년이네."

유아린.

그녀는 생각보다도 더 미친 여자였다.

"됐어. 더 이상의 대화는 의미가 없네."

베타는 벌떡 일어났다.

"먼저 널 제압하고 네 앞에서 이서하를 갈갈이 찢어 주마."

"또 우리 서하 이름을 말하네?"

아린은 눈썹을 곤두세우며 베타를 노려보았다.

"그 더러운 입으로."

이번에는 베타도 방심하지 않았다. 아린의 실력이 전처럼 떨어지지 않음을 확인한 이상 여유를 부릴 여유는 없었다.

이윽고 아린과 베타의 주변으로 선혈의 채찍이 날뛰었다. 그 수만 해도 수백 개. 피는 사방에 흩뿌려져 있으니 모자라지 않다.

그러나 역시 베타는 자신에게 들어오는 공격을 모두 가볍게 얼렸다.

'내공은 내가 위다!'

검을 만들어 낸 베타는 아린을 향해 있는 힘껏 내려쳤다.

한기가 폭발하며 아린의 팔을 내려친다. 잘랐다고 생각한 그 순간.

"……!"

챙! 하는 소리와 함께 검이 멈춘다.

베타가 간과하던 요소를 깨닫고는 미간을 찌푸렸다.

귀혼갑(鬼魂鉀).

착용자의 음기에 반응하여 견고해지는 보구.

과거 내공이 모자랐을 때는 마물의 공격에도 허무하게 뚫렸었으나 지금은 이야기가 다르다.

현재 아린이 입은 귀혼갑은 절대 방어라고 불러도 손색이 없을 정도.

그러나 베타는 예의 표정을 되찾으며 행동을 이어 나갔다.

만월검법(滿月劍法), 빙하수월(氷下囚月).

베이지 않는다면 베일 때까지 검을 휘두를 뿐이다.

한기를 품은 얼음검이 아린을 내려친다.

베타는 집요하게 한 곳만을 노렸다.

전에 유성신이 꿰뚫었던 바로 그곳이었다.

아무리 보구라고 하더라도 한번 찢어졌던 곳은 다른 부위에 비해 약해졌을 것이 분명했다.

아린 역시 몇 번의 공격을 받아낸 후에는 베타가 어디를 노리는 지를 예측할 수 있었다. 그러나 만월검법은 낙월검법과 비슷하게 수많은 변화를 가지고 있었기에 최종 공격 목표를 안다고 하더라도 반격은 쉽지 않았다.

그렇게 수백 번.

아린의 방어를 유도하며 집요하게 한 곳만 노린 베타의 귀에 청명한 소리가 들려왔다.

치링!

소름 돋는 소리와 함께 아린의 팔에서 피가 새어 나왔다.

귀혼갑이 찢어진 것이다.

베타는 자신만만하게 아린을 내려다보았다.

"믿고 있던 갑옷이 찢어졌네? 이제 어쩔래?"

그 순간, 아린이 갑자기 속도를 올리며 베타의 배에 손바닥을 가져다 댔다.

내공으로 장기에 타격을 주겠다는 것이었다.

의도는 이해한다.

권법으로는 음기를 몸에 두른 나찰에게 치명타를 입히기 힘들다.

그렇기에 내부부터 파괴하겠다는 것이다.

하지만 아린과 베타의 음기는 근본이 같다. 그렇기에 내장에 타격을 주기 위해서는 베타가 받아들일 수 없는 양을 방출해야만 한다.

적어도 아린의 내공 수준이 베타보다 배는 높지 않으면 효과는 없다.

별 위험이 되지 않기에 베타는 이 상황을 역으로 이용할 생각이었다.

"해 보든가."

아린이 방출하면 그녀의 내공을 다 받아들일 생각이었다.

그때였다.

"오만하기는."

아린의 말과 동시에 무언가가 베타의 시선으로 들어왔다.

"……어?"

영롱한 푸른빛의 반지.

아린의 손가락에 끼워진 그것은 오랜 기억 속에 선명히 남아 있던 것이었다.

'저건 빙후 그년의……!'

어찌 기억하지 못하랴?

고작 인간의 몸을 가진 빙후를 순간적으로나마 자신과 대등한 한기를 내뿜을 수 있게 해 준 보구였다.

그리고 그것이 지금은 입신경의 고수이자 나찰인 아린의 손가락에 끼워져 있다.

'위험하다.'

이대로 아린의 한기를 받아들인다면 진짜로 죽을 수 있다.

베타는 화들짝 놀라 몸을 뒤로 뺐다.

그러나 아린은 잡은 기회를 놓치지 않고 계속해서 밀착해 왔다.

이윽고 기운이 베타의 몸으로 흘러들어 가기 시작했다.

이제 도망칠 길은 없다.

두려움 때문일까? 베타는 답답하다는 듯 악을 썼다.

"이 미친년아! 그걸 폭발시키면……."

"알아."

아린은 무미건조하게 말했다.

"내 팔도 날아가겠지."

그렇게 말하는 그녀의 입꼬리가 귀밑까지 찢어졌다.

"고작 팔 하나를 바쳐서 서하를 위할 수만 있다면 너무 좋지 않을까?"

"너 머리가……."

뇌가 어떻게 절여지면 저렇게 한 사람에게 집착할까?

당혹스러움과 함께 베타의 몸으로 어마어마한 한기가 밀려들어 오기 시작했다.

이윽고 반지가 빛나며 푸른 기운이 폭발을 일으켰다.

양기 폭발과 음기 폭발은 그 종류가 다르다.

양기가 세상 모든 것을 정화해 소멸시킨다면 음기는 모든 것을 빙결시켜 영원히 유지한다.

순간적으로 얼어붙었던 대기가 태양열에 의해 녹는다.

뿌연 연기가 서서히 사라지며 베타의 모습이 드러냈다.

"하아, 하아."

저절로 벌어진 입에서 피와 침이 섞여 뚝뚝 떨어진다.

버텨 내긴 했다. 멀쩡하다고는 허세도 부릴 수 없을 정도 였으나 그래도 쓰러지지 않고 버텨 낸 것이었다.

하지만 그것은 아린 역시 마찬가지였다.

아린은 팔을 축 늘어트린 채 베타를 바라보고 있었다.

"안 죽었어? 빨리 가야 하는데."

가슴 속에서 천불이 타오른다.

"버릇없는 년."

말은 강하게 했으나 베타의 몸 상태는 이미 반송장인 상태다.

딱 한 번. 유효타를 허용한다면 베타의 숨통은 여지없이 끊어질 상태였으니 말이다.

그런 위기의 순간.

"칠색조."

베타의 나지막한 말에 칠색조가 날아와 그녀에게 섬광을 쏘았다.

예상치 못한 상황에 의아한 것도 잠시, 아린은 이내 연유를 깨닫고 이를 악물었다.

곧 죽어도 이상할 것 없던 베타의 기운이 되살아나고 있었 으니 말이다.

베타는 그런 아린을 비웃듯 말했다.

"그러게 한 방에 죽였어야지."

칠색조의 섬광에는 두 가지 효과가 있다.

정화, 그리고 회복. 생명력을 나누어 주는 방식이었기에 연속해서 사용할 수는 없는 것이었으나 단 한 번으로도 충분하다.

"어떡하지? 네 팔 의미 없이 날아가 버렸는데?"

회복했다.

아린은 허탈하게 웃음을 지어 보이고는 왼손으로 반지를 옮겨 꼈다.

"한 번 더 하지 뭐."

그 정도의 문제였다.

"누가 당해 준데?"

베타는 이죽거리며 외쳤다.

"현무, 설산비호."

그녀의 외침에 현무가 전장을 뒤집어엎으며 달려오고 설산비호가 회복을 마치고 일어났다.

"이제 방심 안 해."

다시는 아린에게 기회를 주지 않겠다.

"죽여."

베타의 명령에 세 마물이 동시에 아린을 향해 달려들었다.

인간 형태의 설산비호를 피하면 현무의 머리와 꼬리가 동시에 아린을 공격해 온다. 여기저기 피하며 한 팔로 힘겹게 막아 낸다. 그렇게 겨우 공격을 막고, 회피하면 바로 하늘에서 섬광이 내리꽂힌다.

"크윽!"

칠색조의 섬광을 막기 위해 호신강기를 소모하면 바로 베타의 검이 들어왔다.

베타는 귀혼갑이 없는 부위만을 골라 베었다.

모아 놓았던 내공을 대부분 방출한 것은 물론 한쪽 팔마저 없다.

아린은 속수무책으로 당할 뿐이었다.

이윽고 아린이 무릎을 꿇고 베타가 그녀의 앞에 섰다.

"……흐흐흐."

실소가 절로 터진다.

"봐, 네가 지금 이 상태인데 네 무사들은 거들떠보지도 않아."

대장을 지키기 위해 달려드는 이는 없었다.

"너를 버린 셈이지. 결국 인간들 눈에는 나찰과 나찰의 싸움으로 보일 테니까."

사실은 두려움 때문이었으나 그것은 중요치 않다.

어찌 됐든 지금 아린을 돕는 이가 없다는 것이 중요할 뿐.

"이게 인간을 위해 싸운 대가다."

언니에게 해 주고 싶던 말이다.

그리고 이제, 언니를 죽이고 싶었던 것처럼.

"뼈저린 후회 속에서 죽어라."

이 여자를 죽인다.

베타는 검을 들어 올렸다.

그 순간, 베타의 옆구리를 향해 한 남자가 돌진해 창을 내질렀다.

구룡창법, 제1식, 풍뢰룡(風雷龍)

창이 베타를 파고든다. 하나 베타는 손쉽게 그것을 피해

냈다.

"누가 누구를 버려?"

주지율.

광명대의 한 대장이자 몇 안 되는 아린의 친구였다.

베타에게 일침을 가한 주지율은 창법을 이어 갔다.

구룡창법, 제2식, 적화룡(敵火龍).

느린 공격에 베타는 콧방귀를 뀌었다.

'뭐야 이건?'

주지율. 광명대의 대장 중 한 사람임에도 선생의 주요 인물에는 포함되지 못한 무사였다. 베타는 그런 그를 비웃었으나 주지율은 계속해서 초식을 이어 나갔다.

제3식 백금룡(白金龍), 제4식, 회우룡(灰雨龍), 제5식 만황룡(滿黃龍).

초식이 진행될수록 창에 담긴 기운이 짙어져만 갔다.

구룡창법, 제6식, 진백룡(眞白龍).

주지율은 창을 크게 휘둘렀다.

백색의 기운이 사방으로 뻗어 나간다.

그 위력에 마물들마저 뒷걸음질 친다. 베타는 그제야 주지율을 우습게 볼 일이 아니라는 것을 깨달았다.

'이 녀석……'

초식이 하나 진행될 때마다 그 위력은 곱절이 되어 간다.

구룡창법, 제7식, 위흑룡(僞黑龍).

검은 기운이 하늘에서 베타를 향해 떨어진다.

베타는 음기를 뿜어내 이를 막았다.

거대한 폭발 사이로 주지율의 인형이 나타났다.

구룡창법, 제8식, 제악룡(諸惡龍).

주지율의 창이 베타의 목을 향해 날아갔다.

맞으면 위험하다는 생각이 절로 든다.

베타는 뒷걸음질을 치며 검을 들어 창의 경로를 비틀려 했다.

하지만 그 순간.

구룡창법, 제9식, 대미(大尾).

주지율의 창이 시계 방향으로 회전하며 베타의 검을 튕겨냈다. 양기를 머금은 태양석의 창은 무자비하게 호신강기를 파괴한다.

이윽고 주지율의 창이 베타의 심장을 향한다.

그러나 그 찰나의 순간.

한 남자가 두 사람 사이로 끼어들었다.

푹!

창은 남자의 심장을 뚫고 그 뒤에 있는 베타의 어깨를 찔렀다.

남자가 몸으로 막아 경로를 튼 것이었다.

"베타 님……!"

단단한 갑옷을 입은 형태의 인간.

바로 현무였다.

"부디 전쟁에서 이기시길."

베타는 어깨를 부여잡고 현무가 사라지는 것을 바라보았다.

"……"

주지율 역시 그 모습을 담담하게 바라보았다.

'실패했구나.'

수만 번, 수십만 번을 연습한 연계.

기습으로 시작하는 것까지도 아주 완벽했기에 기대하지 않았다면 거짓말일 것이다.

하지만 주지율은 결과를 담담히 받아들였다.

이 전쟁에서 가장 중요한 전력인 아린을 살리며 마물도 죽였고, 입신경의 강자인 베타를 겁먹게 한 것만으로도 만족할 수 있었다.

"이 새끼가 감히!"

분노한 베타는 주지율을 향해 달려들었다.

구룡창법은 일격 필살의 무공.

으레 다른 일격 필살의 무공이 그렇듯 실패한 순간 목숨은 없었다.

이윽고 베타의 검이 주지율을 크게 베었다.

"주지율!"

주지율은 담담하게 검을 맞고 뒤로 쓰러졌다.

그런 그에게 베타가 마무리 일격을 날리려는 찰나.

주지율의 몸에서 뿜어져 나온 피가 칼날이 되어 베타의 눈가를 스쳤다.

"크윽!"

베타가 뒤로 물러나는 사이 아린이 지율을 끌어안고 황급히 거리를 벌렸다.

"주지율. 정신 차려."

"정신은 말짱해."

주지율은 대수롭지 않게 말을 이어 갔다.

"그보다 서둘러라. 네가 안 도우면 서하 진다."

서하의 실력에는 의심이 없다. 그러나 람다에게 힘을 받고도 이기지 못한 것이 알파가 아니던가. 모두가 돕지 않으면 승산은 희박했다.

"그러니까 빨리 끝내."

그리고 아린은 이서하를 돕기 위한 핵심적인 역할을 맡아야만 한다.

"서하 죽이기 싫으면."

"……그럴게."

아린은 자리에서 일어났다.

"너의 죽음은 헛되지 않을 거다."

"나 안 죽었어."

"편히 쉬어라."

"참 나."

주지율은 지혈을 한 뒤 앞으로 걸어 나가는 아린을 바라보았다.

"그래, 내 덕분에 분노가 일어나면 더 괜찮겠지."

인간이 가진 가장 큰 음기는 분노였다.

이서하가 죽는다.

그 가능성을 생각하는 것만으로도 아린은 충분한 분노를

느낄 것이다.

거기에 자신의 희생이 조금 더 더해진다면 아린은 질 리가 없다.

"가라. 우리 부대장."

주지율은 드러누워 하늘을 올려다보았다.

"나는 좀 쉴게."

지금까지 한 수련이 헛되지는 않았다는 것을 오늘에서야 확인했다.

Chapter 144.

아린은 쓰러진 지율을 뒤로하고 베타의 앞에 섰다. 동료의
죽음은, 아직 목숨이 끊어지지는 않았으나, 아린에게 있어서
도 충격으로 다가왔다.

하지만 충격의 이유가 달랐다.

'지율이가 죽으면 서하가 힘들어할 거야.'

서하는 동료들을 끔찍이 아꼈다. 심지어 동료가 죽는 것보
다 자신이 죽는 것을 택할 정도로.

그런 점에 반한 것이기도 했으나 아린의 입장에서 자책하
며 또 좌절하는 그의 모습을 보는 건 고역이었다.

더군다나 지율은 자신을 돕다가 다쳤다.

결국 서하가 슬퍼한다면 다 내 탓이다.

점점 아린의 분노가 커진다.

그와 동시에 주지율이 해 주었던 경고가 떠오른다.

"그보다 서둘러라. 네가 안 도우면 서하 진다."

서하가 죽는다.

그 상상만으로도 심장이 먹먹하고 몸이 떨린다. 그러한 절망은 이미 겪어 보지 않았던가?

아린은 그가 없는 세상을 살아갈 수 없다.

아니, 그가 없다면 세상에 존재할 이유가 없다.

그렇다면 어떻게 해야 할까?

'이겨야지.'

적을 다 죽여야지.

이윽고 폭주 이후 무의식으로 막아 놓았던 선이 점점 무너진다. 단전 깊숙한 곳에서 억눌러 왔던 음기가 아린을 집어삼켰다.

그러나 아린의 정신은 무너지지 않았다.

아무리 오염되더라도 절대로 지워지지 않는 빛이 있었기 때문이었다.

이서하.

이 세상에서 그와 함께 계속 살아가기 위해.

지금 이 전쟁을 승리한다.

오직 그 생각뿐이었다.

그러기 위해서는 눈앞의 여자를 빠르게 정리해야만 한다.

피어오르는 살기와 음기가 하나로 합처지며 하늘로 올라

간다.

구름이 얼어붙고 이는 마치 해골과도 같은 형상이 되어 베타를 내려다본다.

그제야 베타는 눈을 회복하고 아린의 변화를 눈치챘다.

"……언니?"

위대했던 모든 마물의, 나찰들의 여왕.

순간적으로 착각이 들 정도로 아린의 기운은 언니와 닮아 있었다.

온몸이 전기에 감전된 듯 떨린다.

몸속 깊은 곳에 새겨져 있던 절대적 서열에 온몸이 경직된다.

허나, 지금은 언니의 뒤에서 의지만 하던 그런 베타가 아니었다.

"죽여어어어!"

베타의 외침에 칠색조와 설산비호가 정신을 차린다.

그러나 그 순간.

아린이 칠색조에게 손을 뻗음과 동시에 설산비호를 노려보았다.

시이익 하는 소름 돋는 바람 소리와 함께 칠색조가 얼어붙고 설산비호의 움직임이 멈춘다.

"너를 해방한다. 마물."

설산비호를 죽이면 서하가 슬퍼할 테니 그는 살려 둔다.

아린의 말에 설산비호의 표정이 점점 풀린다.

통제가 풀린 것이다.

"여긴……."

어리둥절한 얼굴로 주변을 돌아보는 설산비호.

하지만 정작 그보다 더 당황한 것은 베타였다.

아무리 같은 요술을 갖고 있다 하더라도 다른 나찰의 통제권 아래에 있는 마물을 해방한다는 건 불가능에 가까웠다.

설산비호에게 심어 놓은 베타의 요술을 몸 밖으로 밀어낼 정도로 강한 음기가 필요하기 때문이다.

즉, 설산비호가 제정신을 차렸다는 뜻은 아린의 내공 수준이 베타를 현격히 뛰어넘었다는 것을 뜻했다.

베타가 당황하는 사이 아린이 설산비호에게 말했다.

"난 너에게 자유를 주마. 냐옹아. 누구를 위해 싸울 거냐?"

아린의 말에 설산비호는 차분히 상황을 살폈다. 만백산 이후로 기억이 없었으나 한 가지는 확실했다.

자신이 베타의 밑에서 인간을 상대로 싸우고 있었다는 것을 말이다.

인간과 싸운 건 그리 화나지 않는다.

그러나 누군가의 밑에서, 자유 의지 하나 없이 싸웠다는 것이 불쾌했다.

설산비호는 베타를 노려보며 말했다.

"……당연히 우리 형님 편에서 싸워야지."

자신을 조종하던 베타를 위해 싸울 생각은 없었다.

설산비호의 말에 아린은 쓸쓸하게 고개를 끄덕였다.

"그래, 네가 원하는 대로 해라."

설산비호가 형님이라고 부르는 무신님은 이미 사라졌으니 말이다.

하지만 그의 의사는 확실하게 알았다.

아린은 베타에게 시선을 돌리며 말했다.

"들었나? 오히려 너야말로 도와줄 동료가 없었네."

받은 그대로 돌려주는 아린이었다.

베타는 이를 악물었다.

"닥쳐."

"나 같아도 너 같은 건 돕고 싶지 않을 거 같아. 설령 내가 네 언니라도 말이야."

같은 기운, 같은 얼굴을 한 여자가 내뱉은 말이었기에 그것은 베타의 가슴에 비수가 되어 꽂혔다.

내친김에 아린은 한술 더 떴다.

"한심한 동생을 둬서 고생이었겠네. 네 언니."

"닥치라고오오오오오!"

결국 베타가 폭발했다.

그녀는 양손에 검을 소환하고 아린을 향해 달려들었다.

'도대체 왜!'

언니가 사라진 후, 비록 열 명도 안 되는 혈족이었으나 베타는 자신이 혈족을 이끌면 된다고 생각했다.

그리고 언니보다 더 좋은 혈족장이 되도록, 그러기 위해 수단과 방법을 가리지 않았다.

자존심까지 버려 가며 인간의 무공을 배우고 어떻게든 살아남기 위해, 혈족을 다시 부흥시키기 위해 노력했다.

하지만 그 결과는 참혹했다.

인간들은 얼마 안 되는 혈족마저 죽였고 베타는 혼자가 되었다.

제아무리 마물을 몰고 다니며 인간을 공격해도 그들을 이길 수는 없었다.

그때마다 생각했다.

자신이 언니였어도 이렇게 되었을까? 언니라면 조금 더 잘하지 않았을까?

그런 잡념이 평생을 괴롭혔다.

그리고 지금 그 질문의 답을 얻을 수 있었다.

'나는 왜…….'

언니의 분신에게도 안 되는가. 베타는 광기를 담아 검을 휘둘렀다. 그러나 그것은 아린을 스치지도 못했다.

"도대체 왜에에에에에에!"

베타가 울분을 토해 내는 순간.

푹! 하는 소리와 함께 아린의 손이 베타의 심장을 꿰뚫었다.

베타는 검을 놓치며 자신의 가슴을 내려다본다.

"……"

잠시의 침묵과 함께 베타가 아린의 눈을 바라보았다.

"난 왜 언니가 될 수 없어?"

수백 년간 살아오며 계속 자신을 괴롭혔던 질문이었다.

아린은 그런 베타를 차갑게 노려보다 답을 주었다.

"원래 타인은 될 수 없어."

아린은 손을 뽑으며 베타를 발로 차 쓰러트렸다.

'그렇구나.'

감정이 메마른 듯한 현실적인 대답이었으나 베타는 그 말에서 깨달음을 얻었다.

타인은 될 수 없다.

언제나 언니의 그림자만을 쫓아온 그녀가 놓치고 있던 절대적 사실이었다.

이윽고 베타가 눈을 감았다. 마지막의 순간에도 언니가 떠오른다.

오직 증오만으로 언니를 떠올렸기에 그릴 수 없던 좋은 시절이 눈앞에 펼쳐졌다. 같이 대화하며 웃던 그때 그 광경이.

그 모든 것을 잊고 살았구나. 베타는 마지막 숨을 내쉬며 중얼거렸다.

"헛된 삶을 살았구나."

그토록 치열하게 살았건만 마지막의 남는 건 후회뿐이었다.

아린은 그런 베타를 흘깃 바라보았다.

베타의 숨이 끊어지고 음기가 흩어진다.

그것을 확인한 후에야 아린은 작게 중얼거렸다.

"고맙다, 지율아. 너의 죽음은 의미가 있었어."

그리고는 지율이를 향해 고개를 숙인다.

"……안 죽었다고."

지율의 대답에 아린은 무표정하게 말했다.

"이 정도 지났으면 죽었을 줄 알았는데."

"아, 말도 하기 힘들어."

"다행이다. 서하가 안 슬퍼하겠어."

"……."

"냐옹아. 지율이 후방으로 이송해."

"냐옹이? 내가 너한테 냐옹이라고……."

설산비호가 불만을 내뱉었다.

무신님 말고는 자신을 냐옹이라고 부를 수 없었다.

하지만 반항은 오래 가지 않았다.

"옮겨."

아린이의 눈빛 한 번에 설산비호는 침을 꼴깍 삼켰다.

마치 아린에게 크게 당한 적이 있는 듯 온몸이 긴장하기 시작한다.

"그, 그래야지. 급하니까."

설산비호는 백호의 형상이 되어 지율을 등에 실었다.

"너는 어디로 가는가?"

"나는 서하를 도와야지."

아린은 시선을 돌렸다.

"서하를 도와 전쟁을 끝내야지."

"그 팔로?"

팔은 여전히 축 늘어져 있다. 아린은 이를 보더니 고개를 끄덕였다.

"그래, 냐옹이 네 말이 맞군."

"그래, 그 팔로 알파와 싸우는 건 자살 행위야. 그러니……."

"움직이지도 않는 건 거치적거리니 잘라 버리는 게 싸울 때 더 편하겠어."

"잠깐!"

어떻게 하면 저런 결론이 나오는지 모르겠다.

"적은 그 팔이 움직이는지 안 움직이는지 모르잖아. 자를 필요는 없다고 생각해."

"그 말도 맞네. 깨달음 고맙다."

"감사는 무슨……."

앞으로 아린 앞에서는 말조심하도록 하자.

"그럼 서둘러야 해서."

아린은 급한 발걸음을 옮겼다.

그 광경을 보던 설산비호는 나지막이 중얼거렸다.

"그놈 잡혀 살겠네."

전쟁의 승패는 몰라도 그거 하나는 명확했다.

◆ ◈ ◆

최전선.

그곳에서 나는 달려드는 적을 베어 넘기느라 정신이 없었다. 시야가 차단된 탓에 현재 위치도 잘 알 수 없다.

점점 전선이 붕괴되어 간다. 어쩔 수 없는 일이다. 마수의 숫자는 많았고, 또 강했다. 일반적인 나찰이 아닌 위대한 일

253

곱 혈족의 강대한 음기에 영향을 받았으니까.

군데군데 섞여 있는 나찰들은 일반 무사들이 어떻게 할 수 있는 수준이 아니었다.

'어떡하지?'

내가 전력을 사용한다면 어느 정도의 여유는 만들 수 있다. 하지만 그러면 알파는? 알파를 상대로는 어떻게 싸우지?

아니, 애초에 람다가 합류하지 못한 지금 나는 알파를 이길 수나 있을까?

그렇게 생각하는 사이 저 멀리서 거대한 폭발이 일어났다.

"……."

약선님의 기운이었다.

정신없이 싸운 탓에 멀리서 무슨 일이 일어나고 있는지조차 알아차리지 못한 것이다.

"망할!"

나는 약선님 쪽으로 몸을 돌렸다.

이미 전투는 끝났을 것이다.

적의 기운도, 약선님의 기운도 느껴지지 않았으니까.

그래도 혹시 모른다. 내가 가서 도울 수 있는 게 있을지도.

하지만 그때였다.

"이서하 찬성사!"

저 멀리서 한 남자가 마수들을 뚫고 오는 것이 보였다.

피를 뒤집어쓴 중년의 남자는 소수의 부하들과 함께 내 앞에 섰다.

"대장군님."

대장군, 백성엽이었다.

"여기서 뭐 하나?"

"약선님의 기운이……."

"그러니까 알파와 싸워야 하는 자네가 왜 여기서 시간을 끌고 있냐는 말이야!"

격하게 악을 지른 백성엽 대장군님이 나에게 다가와 어깨를 쳤다.

"가서 돕겠다? 후방으로 이동해서 마수랑 싸우며? 그래서? 그렇게 내공 다 사용하고 체력까지 떨어진 상태에서 알파를 마주하면 어쩌려 그러는가! 그냥 죽으려는 것인가!"

"하지만 약선님이 위험합니다."

"전쟁에 안 위험한 사람이 어디 있나?"

"그렇지만……."

약선님은 내 스승님이다.

어떻게든 지켜야…….

"뭔가 큰 착각을 하고 있군."

"……네?"

"자네가 알파를 못 잡으면 어차피 다 죽어."

나는 입을 다물 수밖에 없었다.

"자네는 최대한 힘을 비축하고 알파를 잡는다. 알파를 잡지 못하면 전쟁에서 이길 수 없다고 한 게 자네 아닌가?"

"……그렇습니다."

이길 수 있느냐 없느냐의 문제가 아니다.

이겨야만 한다.

그렇지 않으면 모든 것이 끝이니까.

하지만 문제가 하나 있다.

승패를 떠나 애초에 알파까지 도달하는 것이 문제였다.

그러기 위한 시광대지만 아무리 그래도 100명도 안 되는 숫자로 이 많은 마수들을 뚫고 갈 수가 없다.

백성엽 대장군님의 부하들도 고작 몇십 명.

큰 도움은 되지 않는다.

그때였다.

마수들의 몸이 반토박이 나며 한 여자가 내 앞으로 걸어온다.

작은 덩치에 어울리지 않는 큰 언월도. 머리를 하나로 질끈 묶은 여자는 내 앞에 서서 말했다.

"찾았습니다. 찬성사님."

박민아 선배였다.

"알파에게 가서야죠."

이윽고 그녀의 뒤로 신평의 무사들이 섰다.

그 숫자가 적어도 100은 넘어 보였다.

"제가 안내하겠습니다."

박민아 선배는 나를 향해 미소를 지어 보였다.

대답하기가 쉽지 않다.

아마 나와 함께 가면 죽을 것이다.

그러기 위해 만들어진 시광대는 물론 대장군님, 그리고 박민아 선배까지도.

무의식적으로 아랫입술을 잘근잘근 씹는다.

그렇게 잠시.

시간을 낭비할 수 없음에 나는 대답했다.

"부탁합니다."

승리를 위해, 그리고 나를 위해.

나는 그녀에게 죽어 달라 부탁했다.

알파는 후방에서 움직이지 않았다.

나보고 오라는 것인지, 아니면 최후의 전투를 위해 힘을 비축해 두는 것인지는 모르겠지만 말이다.

하지만 한 가지 확실한 점은 있다.

'미래를 보는 놈이니 대기하는 게 자기한테 가장 유리한 길이라고 판단한 것이겠지.'

일각예언(一刻豫言).

일각(15분)의 앞을 보는 능력.

고작이라면 고작이라고도 할 수 있지만, 관점을 바꾼다면 전지전능한 신이 될 수 있게끔 해 주는 요술이었다.

그러니 알파가 행하는 모든 것엔 미래에 대한 계획이 있다고 생각해야 된다.

하지만 그렇다고 필요 이상으로 의식해서도 안 된다.

'내가 할 수 있는 걸 하자.'

동료 무사들의 피해를 최소화하면서도 전쟁을 승리로 이끌 방법은 단 하나.

내가 알파를 죽이는 것뿐.

알파가 무슨 생각을 하든 말든 나에게 선택지는 없다는 뜻이다.

"얼마 갈 수는 없겠지만 최대한 갈 수 있는 데까지는 데리고 가 주겠네."

가장 선두에 선 것은 백성엽 대장군님이었다.

하지만 백성엽 대장군님은 멀리 갈 수 없었다.

그가 최고 지휘관이기 때문이다.

지금이야 군단장들이 정해져 있고 각자 기습에 맞서 싸우고 있다고 한들 총사령관은 필요한 법.

이 정신 없는 전장에서 왕국을 대표하는 상징적 인물이 존재해야 한다.

그에 적합한 인물은 나와 백성엽 대장군 두 사람뿐.

대장군님도 그걸 알기에 갈 수 있는 데까지는 함께하겠다고 하는 것이다.

"잘 따라와라!"

그 말과 함께 백성엽 대장군님이 앞으로 나아갔다.

비릿한 쇳내가 진동한다.

마수들로 가득한 전장. 백성엽의 시야에는 알파로 향하는 길만이 선명하게 보였다.

그렇게 그는 한 치의 망설임도 없이 앞으로, 그저 앞으로만 달렸다.

마수가 달려들면 베어 넘기고, 길을 막으면 통째로 태워 버렸다.

이윽고 결사대의 움직임을 눈치챈 인간 형태의 검은 마수들이 곧장 앞을 막아섰다.

구인흑귀. 선인들조차 혼자서는 상대할 수 없는 강한 마수가 수십이었다.

하지만 백성엽은 속도를 늦추지 않았다.

초열검법(焦熱劍法), 쇠성(鐵城).

백성엽의 검에 검붉은 기운이 모인다.

이윽고 강철을 두드리는 소리와 함께 용암처럼 걸쭉한 화기가 구인흑귀를 향해 나아갔다.

불꽃의 파도가 구인흑귀를 집어삼켰다.

검기가 소멸한 그곳에는 검게 그을린 대지뿐.

백성엽의 앞을 가로막던 모든 것은 소멸했다.

'후우.'

방금의 공격으로 남아 있던 내공을 전부 사용했다.

허나, 다른 마수들로 인해 길은 순식간에 사라진다.

동시에 옆에서 나찰이 달려든다.

'제길.'

챙!

나찰의 공격은 막아 냈으나 그 충격까지 무시할 수는 없었다.

"대장군님!"

전열에서 이탈하는 백성엽을 향해 이서하가 외쳤다.

백성엽은 그런 후배를 향해 소리쳤다.

"난 여기까지다!"

이미 내력으로나, 체력적으로나 한계가 왔다.

더는 앞장서 봤자 짐이다.

"앞으로 계속 달려!"

명령에도 불구하고 이서하의 발걸음이 점점 느려진다.

'망할, 착해 빠져서는.'

백성엽은 고개를 절레절레 흔들었다. 어떨 때 보면 악마 같다가도 이럴 때는 또 착해 빠졌다.

그때였다.

"뭐 해 이서하! 따라와!"

신평의 박민아가 이서하의 등짝을 강하게 때리며 앞장섰다.

"이제부터는 내가 길을 뚫는다."

백성엽은 박민아와 자신을 번갈아 보는 이서하에게 고개를 끄덕여 주었다.

"꼭 이겨라! 이서하!"

이서하는 주먹을 쥐고는 박민아의 뒤를 따랐다.

이윽고 백성엽은 주변의 나찰과 마수들을 돌아보았다.

"많이도 들어왔구나."

끝을 알 수 없는 수의 마수가 주변을 둘러싸고 있다. 힘이 빠진 부하들이 하나, 하나 죽어가는 것이 보인다. 망망대해에 표류해도 이보다는 희망적이지 않을까?

하지만 백성엽은 몸을 일으켰다.

"그래도 돌아가야지."

백성엽에게는 그래야만 하는 이유가 있었다.

무사가 되기로 했을 때부터 그의 목표는 오직 한 가지.

이 나라를, 왕국을 이 세상 최고로 만들겠다는 것뿐이었다.

이를 위해 백성엽은 자신이 할 수 있는 모든 것을 했다.

왕국이 동부 왕국 정복 전쟁을 시작할 때만 하더라도 그 꿈이 곧 이루어질 것처럼 보였다.

무신 이강진, 약선 허운, 그리고 강하고 야망 있는 국왕 신유철까지.

모든 것이 완벽해 보였다.

허나, 동부 왕국 전쟁은 결국 실패로 돌아갔다.

애초에 불가능한 작전이었다.

거대한 산맥을 넘어 수십의 왕국이 모인 연합체를 정복하고 지배한다는 것은 말이다.

그 이후 왕국은 점차 몰락했다.

능력 있는 선인들은 나오지 않았으며, 가주들은 서로의 이익을 위해 반목했다.

왕권은 점점 약해져 갔고 결국 두 왕자를 필두로 세력까지

나뉘었다.

그런 암울한 상황에 이서하가 나타났다.

무신의 손자.

처음에는 딱 그 정도의 관심이었다.

허나, 그 이후 그의 행보를 보면 볼수록, 그리고 신유민 전하의 참모습을 깨달으면 깨달을수록 확신했다.

저 둘이라면 이 왕국을 최고로 만들 수 있다.

그러니 꼭 살아남아야 한다.

"돌아가서 이 왕국의 미래를 봐야지."

저 두 사람이 만들어 갈 새로운 왕국의 모습을.

"덤벼라. 미물들아."

절체절명의 순간에도 대장군의 눈빛은 그 어느 때보다 빛났다.

◆ ◈ ◆

"뭐 해 이서하! 따라와!"

민아 선배의 말에 정신이 든다.

전쟁에서 임무를 위한 것 외의 감정은 사치다.

나는 대장군님을 한 번 더 바라본 뒤 민아 선배의 등 뒤를 따라갔다.

박민아와 그녀의 부대는 오직 앞만 보며 나아갔다.

신평답게 오직 힘으로 마수들을 찍어 누른다.

그러나 그만큼 희생도 따랐다.

한 걸음을 내디딜 때마다 한 명씩 이탈자가 발생한다.

"크아아악!"

시간이 갈수록 신평의 무사들은 하나둘 각각의 이유로 낙오해 갔다.

마수의 공격에 당해 쓰러지는 무사도 있었고, 큰 공격에 맞아 전열에서 이탈하는 경우도 있었다.

그리고 전열에서 이탈한 무사들의 최후는 하나같이 처절했다.

그러나 민아 선배는 이들을 무사들을 과감하게 버렸다.

한 번 뒤돌아보지 않고, 그 어떤 표정 변화도 없이.

그러나 부러질 듯이 이를 악문 모습에서 그녀의 고통이 느껴졌다.

오직 승리를 위해 자신의 모든 것을 내버린 것이었다.

하지만 그럴수록 나의 머릿속은 복잡해져만 갔다.

'이렇게 해서 내가 간다고 한들.'

사람들의 시체로 산을 쌓아 결국 저 위에 있는 알파에 도달한다고 한들.

'내가 이길 수 있나?'

그런 생각이 떠오름과 동시에 민아 선배가 바로 뒤에 있는 나에게 말했다.

"나 처음에 너 싫어했다."

갑작스러운 발언에 정신이 번쩍 들었다.

민아 선배는 언월도를 크게 휘두른 뒤 피식 웃는다.

"웬 이상한 새끼가 동생에 대해서 다 안다는 듯 떠드니까. 마음에 안 들지. 그런데 갑자기 결혼하라는 둥, 아버지는 이상한 소리나 하고."

"……."

격한 전투 속에서도 민아 선배의 목소리는 차분하기만 했다.

"근데 지금은 좋아."

민아 선배가 나를 돌아본다. 얼굴에는 씁쓸한 미소를 담고 있다.

그리고 그제야 민아 선배의 작은 어깨가 눈에 들어왔다.

온몸이 파르르 떨리고 있는 것이 그녀가 한계에 다다랐음을 보여 준다.

피가 덕지덕지 묻어 뭉친 머리와 흥건히 젖은 옷. 지금까지 최전선에서 길을 뚫느라 생긴 상처들까지.

어디 하나 멀쩡한 곳이 없었다.

그런 상황에서도 그녀의 입가엔 여전히 미소가 머금어져 있었다.

"좋아했어."

저 말에 뭐라고 대답을 해야 할까?

그렇게 고민하는 찰나 거대한 줄기가 민아 선배의 옆구리를 때리며 민아 선배가 날아간다.

"대장!"

진유화가 앞으로 나와 인면수(人面樹)를 상대하는 사이에도 나의 시선은 민아 선배를 따라간다.

다행히도 민아 선배는 다시금 자세를 잡으며 주변 마수들을 베어 냈다.

그리고는 나를 향해 외친다.

"멈추지 말고 달려어어어어어!"

아직 대답을 주지 못했는데.

그 순간 진유화가 나의 손을 잡아 끌었다.

"정신 차려요. 대장."

나는 진유화에게로 시선을 돌리며 고개를 끄덕였다.

멈추면 끝장이다.

진유화는 미소를 지어 보이고는 내 손을 놓고 앞으로 나아갔다.

"시광대! 우리가 뚫는다!"

그녀의 외침에 시광대원들이 전원 앞으로 달려 나가기 시작했다.

나는 그렇게 발걸음을 옮긴다. 시광대원들이 하나둘 죽어간다. 길을 뚫던 부하도. 내 옆에서 공격을 막아 주던 막내도. 뒤에서 달려드는 마수를 막던 중년의 무사도,

모두 자신의 피로 나의 길을 만들어 준다.

그렇게 황금빛 화살의 빛이 점점 얇아져 사라질 때.

피로 얼룩진 길의 끝이 나타났다.

"오긴 오는구나."

전장의 치열함이 거짓처럼 느껴질 정도로 평온한 공터.

그곳에 알파가 서 있다.

"하아, 하아."

내 앞에 남은 사람이라고는 단 한 사람.

진유화뿐이었다.

하지만 그녀도 이미 체력이 다해 허리조차 펴지 못하고 있다.

"즐거웠습니다."

짧은 감상평.

"꼭 이기세요."

진유화는 그것을 마지막으로 앞으로 고꾸라졌다. 미동조차 하지 않는 그녀를 나는 조심스럽게 비켜 앞으로 걸어갔다.

알파는 그런 나를 바라보며 입을 열었다.

"그거 아나? 네가 내 앞에 멀쩡하게 서는 건 약 1,576개의 미래 중 7개 정도밖에 안 되었다."

"그러냐? 그럼 이왕 알려 주는 거 한 가지만 더 알려 줘라."

가장 궁금한 것.

"내가 널 이길 미래는 몇 개냐?"

"없다."

그것참 유감이다.

물론 알파의 말을 곧이곧대로 믿을 생각은 없지만 말이다.

"만에 하나라도 없나?"

"억에 하나라면 있을 수도 있겠지."

"그러면 됐네."

빈말이든 조롱이든 상관없다.

애초에 그보다 더 낮은 확률에 의존하며 여기까지 오지 않았던가.

억에 하나라도 있다면 그걸로 된 것이다.

이제 화룡점정을 찍을 때다.

"끝내자. 알파."

내 복수의 끝이었다.

◆ ◈ ◆

박민아는 멀어지는 이서하를 바라보며 허탈하게 미소를 지었다.

"미쳤지."

죽음을 앞두고 질렀던 감정이 후회되기 시작했다.

'그래도 아무 말 없이 죽는 건 좀 그렇잖아?'

잘한 것이다. 어차피 죽을 텐데.

"그래도……."

박민아는 마수들을 돌아보았다.

이곳에 살아 있는 인간이라고는 자신뿐이다.

"하나라도 더 데리고 가야지."

마지막 전투다.

추하게 생을 포기하고 잡아먹힐 수는 없지 않은가.

이제부터는 얼마나 많은 수급을 얻을 수 있는지를 위해 싸워 보자.

"역사에 기록될 수 있을 정도로."

위대한 전투를 해 보자.

결정을 내린 박민아는 자신을 향해 달려드는 마수의 목을 잘랐다. 그것을 시작으로 마수들이 모두 박민아를 향해 달려든다.

칼춤을 춘다.

허벅지를 찔리고, 어깨를 깨물리고, 몸통을 맞아 장기가 손상되어도 계속해서 움직인다.

얼마나 베었을까?

무릎을 꿇은 박민아는 거친 숨을 내쉬며 위를 올려다보았다.

"여기까지인가?"

그래도 먼저 간 부하들에게 마지막까지 최선을 다했노라고 자랑스럽게 말할 수 있지 않을까?

다만 한 가지 걸리는 것이 있었다.

"민주는 보고 가고 싶은데."

이윽고 거대한 도마뱀 형태의 마수가 박민아를 향해 입을 쩍 벌렸다.

그 순간이었다.

퍽! 하는 소리와 함께 도마뱀의 머리가 터져 나간다.

박민아는 후드득 떨어지는 핏물에 고개를 들어 올렸다.

도마뱀의 머리를 터트린 화살이 궤도를 틀며 박민아 주변의 마수들을 관통한다.

"……"

이 왕국에서 이 정도의 궁술을 다룰 수 있는 사람은 오직 한 명뿐이었다.

"언니!"

하늘에서 한 소녀가 떨어진다.

박민아는 벌떡 일어나 그녀를 받았다.

"민주야……"

박민주.

보고 싶었던 동생이었다.

"어떡해 언니! 이게 다 뭐야? 괜찮아? 아프지 않아?"

"그게……"

감정이 벅차올라 대답이 나오지 않는다. 박민아는 동생을 한 번 더 안았다.

감동적인 재회도 잠시, 다시 현실을 마주한 박민아는 동생의 어깨를 잡으며 말했다.

"여긴 어떻게 왔어? 일주일은 더 걸리는 거 아니었어?"

분명 작전 회의에서 산족의 지원군이 오는 데까지 1주일은 더 걸린다고 하지 않았던가?

아니, 그보다 더 중요한 것이 있다.

"그리고 여기가 어디라고 와!"

지금 박민아가 있는 곳은 적진 한가운데였다.

아무리 동생이 궁신의 경지에 올랐다고 한들 이곳에서 빠져나가는 건 불가능했다.

하지만 박민주는 빙긋 웃었다.

"괜찮아. 언니."

"괜찮기는! 너 혼자 어떻게 이 마수를 뚫고……."

"혼자 아니야."

박민주의 말과 동시에 검붉은 번개가 사방에 내려쳤다. 무차별적인 폭격에 박민아는 눈을 질끈 감았다.

이윽고 굉음이 멈춘다. 천천히 눈꺼풀을 들어 올려 주변을 둘러본 박민아는 자신의 눈을 믿을 수 없었다.

"이게……."

"서하는 저쪽이 맞습니까?"

박민아는 목소리가 들린 방향으로 고개를 돌렸다.

조각과도 같은 얼굴에 나풀거리는 머리. 굳은 얼굴의 남자는 초토화된 마물의 시체를 밟고 서 있다.

한상혁.

그의 주변으로 작은 구 형태의 검붉은 번개가 맴돈다.

그 모습은 신화에 나오는 뇌공신(雷公神)과 같다.

박민아가 얼떨결에 고개를 끄덕이자 한상혁이 말했다.

"민주야, 누님은 네가 챙겨라."

"응."

그와 동시에 전류가 사방으로 튀며 한상혁이 사라진다.

박민아가 멍하니 바라보고 있자 박민주가 입을 열었다.

"업혀. 언니. 빠져나갈게."

"서하랑 상혁이는 안 도와줘도……."

"그럴 필요 없어."

박민주는 확신을 담아 말했다.

"저 두 사람이면 무조건 이겨."

질 확률은 억에 하나도 없다.

◆ ◈ ◆

회귀의 동굴.

그곳에서 나는 알파의 손에 죽었다.

회귀의 조건은 내가 증오하는, 그리고 나를 증오하는 이에게 죽는 것.

이를 위해 알파를 유인했었다.

알파 이 새끼가 진심으로 싫었으니 말이다.

회귀 전에는 짜는 작전마다 이놈을 이길 수 없어 박살 났었다.

무력도 무력이었지만 어찌나 내 노림수를 잘 파악하던지.

나중에는 반격이고 뭐고 알파가 있다고 하면 도망치기에 급급했다.

절대 못 이긴다고.

그 괴물을 어떻게 이기냐며.

그렇게 동료들에게 버럭버럭 소리를 지르면서 꼴사납게 회피했다.

그랬던 내가 다시 알파 앞에 섰다.

솔직히 말하면 두렵다.

대장군님의 뒤에서, 또 민아 선배의 등을 보며, 그리고 주저

앉아 있는 진유화의 뒤를 따르는 그 순간에도 알파와 싸워야 한다는 사실이, 그를 뛰어넘어야 한다는 사실에 몸서리쳤다.

다 쓸데없는 고민이었는데 말이다.

'이기면 된다.'

그러기 위한 인생이었다. 나는 허리춤의 천광을 뽑아 들었다.

수백 년 전 나찰 전쟁에서 그랬듯, 이번에도 이 검으로 끝을 낸다.

내력을 끌어올린 나는 알파를 향해 나아갔다.

낙월검법(落月劍法), 이위화(已爲火).

처음은 가볍게 간다.

지금 나와 알파의 실력 차이를 확인하기 위함이었다.

하지만 그 순간이었다.

"좋지 않아."

알파의 입가에 미소가 지어진다.

이윽고 그의 다리가 내 머리로 올라오는 것이 느껴진다.

'……어?'

순간 눈앞이 번쩍하며 순간적으로 의식이 날아간다. 정신을 차렸을 때는 이미 멀찌감치 날아가고 있었다.

무슨 일이 벌어진 거지?

순간적으로 의식을 잃었다. 마치 죽은 것처럼.

'제길!'

재빨리 자세를 잡아야 한다. 나는 공중에서 몸을 돌려 착지했다. 그나마 다행이라면 알파의 추가 공격이 없다는 것일까?

그렇게 숨을 돌릴 때 알파가 말했다.

"적오의 심장이 거슬려서."

적오의 심장.

그것은 나를 되살려 주는 능력을 가지고 있다.

"일단 그것부터 처리했다."

적오의 심장을 처리했다.

그 말은 즉 순간 죽었다는 뜻이 된다.

쉽게 믿을 수 없는 것이었으나 뜨겁게 달아오른 심장은 알파의 말이 사실임을 알려 주고 있었다.

'아무리 그래도 한 방은 좀 그렇네.'

그렇게 생각할 때였다.

"이제 두 번째 목숨을 가져가겠다."

알파가 나를 향해 돌진하기 시작했다. 이대로 붙으면 끝장이다. 조금이라도 유리한 전장으로 그를 끌어들여야만 한다.

낙월검법(落月劍法), 천양겁화(天壤劫火).

거대한 불길이 치솟는다. 이것으로 알파의 진입을 늦출 생각은 아니었다. 알파라면 이딴 불기둥 따윈 아무것도 아닌 것처럼 뚫고 들어올 테니까.

이윽고 예상대로 알파가 불기둥을 뚫고 안으로 들어왔다.

기다리고 있었다.

나는 천양겁화의 불기둥을 마음대로 조종할 수 있다. 근본적으로는 나의 양기로 만들어진 것이니까.

즉, 지금 나는 이 불기둥을 이용해 사방에서 알파를 공격할 수 있다.

낙월검법(落月劍法), 대화재(大火災).

불기둥에서 줄기가 뻗어 나와 사방에서 알파를 공격한다.

아무리 알파가 미래를 보더라도 사각이 없는 이 공격을 피하는 것은 불가능하다.

그때였다.

"너무 뻔해."

알파가 피할 생각도 없이 나를 향해 달려온다.

야심차게 준비한 불줄기는 그의 솜털 하나 태우지 못하고 소멸한다. 양기와 음기의 싸움에서 내가 진 것이었다.

"쯧."

나는 혀를 차며 검을 내려쳤다.

허나, 당황해 내려친 검은 손쉽게 막힌다. 이윽고 알파의 주먹이 나를 향해 날아온다.

온 신경이 곤두서며 알파의 주먹만이 시야를 가득 채운다.

이대로 맞으면 아마 죽을 것이다.

하지만 나는 냉정함을 유지했다.

최대한 경악한 표정을 지어라.

마지막의 마지막까지 내 수를 보이지 마라.

모든 것은.

'다 왔다.'

작전대로다.

'실수한 거다. 알파.'

알파는 큰 실수를 저질렀다.

바로 자신의 요술에 대해 겁도 없이 지껄인 것이다.

알파의 요술은 내 육감과 비슷한 면이 있다.

바로 집중하지 않으면 보이지 않는다는 것이다.

거기에 내공까지 사용하니 격한 전투 중에는 아주 짧은 미래만 볼 수 있을 것이다.

'이 모든 상황을 보았다면 어쩔 수 없겠지만…….'

직접 자기 입으로 말하지 않았는가?

미래를 보는 건 내공이 많이 든다고.

이 전쟁이 시작되고 내가 알파 앞에 서기까지는 꽤 시간이 걸렸다.

알파가 전투 시작부터 미래를 전부 보았다면 상당한 내공을 소모했을 터.

고작 1,576개의 미래 중 7개를 위해 내가 도착했을 경우를 상정한 미래를 엿봤을 확률은 매우 적었다.

'아마 전투 중 미래를 보며 싸울 생각이었겠지.'

그렇다면 승리가 확정된 상황에는 굳이 미래를 안 볼 가능성이 크다.

마지막 일격을 날리는 데도 바쁜 상황에서 굳이 집중력을 흐트러트릴 필요가 있을까?

특히나 상대의 표정에서 다른 수가 드러나지 않을 때는 더욱 그러할 것이다.

할 만한 도박이다.

그렇기에 난 끝까지 패배에 점철된 감정을 연기했다.

적오의 심장을 내어주고, 절망을 표현했다.

알파가 방심을 하도록.

그가 승리에 취해 미래를 보지 않도록.

그리고 지금.

알파의 얼굴에 승리를 확신한 듯한 미소가 지어졌다.

'지금!'

알파의 주먹이 안면을 강타하려는 순간.

나는 이마로 그의 주먹을 받아냈다.

육중한 충격이 전해진다.

'버틴다.'

비교적 약한 안면만 아니라면 입신경의 경지에 오른 지금 단순한 정권 지르기에 내가 죽을 리는 없다.

그와 동시에 나는 천광을 버렸다.

검으로 어떻게 해 볼 생각은 없다.

지금까지 단 한 번도 이기지 못한 적.

그를 이기려면 목숨 정도는 버려야 하지 않겠는가?

혈인내멸신공(血刃內滅神功).

이멸나선(裏滅螺旋).

오직 알파를 죽이기 위해 연마한 무공.

몸속의 기운이 나선 칼날이 되어 기혈을 난도질한다.

상관없다.

알파를 죽일 수 있다면 이 모든 고통이 희열로 바뀔 테니까.

이멸나선(裏滅螺旋)을 손에 품은 나는 알파의 심장으로 손을 움직였다.

이대로 손이 닿기만 한다면⋯⋯.

'끝이다.'

지긋지긋한 이 싸움을 끝낼 수 있다.

그러나 그 순간이었다.

"뻔하다니까."

알파가 남은 왼손으로 내 손목을 잡았다.

"⋯⋯!"

상황을 파악할 새도 없이 알파가 나와 눈을 맞춘다.

"이건 예상하였거든."

예상했다고? 어떻게? 이 기술을 알파에게 선 보인 적은 없지 않은가?

그 순간 한 가지가 내 머릿속을 스쳤다.

'오미크론.'

설마 그때 한 번 사용했던 기술까지 경계하고 있었을 줄이야.

그런 생각도 잠시.

내 몸 안의 이멸나선이 날뛰는 것이 느껴졌다.

아직 늦지 않았다.

지금이라도 알파에게 이것을 방출하는 것이 더 중요했다.

이를 악물고 필사적으로 알파의 손을 뿌리친다. 하지만 그러는 사이 알파는 내 가슴을 있는 힘껏 찬다.

중심을 잃고 날아간다.

어떻게든 다시 두 발로 섰으나 나의 의지와는 상관없이 이 멸나선이 새어 나가기 시작한다.

"제발, 제발, 제발!"

빠져나가지 마라.

기맥, 아니 혈관까지 전부 찢어져 죽어도 좋으니 조금만 더 남아 있어라.

그렇게 기도했다.

그러나 나의 바람과 달리 내 몸은 기운을 방출하기 시작했다.

그렇게 내 몸을 갈기갈기 찢은 이멸나선은 허공에 방출되었다.

"……."

허공을 찢어발긴 기운은 거짓말처럼 사라졌다.

그와 동시에 핏물이 역류해 나온다.

내장 찌꺼기가 섞인 핏물을 토해 낸 나에게로 검은 그림자가 드리워진다.

"추하구나."

나는 알파를 올려다보았다.

순간 두려움이 몰려들었다.

알파를 향한 것은 아니었다.

나 때문에, 내가 무능하기에 모든 이들의 희생이 물거품이 된다는 것이 미쳐 버릴 정도로 두렵다.

"넌 네가 너희 종족의 구원자라고 생각했겠지."

알파가 나와 눈높이를 맞추었다.

"그러니까 동료들이 죽건 말건 나를 잡으러 온 거 아니야?
영웅이 되기 위해. 시체를 밟아 가며."

영웅이 되기 위해.

그런 개인적인 이유였던가?

아니다. 나는 그저 또 절망뿐인 세상을 살고 싶지 않았을
뿐이다.

하지만 반론을 할 수 없었다.

내가 아니어도 되는 건 아니었을까?

'그냥 후퇴하고……'

조금은 타협하면서 다른 누군가를 키워도 되는 거 아니었
을까?

그래, 상혁이라든가. 저기 서역이나 제국에도 재능은 많았
잖아.

완벽하지는 않더라도.

왕국은 멸망하더라도 다른 이들에게 알파를 맡겼다면 조
금은 나아졌을까?

'아니, 나아졌겠지.'

적어도 이렇게 패배하지는 않았겠지.

결국 나는 적임자가 아니었다.

모두를 지키겠다는 것은 내 오만이었다.

"참, 재미없네."

알파의 비웃음.

그는 비릿하게 웃으며 말했다.

"고작 한마디에 무너지는 인간이었는가? 뭔가 달라 보였는데. 그때 그 인간들처럼 말이야. 알고 보니 한심한 놈이었구나."

그리고는 일어난다.

"이제 흥미 없다. 죽어라."

알파의 허리가 돌아간다.

발차기가 날아오는 것이다.

이대로 있다면 내 머리가 터지겠지.

하지만 움직일 수가 없다.

이미 이멸나선에 찢긴 몸은 한계에 다다랐다.

이대로 죽으면 편해질까?

그런 생각이 문득 들어 눈을 감을 때였다.

"이 병신 새끼야!"

정신을 번쩍 들게 하는 정신이 들었다.

그와 동시에 검붉은 번개가 내 앞으로 끼어든다.

이윽고 남자는 쌍검을 휘둘렀다.

신(新) 천뢰쌍검(天牢雙劍), 적혼(赤魂).

충격파에 알파가 날아간다.

이윽고 번개가 잦아들며 쌍검을 든 남자가 눈에 들어온다.

남자는 나에게로 슬쩍 고개를 돌리며 말했다.

"뭐 하냐? 싸우다 말고 자나?"

한상혁.

내가 가장 부러워하고 또 사랑하는 친구.

"너 일주일 뒤에나 온다고……."

"소식 듣고 쉬지 않고 달렸다. 그보다."

한상혁은 오른손에 든 검을 땅에 꽂고는 나의 멱살을 잡아
올렸다.

"방금 삶을 포기한 거냐?"

"……."

"하, 어이가 없네."

진심으로 화내는 모습은 처음 보는 것만 같다.

녀석은 내 멱살을 놓고는 말했다.

"끝까지 싸워야지. 우리 광명대가. 아린이가. 그리고 내가!
도와주러 올 텐데 왜 포기를 해!"

"알파는 내가 아니면……."

이길 수가 없다.

적어도 지금은 그렇다고 생각했다.

아니, 나도 이길 수 없었다.

상혁은 그런 나를 바라보다 입을 열었다.

"너 그거 오만이야."

상혁이 내 가슴을 주먹으로 툭 쳤다.

"왜 항상 혼자 하려고 해?"

"……."

상혁이는 땅에 꽂아 놓았던 검을 빼 들고는 알파를 향해 걸
어가며 말했다.

"누구도 혼자서는 아무것도 할 수 없어."

그리고는 미소를 지어 보인다.

"형님 싸우는 거 잘 보면서 회복해라. 난 네가 필요하니까."

"……"

이윽고 상혁이 알파를 향해 달려든다.

검붉은 번개가 사방을 태운다. 상혁의 빠른 공격에 알파는 방어하기에 급급했다.

강해졌구나.

적어도 지금까지는 알파와 호각을 이룬다.

멍하니 바라보고 있던 나는 상혁이 했던 말을 떠올렸다.

누구도 혼자서는 아무것도 할 수 없다.

'그랬지.'

나도 그 사실을 알고 있었다.

회귀할 때까지만 해도 그렇게 생각하지 않았는가?

평범하기 그지없는 나의 역할은 그저 다른 영웅들에게 기회를 줄 뿐이라고.

그런데 언제부터였을까?

이들을 외면하기 시작했다.

가진 것을 잃기 싫었으니까.

혹시라도 동료들이 죽을까 봐.

그냥 내가 더 강해지면 될 거로 생각하며 동료들을 지켜 줘야 할 존재로 인식했다.

하지만 생각해 보면 나 혼자 뭔가를 해낸 적은 없다.

언제나 누군가가 도움을 주었다.

이번 전투만 하더라도 난 수백의 목숨을 희생하면서 이곳에 서지 않았던가.

상혁이의 말대로 나 혼자 무엇을 하겠다는 건 오만이었다.

그렇게 생각할 때 누군가 포위망을 뚫고 나를 향해 달려오는 것이 보였다.

"서하, 서하야!"

유아린.

그녀도 왔다.

"아린아……."

나를 향해 달려온 그녀는 금방이라도 울 것처럼 내 몸을 살피기 시작했다.

"괜찮아? 몸이 왜 이래? 알파는?"

그리고는 대답도 하기 전에 고개를 돌린다.

"한상혁? 저 자식 올 거면 일찍 좀 처오지."

"……하."

이걸 상혁이 잘못으로 몰고 가는 아린이 모습이 어이가 없어 웃겼다.

"아린아."

"응, 서하야."

"나 좀 도와줘."

민망함에 멋쩍은 미소만 지어진다.

"나 혼자서는 못 이기겠어."

그렇게 솔직함을 내비친다.

아린이는 대답 없이 나를 바라보다 내 뒤통수를 잡아 안아 주었다.

푹신하고 따뜻하다. 익숙한 아린이의 향기에 마음이 약해진다.

그와 함께 아린이가 말했다.

"괜찮아. 못 이겨도 돼. 우리가 이겨 줄 테니까 걱정하지 마."

지금까지는 알파에게 패배하는 상상밖에는 되지 않았다.

그렇기에 불안감을 가지고 이곳까지 왔고 실제로 패배했다.

하지만 이제는 그려진다.

나의, 아니 우리의 승리가.

Chapter 145.

"형님 싸우는 거 잘 보면서 회복해라. 난 네가 필요하니까."

한상혁은 자신 있게 말하고 알파에게로 시선을 돌렸다.

한상혁에게 있어 이서하는 가장 절친한 친구이며 동시에 아버지와 같은 존재였다.

왕국 제일의 재능인 그가 해결 못 하는 일은 없었으니까.

그러나 세상에서 가장 재능 있는 친구를 둔다는 것은 축복임과 동시에 저주이기도 했다.

언제나 열등감에 시달려야 하기 때문이다.

그로 인해 상혁은 친구의 뒤가 아닌 옆에 서기 위해 끊임없이 노력했다.

결코 쉽지 않은 과정이었다.

피를 토할 만큼 강도 높은 수련의 나날이었으니 말이다.

하지만 그런 과정을 겪었기에 이제는 자신 있게 말할 수 있다.

자신 또한 친구가, 이서하가 의지할 수 있을 만한 존재가 되었다는 것을.

"가자."

스스로에게 다짐하듯 말한 한상혁은 알파를 향해 달려 나갔다.

뇌제(雷帝). 번개 그 자체가 된 한상혁은 알파를 덮쳤다.

첫 합만으로도 거센 충격파가 퍼져 나간다.

한상혁은 쉬지 않고 공격을 이어 갔다.

'나를 증명한다.'

호현에 남은 이후 어떻게 하면 더 빨리, 그리고 효율적으로 강해질 수 있을까 고뇌했다.

시간은 한정적이었기에 시행착오는 절대로 있어서는 안 되었다.

답을 찾을 수 없이 며칠을 고민하던 그때, 어머니 유연이 조언을 해 주었다.

"효율적으로 강해지기 위해서는 가장 잘하는 걸 발전시키는 게 좋아."

잘하는 것을 한다.

그렇다면 내가 잘하는 것은 무엇인가?

고민을 한 지 얼마 지나지 않아 답은 나왔다.

자신만이 가진 무기.

그것은 바로 아버지가 남겨 준 천뢰쌍검, 그리고 서하가 준 만변무신공이었다.

이후 한상혁은 두 가지의 극의(極意)를 통합하는 것에 매진했다.

그렇게 탄생한 것이 바로.

신(新) 천뢰쌍검(天牢雙劍), 무한경(無限景).

천뢰쌍검의 날카로움과 만변무신공의 무한한 변화를 병합한 무공.

오직 창제자 한상혁 자신만을 위한 것이었다.

복잡한 것을 싫어하는 상혁이 창제한 만큼 그 원리는 매우 단순했다.

적이 반격할 수 없도록 빠르고 날카로운 공격을 이어 나가는 것.

허나, 이론이 단순하다고 해서 그 난도까지 낮은 것은 아니었다.

연격을 끊임없이 이어 가기 위해서는 힘의 흐름을 완벽하게 이해해야 하며 동시에 적을 몰아칠 만큼 강한 공격을 날릴 수 있는 체력과 내력이 필요했다.

거기에 그 어떤 상황에서도 연격을 유지할 수 있도록 모든 상황과 자세를 고려한 수만, 아니 수십만의 초식이 필요하다.

한 인간이 인생을 전부 갈아 넣어도 불가능한 경지.

그러나 한상혁은 해냈다.

그에겐 재능이 있었으니 말이다.

인간을 초월한 재능.

그것은 고작 1년도 안 되는 짧은 시간 만에 그를 인외의 경지로 올려놓았다.

'이제는 내가······.'

친우를 위한 버팀목이 되어 준다.

인간의 한계를 뛰어넘은 남자가 바라는 것은 그렇게 소박한 것이었다.

그리고 그 소박한 바람은 현실이 되어 그 알파마저 뒷걸음질 치게 했다.

'이자도 신의 경지에 올랐는가?'

번개를 온몸에 두른 한상혁의 모습은 도저히 인간이라고는 믿을 수 없는 모습이었다.

입신경(入神境).

한 시대에 하나 나올까 말까 한 경지.

그 경지가 이강진, 이서하, 약선, 거기에 지금 나타난 한상혁까지.

어떻게 나약한 인간에게서 이렇게도 많은 강자가 탄생할 수 있는지 어이가 없을 따름이었다.

'언제나 최악이 겹치는구나.'

마치 인간의 승리만을 바라는 듯한 하늘이 야속할 뿐이었다.

하지만 설령 그렇다고 하더라도 마지막까지 자신의 뜻을 관철하리라.

알파는 냉정하게 미래를 보았다.

'반격할 길이 없군.'

어떤 식으로 반격을 하더라도 한상혁은 이를 이용해 새로운 연격을 이어 나갔다.

'이게 한상혁.'

선생의 보고서에서도 주의할 인물이라 기재돼 있던 인간이다.

'속도는 나와 호각. 무신 정도인가?'

허나 나머지는 알파에 비해 현격히 떨어졌다.

당연하다.

이제 입신경 초입에 오른 애송이들이 자신이나 무신의 경지에 다다를 수 있을 리가 없으니 말이다.

그러나 속도만큼은 호각이었기에 한상혁을 제압하는 것은 쉽지 않았다.

마치 잡을 수 없는 모기가 방에 돌아다니는 듯한 느낌.

그렇다면 굳이 모기를 잡기 위해 힘을 뺄 필요가 있을까?

'지칠 때까지 기다린다.'

상혁이 힘이 빠져 느려질 때까지 버티면 된다.

그것이 가장 효율적이고 확실한 방법이다.

반격을 포기하자 여유가 생긴다. 알파는 그 여유를 이용해 미래를 살폈다.

혹시 모를 변수를 차단하는 것이었다.

아니나 다를까, 그 순간이었다.

"……!"

양방향에서 화살이 날아오고 이를 피한다. 그러나 그 순간 한상혁의 목걸이가 빛을 내며 움직임이 기괴하게 뒤틀렸다.

이윽고 상혁의 검이 자신의 목을 벤다.

죽음.

허무할 정도로 빠른 순간에 벌어진 일이었다.

불행 중 다행은 이것이 미래 예지를 통해 내다본 것이라는 점.

자신이 죽는 미래.

그 섬뜩한 상황에서도 알파는 냉정을 유지했다.

'정신 차려라.'

어떤 미래든 피해 갈 방법은 있다.

무신, 이강진과 싸웠을 때처럼.

그러나 시간은 많지 않았다.

휘익! 바람을 가르는 소리와 함께 양쪽에서 화살이 날아든다.

예지에서 보았던 바로 그 화살들이었다.

그와 동시에 한상혁의 목걸이가 빛을 내며 그의 움직임이 기괴하게 돌변했다.

알파는 그 순간에도 미래를 예지하고 있었다.

'내가 살아남을 미래는?'

마지막의 마지막까지 미래를 예견한다.

어떻게 피해도 죽는다.

비록 순간이지만 한상혁의 움직임은 알파의 속도를 아득히 능가한다.

292
20

그렇게 찰나의 순간 동안 100번이 넘는 죽음을 경험한다.

이윽고 화살이 머리를 향하는 순간.

'찾았다!'

살아남을 수 있는 미래.

활로가 보였다.

확신이 든 알파는 지체 없이 움직였다.

휘리릭 몸을 회전시키며 화살을 빗겨 낸 알파는 동시에 한쪽 발로 바닥을 긁었다. 뒤이어 지면의 작은 돌멩이가 하늘로 솟구친다.

알파는 그 돌멩이에 최대한 많은 기운을 불어넣었다.

이윽고 양방향에서 한상혁의 검이 날아든다.

순간적인 가속. 아니, 그것은 가속이라고 하기에는 너무나 기괴했다.

마치 시공간을 뛰어넘은 듯한 일격.

도저히 인간의 것이라고는 볼 수 없었다.

미래 예지로 본 한상혁은 알파가 어떤 식으로 반격, 혹은 회피하더라도 기어코 검의 궤적을 틀어 공격해 왔으니까.

허나 이번에는 다르다.

챙! 하는 소리와 함께 알파가 들어 올린 돌멩이와 상혁의 오른쪽 검이 부딪힌 것이다.

이는 아주 미세하게나마 검의 궤도를 바꾸었고, 그 작은 변화는 크나큰 결과를 만들어 냈다.

푹! 하는 소리와 함께 상혁의 왼쪽 검이 옆구리를 크게 벤다.

알파는 이를 악물었다.

'이건 치명상이 아니다.'

적어도 그가 본 미래에서는 그러했다.

중요한 것은 목으로 날아드는 상혁의 오른쪽 검을 피하는 것.

이윽고 상혁의 검이 아슬아슬하게 알파의 턱을 스치고 지나갔다.

궤도가 살짝 틀어지지 않았다면 그것은 정확히 목 중앙을 베었을 것이다.

작은 궤도의 차이가 모든 것을 가른 것이다.

상혁의 공격을 피한 알파는 재빨리 거리를 벌리며 옆구리를 부여잡았다.

상혁은 그런 알파를 허망하게 바라보았다.

'빠져나갔다.'

동요를 감추기 위해 노력하고 있었으나 허탈감이 새어 나올 수밖에 없었다.

'이게 이렇게 빗나간다고?'

무한경(無限景)으로 알파를 벨 수 없다는 것쯤은 알고 있었다.

알파가 서하의 할아버지, 무신님을 이겼다는 사실은 호현까지도 퍼졌으니까.

그럼에도 필사적으로 몰아친 이유는 두 가지.

알파의 방심을 유도하고, 또 자신에게만 집중하게끔 만들기 위함이었다.

그리고 어머니와 민주의 지원이 오는 그때.

목령인으로서의 능력, 시공간절단(視空間切斷)으로 단숨에 치명타를 날릴 생각이었다.

하지만 알파는 이마저도 피해 냈다.

아니, 정확히 말하면 운이 안 좋았다고도 볼 수 있다.

'하필이면 그때⋯⋯.'

예상치도 못한 돌멩이 하나가 모든 것을 바꾼 것이다.

'망할.'

상혁이 아쉬움을 집어삼킬 때였다.

"상혁아!"

박민주가 허공을 밟으며 날아와 상혁의 옆에 착지했다.

"어떡해? 우, 우리 작전이 막혀 버렸어!"

호들갑을 떠는 박민주였다. 상혁은 그런 그녀를 도끼눈을 뜨고 바라봤다.

"야! 숨어 있어야지!"

"이미 들키지 않았을까? 조금이라도 여유가 있을 때 새로운 작전을 짜는 게 나을 거 같아서."

알파 같은 강자를 상대로 기습이 유효한 것은 한 번뿐이었다. 마구잡이로 활을 쏜다고 도움이 될 리도 없으니 새롭게 판을 짜야만 했다.

"아니, 아무리 그래도⋯⋯."

민주가 위험한 곳에 온 것이 걱정되는 상혁이었다.

그때였다.

"아쉽네. 다 이겼는데."

상혁의 옆으로 한 남자가 걸어왔다.

이서하.

그는 언제나처럼 여유로운 미소로 상혁을 바라보며 말했다.

"지금부터는 같이하자. 괜찮지? 원래 저거 내 사냥감이었으니까."

"……."

언제 좌절하고 있었냐는 듯 너스레를 떠는 친구를 보며 상혁은 피식 웃었다.

"쫄아서 찌그러져 있을 땐 언제고 자기 사냥감은 무슨."

"서하가 언제? 너 말조심해라."

아린의 말에 상혁은 고개를 절레절레 흔들었다.

"하아, 내 편이 없어. 내 편이!"

"왜 네 편이 없어! 내가 있잖아!"

민주의 말에 상혁은 다시금 깊은 한숨을 내쉬었다.

"자자, 농담은 그만하고. 모여 봐."

서하의 말에 세 사람 모두 그를 바라봤다.

이서하는 회복에 전념하는 알파를 노려보며 말했다.

"알파를 이기기 위한 비책이 있으니까."

◆ ◆ ◆

광명대의 네 사람이 모이는 것을 보면서도 알파는 꿈쩍도

하지 않았다.

지금은 회복에만 전념해야 했으니 말이다.

'바로 달려들지는 않는군.'

치명상은 아니었으나 지금 바로 저 네 사람이 달려들었다
면 꽤나 귀찮아졌을 것이다.

하지만 시간을 준다면 완벽하게 회복하고 싸울 뿐이었다.

'이제 실력은 다 보았다.'

상혁의 일격은 매서웠다.

하지만 크게 개의친 않았다.

기괴했던 마지막 공격 이후 상혁은 눈에 띄게 힘들어하고
있다.

단 한 번의 전투로 상당한 내력을 소모했다는 뜻이었다.

'끽해 봤자 앞으로 한두 번.'

알파는 요술을 사용해 미래를 예지하기 시작했다. 그의 눈
에 네 사람이 합공해 오는 미래가 그려졌다.

그리고 매번 마지막 일격만큼은 한상혁이 담당했다.

'그렇겠지.'

한 번 아쉽게 빗나간 것을 모두가 보았다.

통하는 공격은 그것뿐이라고 생각하는 것이 당연하다.

'피하기도 힘들군.'

자신이 죽는 미래도 여럿 보인다.

하지만 그것은 미래를 보기 전일 때의 이야기.

적의 작전을 아는 이상 패배는 없다.

이윽고 회복을 끝낸 알파는 조용히 눈을 감고 음기를 끌어올렸다.

'내가 해내야 한다.'

오랜 나찰들의 한을 풀 수 있는 사람은 오직 자신뿐이었다.

이윽고 눈을 뜬 알파의 시야에 각자 자리를 잡아 가는 인간들이 들어왔다.

한상혁과 이서하는 위협적이다.

거기다 유아린까지.

베타의 목표였던 유아린이 이곳에 왔다는 것은 그녀가 패배했음을 의미했다.

'저 여자도 최소 입신경의 강자라고 봐야겠지.'

하나 문제는 없다.

'나는 지지 않는다.'

한순간의 선택이 승리와 패배, 생존과 죽음을 결정짓는다.

그러나 그것은 나약한 이들에게나 해당되는 것.

알파에게 미래란 유동적이며, 언제나 승리를 선택할 수 있다.

이제는 그럴 힘을, 권리를 가지고 있기 때문이다.

"절대로"

거대한 음기가 용솟음친다.

자신의 목숨을 담보로 인간으로서는 결코 도달할 수 없는 무한의 경지에 다다른 것이다.

이윽고 알파는 한 발자국을 내디디며 미래를 보았다.

'나아가자.'

오직 자신만의 승리를 관철할 뿐이었다.

◆ ◈ ◆

"작전은 간단해. 알파가 대응할 수 없을 정도로 강하게 몰아치는 거야."

상혁이가 작게 입을 벌리고 나를 바라봤다.

"너 못 본 사이에 멍청해졌다?"

"……네가 말하니까 기분이 많이 나쁘네."

"아니, 당연한 거 아니야? 강하게 몰아치는 게 뭐 그리 특별한 거라고."

"그래, 하지만 중요한 건 저 녀석이 미래를 못 보게 만들어야 한다는 거지."

정확히 말하자면, 보더라도 한 치 앞을 내다보는 데 급급하게 이끌어야만 한다.

시간이 없기에 나는 간략하게 알파의 능력을 요약했다.

"알파는 미래를 봐."

미래를 보는 것 또한 간과할 수 없는 요소지만, 그보다 중요한 건 따로 있었다.

'상혁이의 공격은 완벽했다.'

나조차 그 궤적을 정확하게 볼 수 없을 정도로 날카로웠고 또 강했다.

그러나 고작 돌멩이 하나.

그 작은 차이로 알파를 끝장내지 못했다.

이는 결코 우연이 아니었다.

알파에게는 자신이 원하는 대로 미래를 바꿀 수 있는 힘이 있다는 뜻.

방금 전 상혁의 일격을 피해 내는 것으로도 증명된 것이다 다름없었다.

절체절명의 순간에도 살아남을 수 있는 몇 안 되는 길을 찾아 완벽하게 대처해 낸 것이다.

"그러니 절대로 먼 미래를 보지 못하게 계속 몰아쳐. 그리고 기회가 났을 때 네 그 일격으로 끝내는 거야."

"시공간절단 말이군."

"그런 이름이냐?"

"멋있지 않냐?"

"쓸데없는 소리는 하지 말고. 부탁한다. 나랑 아린이가 도와줄게."

"근데 작전은 그것뿐이야?"

민주가 불안한 얼굴로 나를 바라본다.

물론 아니다.

하지만 자세하게 말하기에는 시간이 없다.

"그것만 해 주면 돼."

각자 최선을 다해 준다면 필시 성공하리라.

"자, 움직인다."

나의 말에 모두가 알파를 돌아봤다.

알파는 이미 상처를 전부 회복했다. 전투는 다시 원점으로 돌아왔으나 두려움은 없다.

이제는 혼자가 아니니까.

"가자."

상혁이와 아린이, 그리고 나는 동시에 알파를 향해 달려들었다.

세 방향에서 몰아치는 공격. 그 누구도 손속에 사정을 두지 않은 살초들이었다.

하지만 알파는 이를 전부 막아 내며 위협적인 반격까지 뻗어 냈다.

하나, 여유는 없다.

이를 악문 그의 모습에서 그것이 보였다.

확실하게 우리가 몰아붙이고 있다.

'예상했지만……'

그러나 뚫리지 않는다.

알파는 모든 공격을 읽고 있다. 이런 공세를 버티면서도 미래를 보며 계속해서 최적의 수를 찾아내고 있는 것이었다.

솔직히 말하면 경이롭다.

선생과 함께 인간 제국을 몰락시키고 나찰의 왕국을 만든 그를 우러러보게 된다.

만약 지금 알파의 옆에 다른 이들이 서 있었다면?

람다, 베타, 로, 시그마, 엡실론, 그리고 오미크론까지.

이 모든 이들이 이 자리에 온전히 살아 있었다면 우리는 졌을 것이다.

아니, 로와 베타 정도만 옆에 있었다고 하더라도 나에게, 아니 우리에게는 기회가 없었을 것이다.

하지만 나찰은 결국.

'하나가 될 수 없다.'

결국에 혼자서 할 수 있는 것에는 한계가 있기 마련이다.

그렇기에 나찰은 승리할 수 없다.

"쯧!"

알파가 혀를 차는 그 순간. 나는 그에게 파고들었다.

"후우."

미래를 엿본 알파의 눈이 크게 떠진다.

내가 무엇을 할지 예측한 것이다.

허나, 이는 막기 쉽지 않을 것이다.

"좀 아플 거다."

나는 왼손을 내밀었다.

이윽고 염제의 반지가 진동하며 불꽃이 뿜어져 나온다.

극열(極熱)의 기운.

거대한 폭발에 내 눈마저 먼다.

이윽고 충격파가 덮치고 나는 멀리 날아갔다.

염제의 반지는 양날의 검이다.

폭발은 적이든 아군이든, 심지어 시전자조차 가리지 않았으니 말이다.

그러나 알파는 쓰러지지 않는다.

'역시나.'

염제의 반지로 증폭시킨 기운으로도 알파에게 치명상을 입히는 것은 불가능했다.

허나 실망하지는 않는다.

기대도 하지 않았으니까.

염제의 반지를 사용한 것은 바로 다음 공격을 위한 것이었다.

"가라."

한상혁.

녀석이 끝내 주기를 진심으로 바란다.

상혁이가 연기 사이로 들어가며 사방에서 화살이 날아든다.

그러나 거센 전투 탓인지 상혁이의 공격은 전만큼 날카롭지 못했다.

힘이 떨어진 것이다.

'하긴 그 정도의 일격을 계속 날릴 수는 없겠지.'

만약 그것이 가능했다면 상혁이 혼자서도 알파를 이길 수 있었을 것이다.

그럼에도 상혁이와 민주는 계속해서 알파를 공격해 나갔다.

내가 부탁한 대로 그가 정신을 차릴 수 없도록.

그때였다.

"서하야! 괜찮아?"

아린이는 내 상황을 먼저 살피러 왔다.

이는 예상한 바였다.

"응, 아무렇지 않아."

"후우, 그럼 우리도 가자."

아린이 역시 빠르게 전투에 가담하려 앞으로 달려 나갔다.

하지만 나는 그런 아린이의 손목을 잡았다.

"아니, 우리는 가지 않아."

아린이가 당황한 얼굴로 돌아본다.

"하지만……."

아린이는 영문을 알 수 없다는 듯 되물었다. 당연히 그녀의 눈에는 지금이 절호의 기회라 여겨질 것이다.

염제의 반지를 사용하는 데는 내력이 많이 소모되어 연속해서 사용할 수 없으며 또 치명상은 아니지만 상혁이의 공격에 알파가 뒤로 밀리는 형국이었으니 말이다.

하지만 그렇다고 한들 알파는 이길 수 없을 것이다.

게다가 만에 하나 이 전투에서 승리를 거두더라도 알파의 목숨을 끊지 못하면 전란은 끊임없이 이어진다.

그것은 패배나 마찬가지.

그렇기에 나는…….

"네 힘을 좀 빌려줘. 아린아."

무극(無極)의 경지.

알파를 확실하게 멈추기 위해서는 그곳에 다시 한번 올라가야 한다.

"응!"

아린이는 즉답하며 내 양손에 깍지를 꼈다.

묘하게 흥분된 얼굴. 그녀는 격하게 고개를 끄덕이며 말했다.

"다 줄게!"

너무나도 격한 반응에 조금은 당황스럽기도 하고 감동적이기도 하네.

하지만 그런 감상에 빠져 있을 시간은 없었다.

나는 아린이와 양손을 잡은 채 바로 주저앉았다.

'서두르자.'

람다의 경우에는 요술로 자신의 힘을 넘겨주었기에 그리 오랜 시간이 걸리지 않았다.

하지만 이번 경우에는 다르다.

아린이가 나에게 기를 전달해 줘야 하기에 그것을 받아들이고 갈무리하는 시간이 필요하다.

평범한 관계라면 말이다.

하지만 나와 아린이의 관계는 결코 평범하다고 할 수 없다.

성무학관 시절부터 아린이를 위해 수백 번 기를 나누어 보았기에 마치 한 몸처럼 익숙하다.

서로에게 이어진 상태로 양기와 음기를 뒤섞어 갈무리하는 건 식은 죽 먹기나 다름없었다.

이윽고 서로의 기가 섞인다.

람다 때와 달리 아린이의 음기는 거부감이 없다.

부드럽게, 마치 물이 흐르듯 서로의 기운이 융화되기 시작했다.

이윽고 가슴을 식혀 주는 시원한 기운에 긴장마저 풀리며 평온함이 깃든다.

그제야 깨닫는다.

'그렇구나.'

극(極)에 도달하는 것이 이렇게도 쉬웠다는 것을 말이다.

◆ ◈ ◆

세 입신경의 강자, 그리고 호시탐탐 기회를 노리는 저격수까지. 이들을 상대하는 알파는 극도의 각성 상태를 유지했다.

이윽고 염제의 반지가 폭발하고 바로 한상혁의 공격이 들어온다.

전과 같이 수만 가지의 미래 정보가 뇌에 흘러들어 온다.

'이번에도…….'

어떤 식으로 피하든 한상혁은 이에 맞추어 공격해 왔다

허나 전과는 달리 한상혁의 공격은 치명적이지 않았다.

그렇다면 맞고 받아친다.

알파는 가슴을 내주는 대신 한상혁의 턱을 돌렸다.

상혁이 휘청거리는 찰나 다섯 개의 화살이 동시에 날아든다.

'쫏.'

이를 쳐 내자 어느새 회복한 상혁이 달려든다.

그렇게 정신없이 상혁을 상대할 때.

한 가지 의문이 들었다.

'잠깐.'

이서하는 뭘 하고 있는 거지?

염제의 반지를 폭발시킬 때만 하더라도 그가 승부를 걸었다고 생각했다.

허나 공격해 오는 것은 오직 한상혁뿐.

유아린조차 움직이지 않고 있다.

알 수 없는 위화감에 알파는 시선을 돌렸다.

"저건……."

이서하가 유아린에게 기운을 받고 있다.

그 순간 알파의 머릿속에 람다에게 힘을 받아 각성했던 이서하의 모습이 떠올랐다.

"……!"

무극(無極)의 경지.

이 상황에서 이서하까지 입신경 위의 경지로 각성해 버린다면 답이 없다.

위험을 느낀 머릿속에서 경보가 울리기 시작하며 온 신경이 곤두선다.

그 순간.

"알파아아아아아!"

알파가 이서하에게 시선을 돌렸다는 것을 눈치챈 상혁이 달려든다. 알파는 이를 악물고는 상혁을 향해 기운을 방출했다.

"크윽!"

한상혁을 상대할 시간은 없다.

알파는 곧장 이서하를 향해 달리기 시작했다.

본능이 죽음을 느끼며 수백 가지의 미래가 그려지기 시작했다.

그렇게 본 미래는 충격적이었다.

이서하의 각성이 성공할 경우.

알파가 승리하는 경우의 수는 단 하나도 존재하지 않았다.

하지만 아직 희망은 있다.

'이서하가 각성하기 전에……!'

벤다.

그것만이 승리로 향하는 활로였다.

알파는 오직 앞만을 보며 달렸다. 박민주의 화살이 그를
향해 날아들었으나 알파는 신경 쓰지 않았다.

막을 시간조차 없기 때문이다.

그렇게 어깨와 다리에 화살이 꽂힌다.

허나 알파의 속도는 느려지기는커녕 점점 가속도가 붙었다.

그렇게 이서하와의 거리까지 단 10장(30m).

그때 누군가가 알파의 옆구리를 덮쳤다.

"으으으으익!"

소동물과 같은 여자는 눈을 감았다.

박민주.

그 어떤 공격에도 반응하지 못하는 그녀가 알파에게 달려
든 것이었다.

'……!'

미래 예지에서는 본 적이 없는 상황.

하지만 당황도 잠시. 알파는 매달린 박민주의 머리를 잡은

뒤 내팽개쳤다.

"꺄악!"

예상치 못한 방해가 있었으나 아직 늦지 않았다. 알파는
미래를 보는 것도 잊고 달렸다.

그렇게 5장, 4장, 3장.

서서히 등을 보이고 앉아 있는 아린에게로 다가간다.

이윽고 1장.

고작 1장을 앞에 두고 알파는 도약했다.

단 한 방.

한 방으로 아린을 먼저 죽이고, 주화입마에 빠질 이서하까
지 처리한다.

그걸로 끝을 낸다.

이윽고 알파가 수도로 아린의 목을 내려치는 순간.

퍽! 하는 소리와 함께 아린의 몸이 앞으로 넘어간다.

"……"

알파는 그대로 굳은 채 아래를 내려다본다.

"고생 많았어."

유아린이 이서하의 품에서 새근새근 잠에 들었다. 알파의 손
목을 잡은 이서하는 아린을 토닥여 주다 고개를 들어 올렸다.

이윽고 이서하의 손에 힘이 들어간다.

"자, 그럼."

알파는 벗어나기 위해 힘을 주었다.

그러나 이서하의 손아귀에서는 벗어날 수가 없다.

무극(無極)의 경지.

그것은 결코 홀로는 올라갈 수 없기에.

제아무리 알파가 수백 년을 살았다고 하더라도 오를 수가 없는 것이었다.

이윽고 이서하가 말했다.

"어떤 미래가 보이지?"

"……하."

단 하나의 미래만이 알파의 눈앞에 펼쳐졌다.

오직 어둠뿐인 미래.

그것은 곧 죽음을 뜻했다.

"기회를 잡았을 때는 확실하게."

알파에게 그 어떤 변수도 주지 않기 위해.

이서하는 알파를 향해 손을 내질렀다.

혈인내멸신공(血刃內滅神功).

이멸나선(裏滅螺旋).

우주의 극의에 다다른 수천 개의 칼날이 두 사람의 몸을 갈기갈기 찢었다.

무극(無極)의 경지.

품을 수조차 없는 내력이 전부 칼날이 되어 나와 몸 이곳저곳을 찢는다. 기경팔맥과 십이경이 전부 분쇄된다.

허나 상관없다.

그것은 알파도 마찬가지일 테니까.

'반드시…….'

이 일격으로 끝장낸다.

"으으으윽!"

알파가 칠공분혈을 일으키며 내 손을 부여잡았다. 어떻게든 나의 손아귀에서 벗어나려 하는 것이다.

그러나 알파 역시 알고 있을 것이다.

그것이 무의미한 행동이라는 것을.

그렇게 나의 몸을 찢은 모든 칼날이 알파의 몸으로 들어간다.

나는 천천히 손을 놓았다.

"하아."

서로 지탱하던 나와 알파는 동시에 뒤로 넘어갔다.

허나, 털썩하는 소리는 알파 쪽에서만 났다.

"이서하!"

상혁이가 달려와 나를 받아 들었다.

"아, 죽겠다."

"이 병신아!"

상혁이가 머리를 쥐어뜯는다.

예상보다도 격한 반응이다. 아니, 저런 반응을 보일 수밖에 없나? 나 또한 칠공분혈을 일으킨 것은 다름없었으니 말이다.

게다가 오미크론 때의 일도 있으니 내 상태에 대해서는 잘 알겠지.

"그냥 싸웠으면……."

"아니야."

이것밖에는 방법이 없었다.

앞서 무극의 경지에 올라 알파와 맞붙은 적이 있다. 당시 알파는 내가 무극의 상태를 유지할 수 없음을 빠르게 알아차리기 미래 예지를 이용해 시간을 끌었다.

이번에도 같은 것이 반복된다면 승리를 확신할 수가 없다.

그러니 확실한 방법이 필요했다.

그것이 이멸나선.

무극의 경지에 올라 그 내력을 전부 알파의 몸에 처박는 것이었다.

"확실하게 이겨야지."

나는 힘겹게 이야기한 후 몸을 일으켰다.

이 순간을 위해 하루도 빠짐없이 신로심법을 수련한 덕이었다.

그때였다.

"내가…… 진 건가?"

순간 오싹함이 나를 감싼다.

완전히 절명했다고 생각했다.

허나 긴장도 잠시, 이내 알파의 음기가 사방으로 흩어지고 있는 것이 느껴졌다. 죽음의 순간이 점차 가까워지고 있다는 뜻이었다.

"잠깐만. 상혁아."

상혁이는 부축을 뿌리치는 나를 향해 고개를 끄덕여 보였다.

숙적의 마지막이다.

나는 알파에게 다가가 그의 옆에 앉았다.

"그래, 네가 졌다."

"······."

알파는 무표정하게 하늘만을 올려다볼 뿐이었다. 하지만
이내 나지막이 입을 연다.

"어째서일까? 왜 내가 졌을까?"

"······."

"원하는 대로 풀리는 일이 하나 없었다. 모든 것이 꼬였다.
그래도 어떻게든 이 순간까지 왔다."

억울함에 알파의 목소리가 점점 격양된다.

"500년을 넘게 버텨 왔다. 무려 500년이나 준비를 해 왔다."

알파는 눈을 감고 부르르 떨었다. 그리고는 나에게로 눈동
자를 굴렸다.

"너희는 나를 나쁜 놈으로 생각하겠지. 하지만 지난 수백 년
간 수많은 나찰들이 고통 속에서 살았다. 너희 인간들 때문에."

알파의 목소리가 분노로 격양되기 시작했다.

"너희 입장에서는 내가 학살자이겠지만 나찰들에게는 구
원자였다."

그의 말대로 나찰들에게 있어 알파는 구원자였다. 회귀
전, 알파가 승리하고 나찰이 이 세계의 주인이 된 세상을 본
나에게는 더욱 와닿는 말이었다.

"그래, 맞아."

서로의 상황이 다를 뿐.

인류에게 있어 악인 알파는 나찰에게 있어선 더할 나위 없는 선이다.

"누구도 나쁜 사람은 없지."

그저 서로 바라는 것을 관철할 뿐이었다.

"……구원자는 또 나타날 것이다."

알파는 이를 갈았다.

"내가 아니라도 언젠가 인간들은 나찰의 손에 멸망하리라."

그의 저주가 예언처럼만 들려온다.

하지만.

"아니, 그럴 리는 없다."

나는 확신을 담아 말했다. 알파는 그런 나를 비웃었다.

"인간이 나찰을 억압하는 한 나찰은 계속 반항할 것이다."

"그래, 그렇겠지."

동의한다.

그렇다고 나찰을 말살한다?

그건 말이 안 된다.

마수가 사라질 테니까.

인간들은 그 이득을 결코 포기하지 않을 것이다.

그렇다면 방법은 한 가지다.

"하지만 이제 구원자는 필요 없을 거다. 알파."

새로운 세상의 나찰은 억압받지 않을 테니까.

"네가 목표한 것이 나찰만이 주인인 세상이라면 넌 실패했다. 하지만 만약 네가 원한 것이 나찰의 자유라면 넌 성공했다."

나는 알파의 눈을 응시하며 말했다.

"내가 만들어 주마. 나찰이 자유롭게 살 수 있는 세상을."

알파에게 건네는 약속이자 나 스스로에게 하는 다짐이었다.

"……하."

알파가 헛웃음을 터트렸다.

"불가능하다."

"아니, 가능해. 내가 반드시 그렇게 되도록 만들 테니까. 새로운 왕국은 인간과 나찰이 자유롭게 서로 공생하는 곳이 될 거야. 약속하마."

나를 가만히 바라보던 알파는 서서히 눈을 감았다.

"너는…… 욕심이 많구나."

그런 그의 목소리가 점점 작아진다.

"지켜보마. 네가 성공하는지를. 만약 실패한다면……."

알파는 해탈한 듯한 미소를 지어 보였다.

"내가 돌아올 테니."

그 말을 끝으로 그의 마지막 숨이 세상에 뱉어진다.

죽어서도 부릅뜬 눈에서 그의 경고가 진심임이 느껴진다.

나는 알파의 눈을 손으로 쓸어 주었다.

"명심하마. 편히 쉬어라."

내 평생의 숙적.

◆ ◆ ◆

알파와의 전투 이후.

나의 의식은 얼마 못 가 끊어졌다.

다시 깨어났을 때는 3일이 지난 뒤였고, 전쟁은 거의 마무리되어 있었다.

"마수들은 유아린 선인의 명령에 따라 해산되었고 끝까지 싸우던 나찰들은 정리되었다. 살아남아 후퇴한 나찰들은 람다 님이 항복을 권유하고 있으니 곧 결과가 나올 거야."

"그렇습니까?"

"그런데 정말로 몸을 못 움직이나? 할 일이 많은데."

신유민 전하의 말에 옆에 있던 아린이가 전하를 노려보았다.

"서하 많이 아픈 거 안 보이십니까? 기다리십시오."

"……"

아이고, 아린아.

국왕 전하한테까지 그러는 거냐?

당황한 전하는 멍하니 있다 서둘러 변명했다.

"그냥 농으로 한 말이네. 하하하. 설마 내가 정말 서하를 그렇게 부려먹으려고 하겠는가?"

"농도 할 때 안 할 때를 구분해야 하는 법입니다."

"그, 그렇지. 주, 주의하겠네."

신유민 전하는 당황한 얼굴로 나를 돌아보았다. 나는 그런 전하에게 조용히 고개를 끄덕여 줄 뿐이었다.

아무리 나라도 아린이가 저런 상태일 때는 못 말리니 말이다.

가장 좋은 방법은 화제를 돌리는 것이다.

나는 가장 궁금한 것을 물었다.

"그런데 다들 무사합니까?"

걱정 반, 기대 반으로 한 질문에 전하의 표정이 굳어졌다.

"그게……."

"괜찮습니다."

심장이 내려앉았지만 어쩔 수 없다.

전쟁을 치르며 누구도 죽지 않기를 바라는 것은 욕심이니
말이다.

내가 재차 부탁하자 전하는 힘겹게 입을 열었다.

"약선님께서 돌아가셨네."

"……그렇습니까."

전투 중, 약선님의 기운이 폭발하는 것은 어렴풋이 느꼈다.

그것은 예전 양천에서 느꼈던 약선님의 기운보다도 더욱
큰 것이었다.

아무리 생원과를 먹어 회춘했다고 한들 그 짧은 시간 안에
입신경에 오르시지는 못했을 테니 이번에도 사환(死丸)을 복
용하셨다고 봐야겠지.

죽음은 필연이었을 것이다.

"이 못난 제자가 3일제도 못 지냈네요."

"그래도 자랑스러워하실 거다. 이 전쟁을 승리로 이끌었으
니까."

"그렇겠죠?"

나는 피식 웃었다.

"아니다. 분명 욕하고 있을 겁니다. 우라질 놈! 아무리 그래도 스승의 제사에는 참석해야지! 그러면서 말이죠."

"하하하, 듣고 보니 그분이면 그럴 수도 있겠구나."

"다른 전사자는 없습니까?"

"네가 아는 사람 중에는……."

신유민 전하의 말에 나는 침을 삼켰다.

뜸을 들이는 것을 보니 뭔가 말하기 힘든 사실이 있는 게 분명했다.

이윽고 선고를 내리듯 전하의 입술이 움직였다.

"없네."

"네?"

"전사자는 없어. 다들 큰 부상을 입긴 했지만 죽은 사람은 없네."

"하아. 근데 왜 뜸을 들였습니까?"

"이런 건 원래 좀 뜸을 들이며 말해야 하는 거 아닌가?"

"그러다 심장 떨어지면 책임지실 겁니까?"

"맞습니다, 전하. 지금 서하에게는 안정이 필요하다고 누차 말씀드리지 않았습니까?"

"허어."

신유민 전하는 나에게 슬쩍 얼굴을 들이밀며 말했다.

"자네 잡혀 살겠구먼."

그건 공감이다.

"여기 계속 있다가는 유아린 선인이 날 잡아먹을 거 같으니 이만 가야겠어."

"네, 그러시죠."

"곧 광명대원들도 올 테니 편히 쉬고 있거라."

그렇게 신유민 전하가 도망치듯 일어날 때였다.

"전하! 전령입니다!"

대장군님이 헐떡거리며 천막으로 들어왔다. 저 인간은 전쟁을 하고도 기운도 참 좋다.

그나저나 전령이라니?

전령을 보낼 만한 사람은 이 전장에 전부 모여 있는데 말이다.

"어디서 보낸 것인가?"

전하의 말에 대장군은 나와 아린이를 슬쩍 본 후 작게 대답했다.

"후암의 단장이 보낸 것입니다."

유현성, 아린이의 아버지가 보낸 것이었다.

이윽고 대장군이 단장님의 서신을 건넸다.

황급히 이를 푼 전하는 심각한 얼굴로 읽다 나에게로 시선을 돌렸다.

"……미안한 말이네만 이서하 찬성사. 언제쯤 거동할 수 있겠는가?"

할 일이 많다고 장난칠 때의 얼굴이 아니었다.

"왜 그러십니까?"

"읽어 보겠는가?"

"네, 주십시오."

나는 애써 몸을 일으켜 앉은 후 서찰을 받았다. 그곳에는 아주 짧은 한 문장이 적혀 있었다.

- 정해우 발견.

나는 전하를 바라보고는 고개를 끄덕였다.

"오늘 당장 출발하시죠."

"괜찮겠는가? 거동도 힘들 거 같은데."

"괜찮습니다. 급한 일이니까요. 아린아, 잠시 내 짐 좀 찾아 줄래? 침통이랑 환약통이 있을 거야."

"서하야, 지금은 안정을 취하는 게 좋지 않을까?"

"아니야. 하루라도 지체해서는 안 돼."

정해우가 사라질 수도 있으니 말이다.

내 말에 아린이는 고개를 돌려 신유민 전하와 대장군을 노려보았다.

원망이 적나라하게 담겨 있는 눈빛.

전하와 대장군님은 애써 그녀의 눈빛을 피하며 헛기침을 했다.

"걱정하지 마. 위험한 일은 하나도 없을 테니까."

나찰은 주요 전력을 모두 잃었다. 위험할 것은 없었다.

"그리고 네가 지켜 주면 되잖아."

마지막 말에 아린이의 원망이 조금은 누그러들었다.

"그래, 그럴게."

이윽고 아린이가 나의 침통과 환약통을 가져다주었다.

다행히 격한 전투에도 상하지 않았다.

나는 바로 환약통을 열었다.

그 안에는 예전 약선님이 나에게 주었던 환약 두 개가 들어 있었다.

생환(生丸)과 사환(死丸)이다.

잠시 감상에 젖어 있던 나는 생환으로 손을 옮긴 뒤 입에 넣었다.

부작용은 좀 있겠지만 망가진 기혈을 바로 회복하고 움직이기 위해서는 이것뿐이었다.

이윽고 몸에 기운이 돌아오기 시작한다.

하지만 이것만으로는 부족하다.

기혈이 전부 찢어진 상태이기에 기운을 흡수하려면 도움이 좀 필요하다.

나는 침을 꺼낸 뒤 몸에 꽂아 찢어진 기혈을 최대한 수복했다.

"운기조식만 하고 바로 가겠습니다. 그 사이에 준비해 주십시오."

"알겠네."

은월단의 단장. 정해우.

난 그에게 꼭 묻고 싶은 것이 있었다.

Chapter 146.

북대우림.

그 앞에 도착하자 유현성 단장님이 나를 맞이했다.

"전하, 그리고 서하야. 그리고……"

반갑게 나와 전하를 마중해 주던 유현성의 시선은 곧 아린이에게로 향했다.

"아린아."

유현성은 조심스럽게 다가오더니 와락 아린이를 안았다.

"무사했구나. 무사했어. 다행이다."

"네, 아버지."

나와 전하는 두 부녀가 충분히 재회를 만끽할 때까지 기다렸다.

이윽고 단장님이 전하를 돌아보며 말했다.

"안에는 진이 있습니다. 그러니 저를 잘 따라와 주시길 바랍니다."

"그리하겠습니다. 단장님."

그렇게 소규모 원정대는 유현성 단장님을 따라 들어갔다. 진을 하나하나 해체하며 북대우림의 중심부까지 들어가자 저 멀리 마을 하나가 눈에 들어왔다.

빼곡한 나무 사이사이 숨은 비밀의 마을.

그리고 그 앞으로 한 남자가 마치 우리를 마중하듯 나와 있었다.

"오랜만입니다. 전하."

정해우.

이 모든 비극을 기획한 자였다.

정해우의 뒤로 수많은 나찰의 기운이 느껴졌다.

나무에 숨어 힐끗힐끗 쳐다보는 어린아이들.

경계하기에는 너무나도 작은 기운들이었다.

그렇게 짧은 인사 후 정적이 흐르고.

신유민 전하가 먼저 입을 열었다.

"그래, 오랜만이구나."

"전하가 승리하셨군요."

정해우는 쓴웃음과 함께 나를 돌아봤다.

"아니, 이서하. 당신의 승리인가요?"

"왜 그랬는가?"

전하는 앞뒤 다 자르고 바로 물었다.

논리를 중요시하는 전하답지 않은 질문이었다. 그만큼 내색은 하지 않았으나 정해우를 만나 흥분했다는 것을 뜻한다.

"그보다 먼저 제가 묻고 싶은 말이 있습니다. 가설은 세웠는데 도저히 믿을 수가 없어서 말이죠. 이서하 선인님."

정해우는 나에게로 시선을 돌렸다.

"당신은 미래를 보는 것입니까? 아니면 미래에서 온 것입니까?"

정해우의 말에 신유민 전하가 미간을 찌푸렸다.

"그게 무슨 얼토당토않은……."

"미래를 보고 왔습니다."

내 말에 뒤에 있던 무사들이 웅성거리기 시작한다.

모든 것이 끝난 지금 더는 숨길 이유가 없었다. 지금까지 숨기는 게 많이 답답하기도 했고 말이다.

"서하야, 그게 무슨 소리냐?"

신유민 전하의 다급한 질문에 나는 담담하게 말했다.

"말 그대로 지금이 제 인생 2회차라는 소리입니다."

"역시 그랬군요."

내 말을 받아들이지 못하고 당황하는 전하와 달리 정해우는 바로 납득하고 고개를 끄덕였다.

"그러니 당해 낼 수가 없지요."

씁쓸한 미소를 지은 그는 입맛을 다시다 다시금 물었다.

"그래서 당신이 살고 온 미래도 인간이 승리했었습니까?"

"그걸 말해 주면 당신이 왜 나찰의 편에 서서 이 왕국을 공격했는지 알려 주시겠습니까?"

"말씀드리는 거야 어렵지 않죠."

"그럼 답해 드리죠."

나는 작게 한숨을 내쉬었다.

"제가 살고 온 미래에서는 당신이 승리했었습니다. 이 세상의 모든 인간들이 나찰의 손에 학살당했었죠. 그리고 그 시작은 바로 이곳. 당신이 무너트린 왕국이었습니다."

"그렇습니까? 알파가 그렇게까지 해냈었군요. 놀랍네요. 전 제국까지만 무너지고 세상이 양분될 줄 알았는데. 세계 정복까지 할 줄이야."

"그럼 이제 그쪽 차례입니다."

회귀를 하기 전 인생에서도, 그리고 현생에서도 미친 듯이 궁금했다.

정해우는 어쩌다 저런 괴물이 되었는지.

왜 나찰을 이용해 인간들을 공격했는지 말이다.

"왜 나찰을 이용해 인간들을 공격한 것입니까?"

정해우는 잠시 생각하다 말했다.

"나는 동부 연합 출신입니다."

동부 연합이라는 말에 신유민 전하의 표정이 굳었다.

그의 입에서 무슨 사건이 나올지가 뻔했기 때문이다.

"네, 신유철이 일으킨 전쟁의 피해자죠."

신유민 전하를 바라보는 정해우의 눈빛이 변했다.

◆ ◈ ◆

약 30년 전.

신유철 선왕 전하는 동부 연합과의 지속된 분쟁을 끝내기 위해 대대적인 전쟁을 시작했다.

"전 피난길에 부모님을 잃어버리고 죽을 위험에 처했을 때 어머니, 아버지를 만나 구원받았습니다. 전쟁고아들을 모아 챙겨 주는 따뜻한 분들이었죠."

시대가 시대인 만큼 새로운 부모님의 집은 아이들로 넘쳐 났다. 하지만 그 어느 순간에도 부모님은 미소를 잃지 않으며 아이들을 챙겼다.

"부모님을 도와 물을 길어 오고, 장작을 주워 오고, 농사를 지으며 즐겁게 살았습니다."

허나, 비극은 예상치 못하게 찾아왔다.

어느 날 밤.

정해우가 사는 집에 상처를 입은 동부 연합의 무사들이 찾아온 것이었다.

"두 무사 중 한 명은 중상이었습니다. 곧 죽을 것만 같았죠. 그건 어린 제가 보아도 한눈에 알 수 있을 정도였습니다."

지금 생각한다면 근처에서 전투가 벌어졌다는 확실한 증거였다.

하지만 당시 10살도 되지 않았던 정해우로서는 이를 알 수
가 없었다.

"그들은 몸을 숨길 곳을 찾았고 저는 창고를 내주었죠."

곤경에 빠진 사람을 보면 도와준다.

단순한 인간의 본능을 따른 것이었다.

그러나 그 대가는 컸다.

"그리고 다음날 밤, 왕국 군이 찾아왔습니다."

도망친 무사들을 추격해 온 것이었다.

"집주인은 당장 나와라!"

무사의 호통에 부모님이 헐레벌떡 뛰어나왔다.

마당에서 형제들과 놀고 있던 정해우는 부모님의 넓은 등
뒤로 숨었다.

"이곳에 도망친 무사가 숨어 있는 것을 알고 있다. 당장 내
놓아라."

왕국 무사의 말에 정해우는 바로 어젯밤의 일이 떠올랐다.

그러나 그것은 정해우만 아는 사실.

부모님은 영문을 모르겠다는 얼굴로 입을 열었다.

"그, 그런 사람은 보지 못했습니다."

"어……."

정해우는 잠시 망설였다.

사실대로 말해야 하나?

만약 그런다면 무사들은 죽음을 면치 못할 것이다.

그렇다고 아무 말도 하지 않으면 부모님과 친구들, 그리고

자기 자신이 위험해진다.

곤경에 빠져 망설인 순간. 그것이 잘못이었을까?

"그래? 그럼 어쩔 수 없지."

왕국 무사의 검이 아버지의 목을 쳤다. 허공으로 날아오른 아버지의 목은 데굴데굴 굴러 정해우의 앞으로 떨어졌다.

"……!"

충격에 머리가 새하얗게 변한다.

"꺄아아아악!"

어머니의 비명에 겨우 정신을 차린다.

이윽고 눈에 들어온 것은 대학살이었다. 다른 형제들을 지키려던 어머니는 칼에 난도질당해 움찔거리며 죽어 갔다.

"아이들은 어떻게 합니까?"

"죽여라. 원정 중에 아이들까지 보살필 겨를은 없다."

차가운 말에 형제들마저 죽어 간다.

그 절체절명의 순간에 정해우는 빠르게 선택을 내렸다.

도망친다.

어떻게든 살아남는다.

분노, 슬픔, 그런 감정은 본인의 위기 앞에서는 하등 느껴지지 않았다.

그렇게 도망치는 정해우를 한 왕국 무사가 뒤쫓았다.

"어딜!"

어린아이의 다리로는 멀리 갈 수 없다.

겨우 창고를 향해 모퉁이를 돌았을 때 정해우는 무사의 손에 잡혔다.

정해우를 툭 밀어 넘어트린 무사는 칼을 높게 들어 내려쳤다.

"으아아아아악!"

비명을 지르던 정해우의 눈앞에서 왕국 무사의 목이 날아
간다.

어제 왔던 무사 중 하나였다.

"괜찮니, 꼬마야?"

무사는 정해우를 안아 들며 말했다.

"미안하다."

무사는 정해우를 안고 뛰었다.

분노보다도 안도감이 먼저 들었다.

그러나 이는 곧 자기혐오로 바뀌었다.

내가 이 무사들을 집에 들이지 않았다면?

왕국 무사들이 왔을 때 바로 사실대로 고했다면?

그렇다면 부모님은, 형제들은 살아남았을까?

자괴감에 괴로워하던 정해우는 무사의 소대와 합류했다.

그러자 한 덩치의 남자가 걸어오며 말했다.

"뭐냐? 호위는 어디다 두고 웬 꼬마랑 오는 거냐?"

"나를 구해 준 아입니다. 그리고 강 호위는 죽었습니다."

강 호위가 바로 그 중상을 입은 무사였다.

"호오, 우리 왕자님을 구해 줬다고?"

긴 은발 머리에 이마의 양 끝에는 뿔이 돋아나 있다.

하지만 그중 하나는 부러져 있다.

"나는 네르갈이라고 한다."

"나찰……."

"그래, 나찰이지. 무섭냐?"

"인간을 죽이는 괴물이라고 들었습니다."

"하, 완벽한 묘사라 뭐라 할 말이 없네."

네르갈이 웃자 정해우가 말했다.

"왕자님이라고 하셨습니까?"

정해우의 질문에 무사는 고개를 끄덕였다.

"그래, 면목 없지만 내가 동부 연합, 주(周) 왕국의 왕자다."

"그럼 부탁이 하나 있습니다."

정해우는 네르갈에게 시선을 돌리며 말했다.

"왕국의 인간들을 다 죽여 주세요."

전쟁을 일으킨 국왕부터 이에 동조한 국민들까지.

전부 죽이고 싶었다.

아버지가, 어머니가, 그리고 형제들이 당했던 것과 똑같이.

"……."

주 왕국의 왕자가 입을 열지 못하자 네르갈이 웃으며 말했다.

"하하하! 그래, 뭐 우리랑 목표가 같네. 이 꼬마. 그래, 같이 해보자. 나도 저 왕국 놈들 다 죽여 버리고 싶거든."

"감사합니다."

"네르갈 씨."

왕자는 네르갈에게 붙으며 말했다.

"어린아이입니다. 아직 평범하게 살 수 있는……."

"평범하게?"

네르갈은 코웃음을 치며 말했다.

"넌 모든 것을 잃고도 눈물 한 방울 흘리지 않는 아이가 평범하다고 생각하나?"

"……."

그러고 보면 정해우는 아직 눈물 한 방울 흘리지 않았다.

"키우면 너보다 나을 거다. 손해 볼 건 없으니 데리고 다녀 보지."

네르갈은 미소와 함께 정해우에게 다가가 손을 내밀었다.

"같이 잘해 보자."

그것이 정해우가 손을 잡은 첫 번째 나찰이었다.

"그래서 왕국을, 그리고 왕국의 사람들을 전부 죽이고 싶었습니다."

할 말을 잃었다.

"……그게 끝입니까?"

나의 질문에 정해우는 씁쓸한 미소를 지었다.

"왜요? 뭐가 더 있을 줄 알았습니까?"

"아니, 그게……."

인류를 무너트린 그 시작이라고 할 수 있는 것이 정해우였다.

모르긴 몰라도 그만의 철학이 있으리라 생각했다.

그만큼 똑똑한 사람이었으니 말이다.

"납득이 안 되는 모양이네요. 다른 명분도 있긴 하지만 그거야 뭐."

정해우는 피식 웃었다.

"그냥 보여 주기식 명분일 뿐이죠."

정해우를 움직인 동력은 복수.

그뿐이었다는 말이다.

"어떻게 그런 개인적인 이유로……."

나는 주먹을 꽉 쥐었다.

회귀 전 보았던 온갖 참상이 떠오른다.

그 모든 비극이 저딴 개인적인 이유로 시작된 것이었는가?

대단한 명분도, 고귀한 대의를 위한 것도 아닌 고작 개인적인 복수로?

황당함은 이윽고 분노로 바뀌었다.

나는 애써 이를 악물며 나지막이 말했다.

"고작 그런 이유로 이 비극을 만든 것입니까?"

"고작이라뇨."

정해우는 차갑게 나를 노려보았다.

"개인이 곧 우주입니다."

정해우는 자신의 가슴을 손바닥으로 쳤다.

"모든 사람은 자기 자신이 세상의 중심이고 곧 전부입니다. 그리고 내 전부는 왕국에 의해 파괴되었습니다!"

개인적인 것이 곧 우주적인 것.

정해우의 말에 나는 허망하게 그를 바라보았다. 정해우는 흥분해서 올라간 목소리를 낮추며 말을 이었다.

"그러니 난 왕국을 파괴할 뿐입니다."

그리고는 신유민 전하를 향해 시선을 돌린다.

"전하는 결코 개인을 무시하지 않으셨으면 합니다. 선왕 신유철이 범했던 실수를 반복하지 않으셨으면 합니다. 그 개인 중 저 같은 괴물이 있을 테니까요"

듣자 듣자 하니까 가만히 있을 수가 없다.

"개소리하지 마."

정해우.

적이었으나 나는 그가 더 나은 미래를 만들기 위해 일을 벌였을 거라고 추측했다.

최소한 알파처럼 나찰의 억울함을 풀어 주고, 나찰을 위한 세상을 만들겠다는 정도의 그런 명분 말이다.

"너도 알고 있잖아. 이 세상에는 인간 이하의 짐승 새끼들도 많지만 좋은 사람들도 많다는 걸. 널 거두어 준 부모님처럼."

"……."

"네가 한 건 수천수만의 네 부모를 죽인 거다."

"그렇네요."

정해우의 대답은 매우 간단했다.

"그렇다면 그들도 저처럼 선택하면 될 일입니다. 복수할지, 그냥 살지."

그 어떤 대화도 통하지 않는다.

말을 멈추자 그가 신유민 전하를 돌아보며 말했다.

"다 끝났으면 이제 갈까요?"

정해우는 후련한 듯 웃었다.

신유민 전하가 고개를 끄덕이자 백성엽 대장군이 앞으로 나와 정해우를 포박했다.

"아저씨!"

나무 뒤에 숨은 어린 나찰들이 걸어 나온다. 아이들은 눈물을 흘리며 정해우에게 달려가 그의 옷소매를 잡았다.

"우리 아저씨 끌고 가지 마요!"

"으아아앙! 아저씨!"

아이들의 울부짖음에도 정해우는 미소와 함께 말했다.

"걱정하지 마라. 언젠가는 또 만날 수 있으니."

어린 시절의 자신이 보였기 때문일까? 정해우는 아이들을 안심시키고 걸어갔다.

나는 그런 정해우의 뒤를 바라보았다.

수백만의 목숨을 짓밟은 악.

그 거대한 악(惡)은 그 어디에나 있을 것처럼 평범했다.

포박된 정해우는 천천히 한 걸음씩 걸어갔다.

무사들은 원망 섞인 눈으로 그를 노려보았다.

모든 것이 저 남자 때문이다.

친구, 가족, 그리고 사랑하는 연인들까지 소중한 사람을 잃지 않은 이가 없다.

그런 살기 속에 정해우를 향해 한 남자가 걸어 나왔다.

"선생."

과거 은월단의 단원이었던 백야차였다.

정해우는 그를 힐끗 보고는 반가운 듯 미소를 지어 보였다.

"백야차 님. 무사해 보이셔서 다행입니다."

"마음에도 없는 소리 하지 말고."

백야차는 정해우의 앞을 가로막았다.

"하나만 묻지. 진짜로 넌 우리를 네 목적을 이루기 위한 도구로만 생각한 것이냐?"

정해우는 고민하다 눈물을 흘리는 아이들을 돌아보았다.

"네, 그렇습니다."

백야차의 표정이 극도로 굳었다.

동생, 이스미를 이용한 것은 이주원뿐만이 아니라는 확신이 들었다.

"그래도 나름 소중하게 대해 주었으니 너무 서운해하지 마시길."

순간 백야차의 이성이 날아갔다.

"이 개새끼가······!"

그 순간이었다.

"아저씨를 내놔!"

한 어린아이가 신유민 전하를 향해 달려든다.

나는 즉시 그 앞을 가로막았다.

아무리 어려도 나찰.

무공을 연마하지 못한 이에게는 위협이 될 수 있었다.

"비켜어어어어!"

"안 돼! 아바쉬!"

아이는 울부짖으며 내 허벅지를 때린다.

소년의 절규에서 그들이 정해우를 어떻게 생각하는지가 절절히 느껴졌다.

정해우는 이들에게 있어 아버지이고, 또 친구였다.

그렇게 내가 어쩌지 못하고 절망한 아이들을 바라보고 있을 때.

전하가 나에게 다가오더니 말했다.

"검을 좀 빌리마."

그리고는 내 허리춤에서 검을 뽑는다.

전하의 돌발 행동에 아이의 부모가 화들짝 놀라 달려 나왔다.

"죄송합니다! 죄송합니다!"

아이들은 몰라도 부모는 아는 것이다.

인간에게, 특히 높은 사람에게 대드는 것이 얼마나 위험한 행동인지를.

허나, 아이의 부모가 걱정하는 그런 일은 벌어지지 않았다.

신유민 전하는 결코 무고한 이를 베지 않는다.

전하는 검을 들고 옆에 있는 거대한 나무로 향했다.

그리고는 다짜고짜 나무를 향해 검을 휘두르기 시작했다.

픽! 픽!

당황한 신하들은 국왕의 돌발 행동을 바라볼 수밖에 없었다.

모두가 침묵한 북대우림에는 나무를 패는 소리와 신유민 전하의 거친 숨소리만이 울려 퍼졌다.

그렇게 10번, 20번, 30번.

전하는 결코 쉬지 않았다.

땀으로 옷이 젖고 굳은살 하나 없는 고운 손에서 피가 터져 나옴에도 나무를 때리는 속도는 줄어들지 않는다.

보다 못한 무사가 앞으로 한 걸음 내디뎠지만 그런 그를 백성엽이 만류했다.

"대장군님. 전하 혼자서는……."

백성엽은 말없이 고개를 절레절레 흔들었다.

그렇게 한참.

한계가 올 때까지 나무를 패던 전하가 고개를 돌려 백야차를 바라보았다.

"좀 도와주겠나?"

전하의 말에 백야차는 망설임 없이 그에게 걸어갔다.

"잠시."

신유민의 검을 받아 든 그는 있는 힘껏 나무를 내려쳤다.

육중한 일격에 나무가 흔들린다.

백야차는 아무도 없는 안전한 곳으로 나무를 밀었다.

이윽고 쩌어억! 하는 소리와 함께 나무가 넘어간다.

전하는 허탈하게 웃으며 백야차에게 검을 넘겨받았다.

"이렇게 쉽게 넘어가는 것을. 고맙네."

멋쩍은 미소를 지은 신유민은 자신의 검을 나무 밑동에 꽂았다.

"북대우림의 나찰들은 들어라. 너희들은 이제 숨어 살 필요가 없다."

겁에 질려 있던 나찰들이 일제히 신유민에게로 시선을 돌렸다.

"지금, 이 순간부터 모든 나찰은 왕국의 국민으로, 어디서나 원하는 곳에서 살 수 있음을 왕명으로 선포한다. 허나, 모두가 보았듯이 나 혼자서는 고작 나무 하나 자르는 것도 힘들다."

전하는 나와 백야차, 그리고 람다를 비롯한 모든 무사들을 돌아보았다.

"그러니 모두 나를 도와 다오. 백야차가 했던 것처럼 나와 함께 나찰과 인간의 화합을 가로막는 장애물을 부수어 나가 다오."

그리고는 한 발자국 물러서서 허리를 굽혀 말한다.

"부탁한다."

람다, 그리고 백야차는 충격을 받은 얼굴로 신유민을 바라보았다.

아마도 반신반의하고 있었을 것이다.

아무리 신유민 전하가 자유와 화합을 약속했다고 하지만 그들이 경험한 인간들은 모두 자신의 잇속을 위해 나찰을 이용하고, 또 속였다.

그러니 이번에도 그럴지도 모른다는 불안감을 떨쳐 내지 못했을 것이다.

허나 신유민 전하는 다르다.

적어도 내가 본 사람 중에는 가장 솔직하고, 또 강한 사람이었다.

이윽고 전하의 발언에 람다가 화답했다.

그녀는 폴짝폴짝 뛰어나와 신유민 전하의 앞에 다가섰다.

"이쪽이야말로."

그리고는 진중한 얼굴로 신유민 전하를 향해 손을 내밀었다.

"부탁합니다."

전하가 손을 맞잡자 람다가 조용히 고개를 숙인다.

처음으로 그녀가 인간에게, 우리의 방식으로 감사를 표한 것이다.

그때였다.

"하……."

정해우가 작게 한숨을 내쉬었다.

내가 시선을 옮기자 정해우 역시 나를 바라보았다.

그리고는 비웃음과 함께 말했다.

"정녕 두 종족의 화합이 가능하다고 생각하는 겁니까?"

"……."

나는 그에게 다가갔다.

"힘들 겁니다."

상징적인 연설, 행위, 그리고 양 지도자들의 악수.

그것만으로 세상이 바뀐다면 분쟁 따윈 존재하지 않을 것이다.

하지만.

"나와는 다른 존재와 함께 사는 방법은 두 가지죠. 한쪽을 없애 버리거나, 서로 맞춰 가며 살거나. 병합은 쉽고 현실적이지만, 화합은 어렵고 이상적입니다. 아니, 어쩌면 당신 말대로 불가능할지도 모르죠."

사람들이 힘으로 누르는 것을 선택하는 것도 그 때문이다.

눈앞에 펼쳐진 길은 온통 가시밭길뿐일 테니까.

그렇기에 어느 시대나 전쟁이 끊이지 않는 것이다.

그리고 이 전쟁에서 승리해 자신들의 이득을 관철한 지도자를 위대하다며 칭송한다.

하지만.

"그래도 전하는 해낼 겁니다."

진짜 위대한 지도자는 다르다.

모든 이들이 불가능하다고 생각하는 이상을 실현하는 자.

그것이 진정으로 위대한 지도자다.

"그리고 그쪽의 복수까지 대신해 주시겠죠."

"내 복수 말입니까?"

정해우는 이해할 수 없다는 듯 나를 바라보았다.

"네, 정해우 씨가 바라는 진정한 의미의 복수."

왕국 몰살 같은 일차원적이고 폭력적인 방법이 아닌 본질적으로 되갚아 줄 수 있는 복수.

"우리는 이 세상에서 전쟁을 없앨 것입니다."

정해우의 인생, 아니 많은 이들의 인생을 나락으로 떨어트린 전쟁을 죽인다.

그것이 정해우가 진심으로 바랐으나 해내지 못한, 아니 감히 도전하지 못한 이상이었다.

"……하하하."

정해우는 코웃음을 터트리고는 말했다.

"그 말을 들으니 곧 죽는 게 아쉽네요. 이서하, 그리고 전하의 이상이 어떻게 깨질지 내 두 눈으로 보고 싶은데."

비웃는 것은 자유다.

하지만 그는 작은 한숨과 함께 말을 이었다.

"그래도 진짜 그런 세상이 오면 좋겠네요. 내가 틀렸기를 진심으로 빌겠습니다."

활짝 웃어 보인 정해우는 몸을 돌렸다.

회귀 전, 나찰의 구원자였던 그는 이번 생도 역시 나찰의 환호를 들으며 역사의 뒤안길로 사라져 갔다.

Epilogue.

"그렇게 정해우는 교수형을 선고받고 일주일도 되지 않아 처형되었어. 모두가 보는 앞에서."

정해우의 처형은 전쟁이 끝났음을 공표하는 중대 행사였다.

신유민 전하는 마지막까지 정해우의 능력을 아쉬워했으나 그가 지은 죄를 생각한다면 처형은 불가피했다.

"그 뒤로 엄청 바빴지. 수도도 재건해야 하고, 망가진 민생도 살펴야지, 죽은 무사들에 대한 보상도 진행해야지, 또 제국은 아직도 난리였잖아. 거기도 도와야 하고. 진짜 눈코 뜰 새가 없었다니까?"

수도가 몰락하며 유능한 문관들이 전부 사라져 버린 탓에 살아남은 이들의 업무가 과중될 수밖에 없었다.

그것은 나로서도 어쩔 도리가 없었다.

모두가 우러러보는 문하시중이자 실상은 신유민 전하의 전용 노예로 발탁되었으니 말이다.

"조금 괜찮아지니까 이제는 또 양반들이 '통촉하여 주시옵소서!'를 합창하며 사사건건 반대하는 거 있지? 그래서 어떻게 했냐고? 당연히 문하시중 자리를 이정문 씨한테 넘겨 버렸지! 그녀라면 양반들 잔머리 굴리는 거 다 잡아서 제압해 줄 테니까."

문하시중 자리에 오른 지 1년 만에 나는 자리를 박차고 나왔다.

애초에 나한테는 맞지도 않은 자리였다. 꼼꼼하고 세밀하게 관조할 수 있는 이에게 적합한 직위였으니 말이다.

후임으로 이정문을 택한 것도 그 때문이었다.

그녀라면 양반들의 견제 속에서도 실수 하나 없이 완벽한 행정을 보여 줄 테니 말이다.

"아! 그리고 상혁이랑 민주는 결혼했어. 결국에는 민주가 고백했지. 근데 한영수 그 새끼는 왜 식장까지 와서 펑펑 우나 몰라. 누가 보면 민주 전 애인이라도 되는 거같이 말이야."

정이준한테 끌려 나가면서도 고래고래 소리치던 모습을 떠올리면 지금도 웃음이 절로 나온다.

"맞아, 그리고 나 극양신공을 그렇게 써 대서 몸이 망가질 대로 망가졌었잖아."

회귀하던 당시, 나는 오래 살고 싶지 않았다.

하지만 전쟁이 끝나고 생각이 바뀌었다.

이 행복을 가능한 한 오래 누리다 가고 싶었다.

하지만 이미 몸은 망가졌고 내 수명의 끝이 눈앞에 아른거렸다.

"그런데 상혁이 그놈이 대장군이 되었다고 호현에서 생원과를 가져왔더라? 그거 먹으니까 깨끗하게 나아 버리더라고."

그렇게 나는 다시 살아남았다.

원했던 미래를 살아갈 권리를 얻게 되었다.

"다행이지. 키워야 하는 애들도 있는데 죽을 수는 없잖아. 아 참, 그 얘기를 안 해 줬구나? 나 쌍둥이 낳았어. 얼마나 예쁜데. 나중에 소개시켜 줄게."

욕심 같아서는 평생 이 행복을 누리고 싶을 정도였다.

"미안하다. 그래도 네가 내 가장 오랜 친구인데 지금까지 들여다보지도 못했네. 앞으로는 종종 찾아와 근황 전해 줄게."

나는 눈앞에 있는 존순을 들어 올려 선반에 놓았다.

때마침 밖에서 아린이의 목소리가 들렸다.

"여보! 손님들 왔어."

"손님 왔어!"

"손님! 손님!"

작은 소년, 소녀가 안으로 들어온다.

양기의 영향을 받아 금발 머리로 태어난 첫째 딸 하린이와 음기의 영향을 받아 은발로 태어난 둘째 아들 연우였다.

"아빠 방 들어가지 말랬지!"

"마침 잘됐다. 우리 둥이들 이리로 와. 아빠가 친구 소개해 줄게."

나는 두 아이를 안았다.

"존순이라고 해. 아빠 친구."

"이건 돌인데?"

"돌이야!"

"아니야, 봐봐. 여기 눈도 있고 코도 있고, 입도 있는데?"

"그냥 돌인데? 아빠 이상해!"

"아하하하! 진짜 못 그렸어!"

알아. 그냥 돌인 거.

아무리 그래도 그렇지 우리 애들 동심 어떡하지?

"가자, 가자. 상혁이 삼촌이랑 민주 이모 왔데."

"잘생긴 삼촌!"

"못생긴 이모!"

너무 솔직한 아이들이었다.

그렇게 바닥에 다시 내려놓자 아이들이 후다닥 달려 나간다.

그렇게 나도 밖으로 발걸음을 옮길 때였다.

"아버님! 제가 부탁한 약재는 가지고 오셨죠?"

"가져오긴 했는데 이걸 진짜 다 넣을 거니?"

"서하 몸보신해야 한다고 했잖아요. 다 넣어 주세요."

"쓸 텐데……."

"맛은 중요하지 않아요."

"야! 유아린! 맛이 중요하지! 넣기 전에 우리 건 빼고 넣어라."

"그냥 주는 대로 먹어라. 상혁아."

"아버님! 아린이 좀 말려 주세요. 저게 삼계탕입니까? 한약이지?"

아무래도 아린이가 또 폭주하는 거 같다.

빨리 나가 봐야지.

그렇게 몸을 돌리는 순간.

-외로움은 사라졌니?

선명하게 들린 목소리에 나는 고개를 돌렸다.

순간 위화감이 들었다.

원래 존순을 미소 짓는 얼굴로 그렸던가?

하긴, 어찌 그렸든 뭔 상관이겠는가?

존순이 웃으면 됐지.

"응, 이제 외롭지 않아."

나는 이제 혼자가 아니니까.

〈완결〉

잇츠 마이 라이프

IT'S MY LIFE

초촌 현대판타지 장편소설

무심코 내뱉은 술주정이 현실로?
다사다난했던 1983년으로 회귀하다!

우연한 술자리에서 속마음을 털어놓은 것은,
그저 가슴속 멍울을 해소하기 위한 몸부림이었다.

"솔직히 좀 부럽더라고요.
그런 인생을 살고 싶었거든요"

대기업 마케터로 잘나갔고, 작가의 삶도 후회하지 않는다.
마흔이 넘도록 내세울 것 하나 없다는 것만 빼면.
그래서 푸념처럼 했던 말인데, 정말로 현실이 될 줄이야.
5공 시절의 따스한 봄날, 7살의 장대운이 되었다.

지금이 아니면 다시는 돌아오지 않을 기회.
제대로 폼나게 살아 보자.
이 또한 장대운, 내 인생이니까.